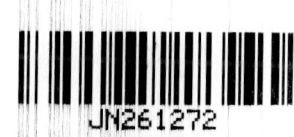

ハヤカワ・ミステリ

ISAAC ADAMSON

コンプリケーション

COMPLICATION

アイザック・アダムスン

清水由貴子訳

TOKYO
HAYAKAWA
BOOKS

A HAYAKAWA
POCKET MYSTERY BOOK

日本語版翻訳権独占
早川書房

© 2014　Hayakawa Publishing, Inc.

COMPLICATION
by
ISAAC ADAMSON
Copyright © 2012 by
ISAAC ADAMSON
Translated by
YUKIKO SHIMIZU
First published 2014 in Japan by
HAYAKAWA PUBLISHING, INC.
This book is published in Japan by
arrangement with
COUNTERPOINT PRESS
through TUTTLE-MORI AGENCY, INC., TOKYO.

装幀／水戸部　功

コンプリケーション

おもな登場人物

リー・ホロウェイ……………………債権回収業者の顧客サービス係
ポール・ホロウェイ………………リーの弟
ヴェラ・スヴォボトヴァ…………ポールを知るプラハ在住の女性
ズデネク・ソロス……………………プラハ警察殺人課の元刑事
ボブ・ハンナ…………………………プラハの英語誌『ザ・ストーン・フォリオ』編集長
マルティンコ・クリンガーチ……ポールの知人。謎のギャング
エリシュカ・レズニチュコヴァ…〈ブラック・ラビット〉のウェイトレス
ヤン・ムルツェク……………………骨董品店のユダヤ人店主
フランツ………………………………ヤンの息子
マックス………………………………ヤンの甥
カチャク博士…………………………ヤンに時計の修理を依頼した紳士

Complication（名詞）

1. 複雑な［混乱した］状態あるいは出来事。
2. 込み入った（しばしば厄介な）種々の要素の結合。
3. 《医・病理》はじめの病気を悪化させる合併症、余病。
4. 《時計》（十六世紀初）通常の時・分・秒の表示以外にもさまざまな機能を持つ時計。機構そのものと、それを含む時計の両方を指す。おもな機能に暦、月相、黄道十二宮、そのほか官能的、宗教的、あるいは奇抜な行為を見せる自動人形などがある。
5. 解決困難な問題。

I

1

　あの土曜の朝を境に、ぼくの人生はぶち壊しになった。玄関のドアを開けると、警官がふたり、手に持った帽子を、はじめて目にする薄気味悪いものみたいにじっと見つめながら立っていた。ふたりとも禿《は》げていて、頭には玉の汗が噴き出している。どちらも、いかにもシカゴの警官っぽい口ひげを生やしていて、ひょっとしたら嫌みじゃないかと思ったほどだ。けっしてシカゴの警官がひねくれ者で名高いわけではないけれど。「じつに申しあげにくいのですが」比較的禿げていないほうの警官が口を開いた。「リー・ホロウェイ氏が亡くなられました」

　何かの間違いだ。

　リー・ホロウェイは、このぼくなのだから。

　だが、父もリー・ホロウェイだ。親子で同じ名前なのだ。ホロウェイ氏は、と警官は続ける。数時間前、芝刈りをしている最中に重大な心臓の疾患に見舞われました。

「心臓発作です」警官はわかりやすく言い直した。

「救急隊員が手を尽くしたのですが」もうひとりの警官がつけ加える。

「心よりお悔《く》やみ申しあげます」最初の警官が締めくくった。

　警官は遺体の安置されている病院名を教えてくれて、よかったら病院まで送ると言った。ぼくが丁重に断わると、ふたりはうなずいて帽子をかぶり、ゆっくりとパトロールカーへ戻っていった。彼らが車に乗るのをながめながら、ぼくは父の人生の最後の瞬間を想像すると同時に、その情景を頭から追いやろうとした。父は自分の身に何が起きているのか、わかっていたのだろうか。そのとき、いったいどんなことを考えたのか。けれども気がつくと、南部の郊外の広い裏庭にスイッチの入ったまま置き去りにされた芝刈り機が頭に浮かんでいた。古びたおんぼろの機械は、身を震わせて最後の一滴のガソリンをしぼり出すまで、雲ひとつない空に青い煙を吐き出しつづけていた。

ぼくは上の空のまま、てきぱきと電話をかけて葬儀の手配を済ませた。いま思うと、なぜそんなことができたのか不思議だ。月曜日に〈グリムリー&ダンボーラー・リカバリー・ソリューションズ〉に電話して休むと伝えたとき、上司はよっぽど機嫌がよかったにちがいない。会社の忌引きの規定を引き合いに出すかわりに、それは大変だったわね、好きなだけ休むといいわ、と言ってくれた。もちろん、会社の規則に定められているより一分でも長く休めないことはお互いに承知のうえだったが、上司が、顔に表情を浮かべるとか、食べ物を口にするのと同じくらい人間らしい面を見せたことが何よりもうれしかった。〈グリムリー&ダンボーラー〉はアメリカ中西部で二番目に大きな債権回収業者で、ぼくは顧客サービス係としてかれこれ五年働いている。退屈そうな仕事に見えるのは、実際にそうだからだ。

葬儀は火曜日に執《と》り行なわれた。父の妹のサリーがタンパからわざわざやってきて、いつも親戚の集までそうするように、すべてを取り仕切ってくれた。父が過去に付きあっていたことのある女性がふたり、隣人が何名か、それに勤めていた不動産会社の同僚も参列した。葬儀の席で同僚のひとりが、かつて父がよく送っていたという滑稽《こっけい》なメールについて長々と話してくれたが、ほとんどはその場にふさわしくないばかげた内容だった。ガスという名の男が何度も繰りかえし言うには、父は息を引き取った日に、ブリッジポートの土地を客に案内する予定だったらしい。「彼なら、うまく契約を取りつけただろうに」ガスは言った。

「おっしゃるとおりです」ぼくは相槌《あいづち》を打った。「人当たりのよい人だった、きみのお父さんは。誰とでも話すことができた」

何と言っていいかわからずに、とりあえずうなずく。「最期《さいご》まで、ブーツを脱ぎ捨てるような臆病な真似はしなかった」そう言って、ガスはぼくの肩をつかんで目を細めた。「忘れるんじゃないぞ。きみのお父さんはブーツを履いたまま死んだんだ」

それがどうして大事なことなのか、ぼくにはさっぱりわからなかった。きっとガスは、ぼくをなぐさめようとしてくれたのだろう。だから、実際には倒れたときの父が緑と白のストライプのビーチサンダルを履いていたことは言い出せなかった。少しして、おまえは気丈にふるまって立派だと誰かに褒《ほ》められたが、けっして冷静だったわけではない。ただ単に何も感じなかっただけだ。深い悲しみに向きあうどころか、その存在を認めることも拒み、この出来事の上っ面さえ理解したくなかった。そのあと、ぼくは突っ立ったままサンドイッチを口に入れ、誰だかよくわからない礼儀正しい人たちと握手をしてまわり、壁を叩きたくなるのをこらえているうちに、やっと葬儀が終わった。

誰ひとり――サリーおばさんでさえ――ぼくの弟のポールのことに触れなかったのはなぜだろう、そんな疑問が浮かんだのは、ずっとあとになってからのことだった。母の話をする人もいなかった。母はぼくが十三歳のときに家を出て、アルバカーキにあるニューエイジの共同体のようなものに加わり、それ以来、音信不通になっている。参列者のほとんどは母を知らないのだから、誰も話題にしなかったのも不思議ではない。サリーおばさんは、支えてくれるしっかりした女性がいれば、父はもっと長生きできたはずだと言い張った。たぶん、そのとおりだろう。父は煙草を吸い、酒を飲み、五〇年代みたいな食生活を送っていたから、心臓が悪くなるのも無理はなかった。再婚していれば体調の管理についてロやかましく言ってもらえたかもしれないが、あいにく父は再婚に関心がなかった。そのせいで、ホロウェイ家は最初から男だけの三人家族のようだった。あるいは、ぼくがつねづね思っていたように、彼らふたりと、ぼくの。

彼らふたりはそろって人生を楽しむタイプで、オートバイをいじったり、シカゴ・ホワイトソックスをぼろくそに言ったり、地元の人気DJスティーブ・ダールの番組をラジオで聴いたりするのが大好きだった。ぼくは大学を卒業してから、北のウィッカーパークへ移り住んだ。地理的にはそれほど遠くないものの、それ以外の点ではまったく別の惑星のような町だ。大人になってから、ぼくと父はいわゆる近い関係ではなかった。かといって、互いに憎みあっていたわけではない。電話ではかなり話をしたほうだし、休暇にはかならず顔を見せるようにしていた。ただ、あまり共通点がなかっただけだ。ぼくは家族のなかで期待されていたわりには、とくに立派な仕事に就いているわけでも、優雅な暮らしを送っているわけでもなく、心のどこかで父を失望させてしまったと後ろめたく思っていたのかもしれない。

水曜の晩には、遺品の整理はあらかた終えた。財産管理の弁護士と、家族の長年の友人が遺言執行者を引き受けてくれ、父の勤めていた不動産会社が家を売りに出すことになった。父の服は、スーツを二着残して箱に詰めた。必要かどうかは別にして、父は毎年スーツを新調していた。ぼくが取っておいたものは、どちらも袖を通した形跡がなかった。それ以外の服はすべて救世軍の店に置いてきたが、腕時計は残しておくことにした。タグ・ホイヤーの時計で、スティーブ・マックイーンが身につけていたのと同じ型だと、よく父はわずかな皮肉を込めながら半ば本気で自慢していたものだ。

地下室に、たくさんのアルバムと未整理の写真が入った箱があった。父とふたりで写っている写真があれば持って帰ろうと箱を引っかきまわしたが、どういうわけか一枚も見つからなかった。そのかわり、父とポールの写真は山ほどあった。ぼく自身、長らく目にしていなかったもの、父は明らかに取っておきたかったけれど、壁には貼りたくなかったもの。あたかもポールがいない現実に日々向きあうのがつらいとでもいうように。写真は全部捨てずに取っておくことにしたが、いつか誰かがぼくの家の地下室で見つけて処分に困る日まで、同じ箱に入れっぱなしになるのは目に見えていた。自分で運べる家具、父の本、鍋やフライパン、食器類、工具、ゴルフクラブ、それにかっこいい名前のついたエアロバイクはガレージへ移した。そして、地域のコミュニティサイトに広告を載せて――〝家庭の不用品差しあげます〟――ガレージの扉を開けっぱなしにしておいた。父が六十年以上にわたってためこんできたものは、わずか半日でほぼすべてなくなった。ただひとつ、父の心臓が動くのをやめたときに父が押していたおんぼろの芝刈り機だけは、誰も持っていかなかった。

いま思うと、そのときのぼくは、いわば解離性遁走《とんそう》のような状態で、待ち受けている途方もない悲しみにのみこまれないように、小さなことを一度にひとつずつ片づけるのに専念していた。母が家を出ていったときとまったく同じで、突如、足もとの地面に深い落とし穴ができて、真っ逆さまに落ちていくような感じだった。木曜の晩には、寝室、キッチン、リビング、地下室の整理を終えて、残るは書斎だけとなった。ノートパソコンの置かれた机の前に、沈みゆく太陽を背にして断崖からぶら下がっているロッククライマーの大きなポスターが張られていた。〝征服するのは山ではない、われわれ自身だ〟という大文字のコピーが躍っている。ぼくはそのポスターを剝《は》がして、ごみ袋の中でどんどん大きくなるごみの山のてっぺんに放ると、今度はファイルキャビネットに取りかかり、財産管理の弁護士に渡す必要のないものは残らず捨てた。書類に関して、父はじつに几帳面《きちょうめん》だった。税の申告書、クレジットカードの請求書、車や家の保険証書、銀行の口座報告書――それぞれに専用のマニラフォルダーが用意され、きちんと日付順に整理されていた。まるでこの二十年間、ずっと内国歳入庁《IRS》の監査に備えていたかのようだ。いま、ぼくが置かれている状況を予想していたのかもしれないとは思いつかなかった。

　机はほとんど空っぽだった。左側の引出しには、未開封の付箋《ふせん》紙、ペン、鉛筆、ホッチキス、何の予定も書きこまれていない卓上カレンダー。右側の引出しには、封筒、大型の封筒、印刷用の紙が二束。いちばん上の引出しには、細かい字で父の名前と住所が記された白い封筒が一通入っているだけだった。差出人の住所はない。ぼくは封筒から手紙を取り出して読んだ。

　リー・ホロウェイ様

　前略　わたしはヴェラといいます。プラハに住んでいて、あなたの息子さんと親しくお付きあいしていました。あなたのことは、ポールからたくさん話を聞いています。

　わたしがこの手紙を書いているのは、あなたの息子さんの死は伝えられたとおりのものではないと考えているからです。彼は洪水で溺《おぼ》れ死んだのではありません。それ以上のことは、さまざまな理由から、いまはお知らせするわけにはいきません。ですが、すぐにでもお目にかかって、たぶんあなたの知らない、けれども大いに関心を持つはずの、ポールの人生に関する大事なことについてお話ししたいのです。

プラハ二区、新市街地区のオストロヴニー通りにある〈ブラック・ラビット〉というカフェに来てください。この手紙の日付から三カ月間、毎日午後六時から八時まで、その店にいます。

すぐにお会いできることを願って。

かしこ

ヴェラ

机に入っていたのはこの一通だけで、これ以外にはヴェラはもとより、別の誰からの手紙もない。もう一度、ファイルキャビネットを調べてみた。そこにも何もなかった。ローロデックス（父は最新型のノートパソコンを持っているくせに、いまだにローロデックスを使っていた）を探してみても、ヴェラという名の女性も、ほかのチェコ在住の人間もいっさい見当たらなかった。ぼくは父の机に腰を下ろして、いま一度手紙を読み直した。署名を含めて三百七十三文字。挨拶《あいさつ》、無駄のない十の文、結びの言葉。姓はなし。住所も、電子メールのアドレスも、電話番号も書かれていない。消印の日付は二カ月と二十八日前。

つまり、残されているのはあと二日ということだ。

ぼくはノートパソコンを立ちあげて、メールソフトを開いた。〝ヴェラ〟で検索してみたが、〝正確《ヴェラシティ》〟や〝ヴェランダ〟といった言葉を含むメッセージが何件かヒットしただけだった。手紙の日付と同じころのメールをざっと見ても、関係のないものばかりだ。ただ、最近のメールをチェックするうちに、シカゴのオヘア国際空港からチェコ共和国・プラハのルズィニェ国際空港までのオープンチケットの購入を確認するメッセージを見つけた。そして、同じ旅行会社のオンラインサービスで、父はホテル・ダリボルに予約を入れていた。

飛行機の出発時刻は四時間後に迫っていた。

気がついたときには、ぼくは大西洋の上空三万フィートにいた。自分の家に戻って荷造りをする暇もなく、空港に駆けつけた。パスポートが実家に置きっぱなしだったことが幸いした。これまでパスポートを使ったことは一度もなく、ここ数年は転居を繰りかえしていたので、なくしてしまうのが怖かったのだ。父の家を片づけているあいだは、よれよれのTシャツにショートカーゴパンツ、アディダスのサンダルという、およそ外国行きの飛行機に乗るような恰好ではなかった。いまどき誰もそんなことは気にしないとわかっていたものの、着替えは持っておらず、結局父のスーツの片方——黒いイタリア製の二サイズ大きなもの——を着た。財布に父のクレジットカードを、上着のポケットには父のeチケットとホテルの予約の控え、それに自分のパスポートを突っこんだ。eチケットとクレジットカードの名前が一致して、クレジットカードとパスポートの名前も一致したので、空港のセキュリティ・チェックは何の問題もなかった。座席で脚を伸ばし、父がファーストクラスの航空券を購入したことにあらためて驚く。しょっちゅう電話会社に電話をかけて追加料金について文句を言っていた、あの父が。

ポールの人生最後の日々——それどころか数年間——について、ぼくはほとんど何も知らない。たぶん父も知らなかったはずだ。ぼくたちにわかっていたのは、周囲が以前から確信していたように、いずれポールは宝くじに当たるか、雷に打たれるかのどちらかだということだけだった。彼の場合、その中間はありえなかった。五年前にポールが行方をくらましたとき、ぼくはショックを受けたが、驚きはしなかった。いくら電球のソケットについて知識があっても、指を突っこめば、感電することは避けられない。けれども、よっぽどのばかでないかぎり、感電しても驚きはしないだろう。

ヴェラの手紙が届いてから、父は彼女が書いた簡潔な文面を何度も読みかえし、取りつく島もない文をつつきまわしていたにちがいない。とつぜん言葉が父の執念に根負けして、書き手がそこに隠した真実を明かすのではないかと期待して。だが、手紙からは新たなことは何ひとつわからなかった。息子についても、彼を知っていると言い張る女性についても。

〝あなたの息子さんの死は伝えられたとおりのものではない〟

このヴェラという人物は、じつはぼくの弟は死んでいないと言っているのか？　それとも、ただ伝えられたのとは一致しない状況で死んだというだけなのか。そして〝伝えられた〟というのは、新聞で報道されたのか、あるいは検視のような、とにかくチェコ共和国で行なわれている正式な〝報告〟のことなのか。

父も同じような疑問を持ったはずだ。手紙を受け取って何週間もたってから、この世を去る二日前の夜に、父はぼくがいま乗っている飛行機を予約した。航空券を買ったのが金曜で、その飛行機が出発するのは翌週の木曜。片づけておきたい仕事や、家の内覧の予定、どうしても外せない契約手続きなどがあったのかもしれない。あるいは、単にこの日のチケットが安かっただけかもしれない。だが、ようやくヴェラの手紙で駆り立てられた好奇心を満たそうと決意したのに、その機会をわざわざ遅らせるのには納得がいかなかった。父は引きかえすチャンスが欲しかったのだろうか。考えを改める余地が。

だが、ぼくにはそんな身勝手は許されなかった。手紙を読んだ時点で残された選択肢はふたつのみ――すぐにプラハへ出発するか、あるいはこの見知らぬヴェラの呼びかけには応じず、いったい彼女がポールの失踪について何を知っているのか、悶々《もんもん》として一生を過ごすか。もう一度だけ手紙を読みかえしてから、ぼくはサーモンと茹《ゆ》ですぎたポテトの機内食を食べた。食べ終えてから、サンドラ・ブロック主演の機内映画を観はじめたが、二十分ほどして、前に観たことがあると気づいた。ぼくはいつのまにか眠りに落ち、目覚めたときには、飛行機はプラハの空港に降下中だった。

2

飛行機はわずか十五分遅れで着陸し、荷物は何もなかったので、ぼくはそれほど遅くならずに空港を出てタクシーを拾うことができた。空港を出る前に、キオスクでSIMカードを借りて、チェコ国内で使える携帯電話の番号を確保した。それほど頻繁《ひんぱん》に使うとは思えなかったが、二十一世紀の先進国で暮らす人間のご多分にもれず、いつどんなときにも、あらゆる情報にアクセスできないと、自分が裸でいるような不安を覚え、アイデンティティを奪われたように感じてしまうのだ。すでに午後六時半だったので、まっすぐ〈ブラック・ラビット〉へ向かうよう、運転手に伝えた。ホテルへ寄っている暇はない。

空港の外は雑草のはびこった原っぱで、だんだんと夕闇が迫りつつあった。四車線の高速道路に入ると、原っぱは姿を消して交通量が増えた。少し離れたところに、落書きだらけのごつい集合住宅が建ち並び、その手前の道路沿いには、新たに建てられたオフィスビルがにょきにょきとそびえている。トンネルを抜けると、ぼくが想像していた以上のプラハが目の前に現われた。そもそもプラハについて想像したことがあれば、の話だけれど。時代遅れの黒ずんだ建物が地平線近くに密集し、遠くの川岸に沿って路面電車《トラム》がガタガタと音を立てて走っている一方で、人々は狭い歩道をのんびり歩いている。前方の丘ではライトアップされた聖ヴィート大聖堂が夜空を突き刺し、瓦《かわら》屋根の入り乱れた急な斜面が下方の川岸まで続いていた。対岸では、たるんだ布を支えるテントのポールのごとく、無数の尖塔が真っ暗な東の地平線から突き出ている。

タクシーは石橋を渡った。遠くのほうで観光船のデッキに連なる白い明かりが揺らめき、下流をぼんやりと漂っている。乗客の顔は暗い川面《かわも》に立ちこめる霧で見えなかった。これが、かのヴルタヴァ、弟の命を奪った川だ。流れは緩《ゆる》やかで、止まっているようにも見える。これではネズミでさえ溺れそうにない。

タクシーの運転手は堂々たる石造りの建物の前で車を止めると、窓の外を指さして、これが国民劇場だと言った。屋根の上では、翼を広げた女神が三頭の馬に引かれた戦車を駆っている。脚を高く上げたまま静止した馬たちは、いまにも建物から飛びあがって、トラムの軌道が縦横に広がる通りに降り立とうとしているかのようだった。オストロヴニー通りはそこから一ブロック先だった。車は進入禁止だ。狭すぎるし、人通りも多いんです、と運転手が言う。ディヴァデルニー通りに出て、右に曲がるようにと教えてくれた。

タクシーから街に降り立ったとたん、本来なら出発前に抱くべき疑問がようやくわいてきた。ぼくがプラハに来たのは、父の果たしえなかった旅を実現するためなのだろうか？　長いあいだ考えていなかったポールにまつわる謎を解くために？　そもそも最初から考えていたのか？　ぼくには何とも言えなかった。ある友人が、母親の死の知らせを聞くなり車に飛び乗って、給油で止まる以外は飲まず食わずで、メイン州からカリフォルニア州までアメリカを横断したことがある。なぜカリフォルニアなのか、本人にもわからなかった。海がなければ、そのまままっすぐ突き進んでいた、彼はそう言った。たぶん、ぼくの場合も同じようなことなのだろう。けれども、その場に立ち尽くしたまま、ぼくはふいに思った。見知らぬ人からの手紙をきっかけに地球を半周するなど、どちらかと言えばポールのやりそうなことだ。

ぼくはオストロヴニー通りへ向かった。タクシー運転手の言っていたことは冗談ではなかった——通りはいちばん広いところでも三・五メートルほどしかなく、でこぼこの石畳の両側には低い建物がひしめきあっている。半ブロックほど行くと、ある建物のドアの上に、後ろ足で立った痩《や》せっぽっちのウサギの絵が描かれた木の看板がかかっていた。ウサギの耳は垂れ、口は大きく開いて、ミルク色の目は溶けた皿のように目尻が下がっている。病気で呆《ほう》けたバッグス・バニーみたいだ。

看板には〝ブラック・ラビット〟と英語で表記してあった。

ドアを開けて廊下を進むと、赤い石の曲がり階段があり、墓場みたいな丸天井の地下室へと続いていた。つややかな黒いテーブルの上に、小さな白い蠟燭《ろうそく》の炎が揺らめき、身なりのよい客たちがワインやビールを飲みながら静かにしゃべっている。旅行者にしては身なりがよすぎる。チェコのエリート、ヨーロッパ版ヤッピーといったところだろう。誰ひとりぼくには目もくれなかった。奥の隅にひとりで座っている女性のほかは。

年のころは三十代のなかば。ゆったりした黒いセーターに痩せた身体を包み、前に垂れかかったまっすぐな黒髪の合間から、わずかに突き出た頬骨と、ほとんど灰色に近い青色の鋭い目がのぞいている。とりたてて美しいわけではないが、印象的な女性だ。さらに印象的なのは、近づくぼくに対してあからさまに向けた視線を隠そうともしない態度だった。

「きみがヴェラだろう?」ぼくは声をかけた。

彼女の口が開いたが、言葉は出てこなかった。

「ぼくはリー」続けざまに名乗る。「リー・ホロウェイだ」

そばで見ると、痩せているというよりは単に華奢《きゃしゃ》なだけで、肌は青白く、口は悲しみをたたえてこわばっている。手紙を読んだときには、このヴェラという女性とポールが男女の関係なのかどうかはわからなかったが、実際に会ってみて、ぼくは確信した。彼女はまさにポールの好みのタイプだ。あるいは、それ以上に細身で髪が黒く、そのせいで憂いをおびた印象を受ける。誓ってもいいが、どこか見えないところにぎょっとするようなタトゥーを入れているはずだ。おそらく自分では認めたくないほど昔の若気《わかげ》の至りで、ゴス系か何かのタトゥーを。

「ポールはぼくの弟なんだ」

彼女は目をぱちくりさせた。「兄弟がいたなんて初耳だわ」

そう聞いても、ぼくは驚かなかった。ポールは天涯孤独のようにふるまうのが好きだった。一匹オオカミ気取りで。

「ごめんなさい」ヴェラは言った。「びっくりしただけ。だって、瓜ふたつだから」

あまりにもよく言われるせいで、いつしかぼくは、弟のほうが八センチ背が高くて、十八キロ重いことを指摘するのはやめた。最後に会ったときの弟は、これ見よがしにスキンヘッドにして、山羊ひげを生やしていた。鼻は、二十四歳のときにノースアベニューのパンクロック・バーで女の子にへし折られて以来、左に曲がっていた。左腕にはアニメのエルマー・ファッドのタトゥーを入れていて、理由は説明したがらなかったが、たぶん彼の笑い方に因《ちな》んでいるにちがいない――単調なしわがれ声で、どういうわけか、しばしばつっかえるように途切れる笑い方に。

彼女は席をすすめた。その手首には細い銀のブレスレットが巻きつき、テーブルのグラスの横には、半分ほど空いたマットーニのスパークリング・ウォーターの瓶が置いてある。彼女が手を伸ばしたので、ぼくは握ろうとして腰を浮かしたが、握手を求めているのではなく、ウェイターの注意を引こうと手を上げかけただけだった。

「お父さんに言われてここに来たの？」彼女が尋ねた。

「というわけでもない。父は――死んだんだ」

彼女は口に手を当てた。

「心臓発作だった」ぼくは説明した。「芝刈りの最中に」

「何てこと《イェジシュ・マリア》。信じられないわ」

「芝刈りの最中に死ぬ人間はおおぜいいる。おそらく、きみが考えている以上に。かといって、きみが芝刈り中の死亡件数について、つね日ごろ考えているとは思わないけれど。つい先週の土曜のことだった」

なぜ芝刈りのことなど話しているのか、心のどこかにもうひとりの自分に尋ねるぼくがいた。

「大変だったわね。お気の毒に」

ふいに喉が締めつけられ、顔が熱くなるのを感じた。いまは言葉に詰まっている場合ではない。でも、いつならいいのか？「ありがとう」ぼくはどうにか言った。「誰からも好かれていた。人当たりがよくて」

おいおい、次は父がブーツを履いたまま死んだと言うつもりか？そして、ぼくはふと思った。そもそも、父はポールの所持品が発見されてこの街へやって来たときに、ヴェラと会っているのか。帰国しても、旅のことはいっさい口にしなかった。何を食べたのか、どこに泊まったのか、どれだけの書類に記入しなければならなかったのか、親切に応対してもらったのか、それとも冷たくあしらわれたのか。父は出発したときと同じスーツケースだけを持って帰ってきた。仮にポールの持ち物を送っていたとしても、ぼくは一度も見かけていない。大丈夫か？　オヘア国際空港から家に帰る車の中で、父はただひと言、そう尋ねた。ぼくが弟の死をどう受けとめるのかを心配することで、おそらく自分自身の感情を封じこめ、平静を保とうとしていたのだろう。ほかにどうしていいかわからなくて、ぼくは父の肩をぎゅっとつかんだ。父は泣きはじめたかと思うとすぐに泣きやんだ。犬が尻尾を踏まれたときにあげるような声だった。けれども、ぼくはヴェラの手紙を思い出して、ふたりが顔を合わせたはずはないと気づいた。あの手紙は明らかに見知らぬ相手に宛てて書かれたものだった。

沈黙が続くなか、ヴェラはハンドバッグを引っかきまわして、未開封の煙草の箱を取り出した。「吸う？」彼女は尋ねた。そのときになって初めて、ぼくは彼女の英語に訛《なま》りがあることに気づいた。ほんのわずかとはいえ。

ぼくは首を振った。

「わたしも吸わないわ」彼女はセロファンの包み紙を破って、箱を手首の内側にぽんぽんと当てた。「だいぶ前にやめたの。だけど、あなたのお父さんが来るんだったら、特別に吸ってもいいことにしようと考えていた。まあ、あなたでもいいことにするわ。ああ、やっとウェイターが来た。ビールは好き？　チェコのビールはおすすめよ。あなたの弟も大好きだった。一杯余分に頼んでおいたほうがよさそうね。いつ来るかわからないから」

ほんの一瞬、彼女がポールは生きていると言い出すのかと思った。五年前に何らかのトラブルに巻きこまれて、死亡したことにせざるをえない状況だったと。どこかに身をひそめて、ほとぼりが冷めるのを待っているのだと。手紙を書いたのは、助けが必要だったから。ふたりで力を合わせれば、ポールを陽の当たる場所に連れ戻すことができるかもしれない。いまのいままで彼が死んだと思いこんでいたことに、ぼくは後ろめたさを感じはじめた。

だが、ヴェラが言っているのはポールのことではなく、ウェイターのことだった。次の瞬間、彼はテーブルにやってきて、どこか気の進まない様子でヴェラの注文を取った。店の反対側では、ウールのニット帽から長く汚らしい白髪《しらが》交じりの髪がはみ出た、みすぼらしい五十がらみの男が、バーテンダーと冗談を言いあっている。男は充血した目をぼくたちのテーブルのほうにちらちら向けていた。もっとも、ヴェラならどこへ行っても男の視線を引きつけるだろう。彼女が煙草に火をつけると、炎は左目の下の頬骨のでっぱりにあるU字型の傷を浮かびあがらせた。

「あの手紙を書いたときには」ウェイターが立ち去ると、ヴェラは話しはじめた。「誰も来やしないと思ってた。何度も破いては、そのたびに書き直した。やっとのことで投函《とうかん》したら、今度はここに来るのが日に日につらくなってきた。それでも通いつづけたわ。そのうちに、何日目だかわからなくなってきて。そんなときにあなたが来た。なぜ来たの？」

「きみの手紙を読んで」

「でも、あなたにも理由があるはずだわ」

「ポールはぼくの弟だ。何があったのか、知りたい」

「それを聞いて、どうするの？」

ぼくは肩をすくめた。「アメリカに帰る」

ヴェラは黙りこんで、紫煙の向こうからじっとぼくを見つめた。「あなたは弟の思い出を汚されたくないと思っているかもしれないけど、わたしの話で彼のイメージが変わることもありうるわ。でも、これだけは言っておくけど、いままで誰にも話したことがないの。この話はあなたにだけ。それ以外には誰にも話さない」ヴェラは煙草を揉み消して、顔を近づけた。テーブルに置かれた手は不自然に指が長くて白い。「あなたの弟は」低い声でつぶやく。「時計を盗んだの」

ぼくは続きを待った。

だが、彼女はそれ以上、何も言わなかった。

「時計というと」しかたなくぼくは先を促《うなが》した。「ロレックスとか、タグ・ホイヤーといった？」

「ふつうの時計じゃないわ。ルドルフ・コンプリケーションよ」

「それはスイス製の時計？」

ヴェラは天を仰ぎ、喉に手を当ててすばやく瞬きをした。「わかってないのね。ルドルフ・コンプリケーションは時間を知るための時計じゃないの。腕につけるものじゃなくて、芸術なの。歴史的に貴重な芸術品。ポールが姿を消したとき、彼は川のそばのギャラリーからその時計を盗もうとしていた。あるいは、すでに盗んだのかもしれない。確かなことはわからないわ」

「話が見えないんだが」

「川の向こう側のマラー・ストラナとカンパ島のあいだに、チェルトフカという運河があるの。〝悪魔の流れ〟という意味よ。その近くに――」

「なぜそんな名前がついたんだ？」

ヴェラは肩をすくめた。「ずっと昔に、あのそばに住んでいた老女が悪魔だと噂されていたとか。村人たちは、その老女の家のいたるところに小さな悪魔の絵を描いたそうよ。よくわからないけど、ほかの村の人に警告するためだったのかしら？　その運河には大きな木製の水車があるの。有名な水車。たぶん絵葉書で見たことがあるはずよ」

「ポールは絵葉書を送るような奴じゃなかった」

そう言ってから、少なくとも一枚は送ってきたことを思い出した。たしか彼がシカゴを去って一年ほどたったころ、死ぬ半年前かそこらのことだった。プラハの拷問博物館とかいうところの絵葉書で、両手を後ろで縛られ、脚を大きく広げて足首から逆さ吊りにされた男を描いた中世の版画だった。両わきに立ったふたりの男が大きなのこぎりの柄を持って、囚人の股を真っぷたつに切り裂いていた。

文面はこんなふうだった。

リー兄貴へ

せいぜいがんばっているだろう（ははは）。もっと書きたいけど、時間がないんだ（うひゃひゃ）。メリー・クリスマス!!! またな（わはは）。

たくましい弟、ポールより

「その水車の近くに、ガレリア・チェルトフカというギャラリーがあって」ヴェラが続ける。「わたしはそこで働いてたの。それで、ポールと一緒に時計を盗み出す計画を立てた。あなたの弟とルドルフ・コンプリケーションは一緒に姿を消したのよ。五日間、ポールは行方不明だった。そのあと、洪水がおさまってから、プラハ八区のカルリンで彼の服の一部が見つかったの。期限切れの労働許可証は彼の名前で、血の染みも血液型が一致した。カルリンはギャラリーからは離れているわ。ポールが住んでいたところからも、彼が顔を出すようなどんな場所からも。時計は見つからなかった。この盗みの計画には、じつはもうひとりの人物が関わっていたの。第三の男が。そもそもは、その男の思いつきだった。彼の計画。だから手紙を書いたのよ。あなたの弟は洪水で死んだのではない。殺されたんだわ。その第三の男がポールを殺したのよ」

五年前にポールが死んだと聞いたときにも、同じようにゆっくりと膝が伸びる感覚を味わった。ショックだが、驚きではない。店の反対側で、おそろいのフープイヤリングをつけたふたりの女性が頬にキスをしあっていた。カウンターのニット帽の中年男はぼくたちのほうを見ていたが、ぼくに気づかれたと見るや顔をそむけた。あるいは、単なる偶然だったのかもしれない。話の内容からして、被害妄想を抱くのも無理はないだろう。

「殺された」ぼくはオウム返しに言った。「確かなのか？」

ヴェラはうなずいた。

「警察には話したのか？」

彼女は口をゆがめ、さっと目をそらした。

「警察。彼らにはいまの話をしたのか？」

「ポールのことは話してないわ。もちろん、ギャラリーの全職員が質問された。国際刑事警察機構《インターポール》も捜査に乗り出した。でも、彼らが知りたかったのは時計のことだけ。ルドルフ・コンプリケーションの。誰もポールのことについては尋ねなかった」

「さっき言った第三の男というのは――」

「わたしは何も知らない」ヴェラはさえぎった。「知っていたのはポールだけ。わたしの身の安全を考えてのことよ。万が一その男が捕まっても、わたしのことは警察に話せない。逆にわたしが捕まっても、その男のことは話せない。あいだに入っていたのはポールだけ。つまり、彼は危険にさらされていたということ」

ただしポールが捕まれば、ふたりのことを警察に話しているかもしれないが――ぼくは考えをめぐらせた。もちろん、彼が生きていればの話だが。つまり、ポールが死んだと見なす根拠のある人間が、少なくともふたりいるというわけだ。そのうちのひとりが、いまぼくの目の前に座っている。

「弟はその男とどうやって知りあったんだ？」ぼくは尋ねてみた。

「わからない」ヴェラは言った。

「でも、彼について何か聞いているだろう」

「光沢のある髪だと言ってたわ」

「流行のつやつやの髪か、それとも脂《あぶら》ぎって、てかてかしているのか？」

「ただ光沢があると」

「その光沢男に名前はあるのか？」

「マルティンコ・クリンガーチ」

「それなら話は早いはずだ」

ヴェラは首を振った。「本名じゃないわ。マルティンコ・クリンガーチというのは、子ども向けの物語の登場人物なのよ。スロヴァキアのおとぎ話。たとえば、そうね……何だったかしら？ そうそう、ルンペルシュティルツキン（グリム童話。貧しい粉挽きの娘を王妃にしてやった小人が子どもを引き渡す約束のかわりに自分の名《ルンペルシュティルッキン》を当てさせる話）。マルティンコ・クリンガーチはがたがたの竹馬小僧と同じ意味なの」

ヴェラが続けようとすると、ウェイターがやってきて、きっかり〇・五リットルの印までビールが注がれた背の高いグラスをふたつテーブルに置いた。ヴェラはその場で代金を支払うと主張した――あるいは、単にそれがこの国のやり方なのかもしれない。ウェイターが小銭入れから釣り銭を取り出し、シャツの糸くずを取るふりをしながらゆっくり立ち去ると、ヴェラは煙草を揉み消して、灰皿をテーブルの端に押しやった。

「もう行かないと」彼女は言った。

「飲み物が来たばかりだ。ぼくもここに来たばかりだ」

「時間がないの。ごめんなさい」

「それなら、次はいつ会えるんだ？」

ヴェラは椅子を引いて立ちあがった。思ったよりも背が高い。少なくとも弟と同じくらいだ。「もう会えないわ」彼女は言った。

「このためにぼくは十時間も飛行機に乗って来たというのか？」

「わたしが言えることは全部話したわ。お願い、わかって」

「そもそも、これはぼくのスーツじゃないんだ」ぼくは早口でまくしたてた。「靴も自分のものじゃない。他人の靴を履いて歩きまわるのがどんな感じか、わかるか？」自分でも支離滅裂だとわかっていたので、恥をかかないうちにぼくは口を閉じた。ヴェラはうつむいたまま、黒の薄いレザージャケットをはおった。ボタンをとめる手が、這《は》いあがる白い蜘蛛《くも》のようだった。あろうことか、本当に帰るつもりなのだ。

「そもそも、どうしてぼくに話したんだ？」

「誰かが知っておくべきだから」

「だったら警察に話せばいいだろう。そうするべきだ」

「彼らは関心がないわ」

「なぜいまになって？　五年もたってから」

ヴェラはバッグを肩にかけた。

「チェコ語でビールは〝ピヴォ〟よ」彼女は言った。


「もっと飲みたければ、ウェイターに〝ピヴォ〟と言うだけでいいわ。帰るときには、バーテンダーにタクシーを呼んでもらって。通りで拾うと倍の料金をふんだくられるから。ホテルはどこ？」

「警察へ行く」

「それはおすすめしないわ」

「明日、もう一度会えなければ警察へ行く」

ヴェラは何かをつぶやいた。干からびたような、抑揚のない声だった。チェコ語というのは、つぶやくのに適している言葉のようだ。そして、彼女はぼくを見て言った。「ヴァーツラフ広場に馬に乗った男の像があるわ。そこで夕方の六時半に会いましょう。だから警察へは行かないで。わたしから聞いたことは誰にも話さないで。話すと厄介なことになるわ」

「わかった。明日、馬に乗った男の前で」

「そして、誰にも話さない」

「誰にも話さない

「約束すると言って」

「約束するよ。神に誓って。ここできみから聞いたことは」

ヴェラはぼくをじっと見つめ、やがて納得したのか、くるりと向きを変えて店を横切り、階段を上って姿を消した。例のニット帽をかぶった五十がらみの男は、彼女の後ろ姿をながめていたが、見えなくなると、ぼくに向かってにやりとして、わけ知り顔で軽くうなずいてみせた。あたかもふたりで何かの秘密を共有しているみたいに。顔をそむけた拍子に、テーブルの上のふたつのグラスに映った自分の顔に気づいた。ふたつのゆがんだ顔は途方に暮れていた。

鏡の迷路の中で

一九九七年十二月十二日の鏡の迷路《ズルツァロヴェ・ブルディシュチェ》事件に関する調査報告書

本報告書はプラハ市警のズデネク・ソロス刑事の命令により共産主義者犯罪記録捜査警察局《ÚDV》が作成したもので、内容は国家保安部《StB》（通称・秘密警察）の記録保管所で発見された録音記録を書き起こしたものである。ただし、調査に重要ではないと思われる第三者の名前に関しては、一九九二年の個人データ保護法により省略した。

われわれの見解では、これらの録音記録と添付の書類は、一九八四年のエリシュカ・レズニチュコヴァに関する捜査およびズルツァロヴェ・ブルディシュチェ[1]事件の全容を網羅するものではない。発見された録音記録だけではおそらく不完全であり、該当のテープ内において引用または言及されている書類の一部が明らかに欠けている。本件に関する記録が、一九八九年十一月の民主化革命の直後の混乱期またはそれに至るまでの時期において、チェコスロヴァキア共産党（KSČ）、内務省、国家保安部（StB）、または他の機関の関係者によって意図的に処分されたのか、あるいは事務上の手続き、もしくは組織的なミスにより紛失したのかどうかは定かではない。紛失した、あるいは破棄されたであろう関連書類の数についても、その内容についても不明である。StBの記録保管所に保管されている書類のリストアップおよびデータベース化の作業を進めるうちに、本件に関するさらなる書類が発見されることを期待する半面、そのような可能性を予測することは不可能と言わざるをえない。

ズルツァロヴェ・ブルディシュチェ事件において、StBの関与により起こった一連の出来事に関する結論は、現在のわれわれ独自の調査に基づいたものである。なお、本報告書の最後に、今後の調査および法的措置に対する勧告も付記する。

――――

＊1　原本のStBの書類どおり、〝ズルツァロヴェ・ブルディシュチェ〟はプラハ、マラー・ストラナ地区のペトシーンの丘にある鏡の迷路を指す。

共産主義者犯罪記録捜査警察局（ÚDV）
170-34　プラハ七区郵便局
私書箱21／ÚDV

録音記録#3113a
日付　一九八四年九月二十四日［時刻不明］
被聴取者　エリシュカ・レズニチュコヴァ
事例　#1331　ズルツァロヴェ・ブルディシュチ
　エ事件
事情聴取第二回
場所　プラハ一区バルトロミェイスカ10
担当　捜査官#3553[*2]

レズニチュコヴァ　アコーディオンは弾かないわ。
［不明瞭——四秒間］

捜査官#3553　もう一度、最初から始めます。名前をどうぞ。
レズニチュコヴァ　エリシュカ・レズニチュコヴァ。
捜査官#3553　年齢。
レズニチュコヴァ　二十七歳。
捜査官#3553　職業。
レズニチュコヴァ　知ってるでしょう。
捜査官#3553　もう一度、お願いします。
レズニチュコヴァ　〈ブラック・ラビット〉で働いて

るわ。酒場よ。

捜査官#3553　場所は？

レズニチュコヴァ　プラハ二区、新市街のオストロヴニー通り。

捜査官#3553　仕事の内容をくわしく教えてください。

レズニチュコヴァ　ビールを注いだり、代金を受け取ってレジにしまったり、グラスを洗って重ねたり。客が帰ると、店のドアに鍵をかける。翌日に店長の[redacted]が来るときには掃除をする。そんなところよ。アコーディオンは弾かないわ、店でも家でも。アコーディオンを弾く知り合いもいない。

捜査官#3553　結婚していますか？

レズニチュコヴァ　前にも訊いたでしょう。答えは、いまでも〝いいえ〟。

捜査官#3553　子どもは？

レズニチュコヴァ　いないわ。

＊2　共産主義者犯罪記録捜査警察局（ÚDV）は現時点で捜査官#3553の身元を特定できていない。詳細はÚDVの書類12B#141を参照。

捜査官#3553　ボーイフレンドは?

レズニチュコヴァ　もうボーイを相手にする年じゃないもの。

捜査官#3553　では、レズビアンですか?

レズニチュコヴァ　それとアコーディオンと何の関係があるの?　わからないわ。ちっともわからない。

捜査官#3553　われわれはアコーディオンには興味がない。知りたいのはもっぱら――

レズニチュコヴァ　わかってる。ケースのことでしょう?　アコーディオンのケース。もう一度繰りかえすと、そんなもの見たこともないわ。

捜査官#3553　どうして断言できるんですか?　あなたに見せたこともないのに、特定のアコーディオンケースを手にしたことがないと。そもそもアコーディオンケースというものを見たことがないというなら話は別だが。それなら、あなたが明らかに件《くだん》のアコーディオンケースを手にした可能性は除外できる。

捜査官#3553　いまのは公式の発言ですか?　生まれてこのかた、どのような説明にも当てはまるアコーディオンケースをひとつとして見たことがないと?　率直に言うと、同志レズニチュコヴァ、そのようなことは到底、認めがたい。

レズニチュコヴァ　だったら早く見せて!　ここに持ってきて。そうすれば、見たことがないと公式に言えるから。

捜査官#3553　いまそうしても無駄だと思うが。あなたの視力は著《いちじる》しく損なわれているはずだ。もしよければ、あのポスターを声に出して読んでみてください。

レズニチュコヴァ　こんなのばかげてるわ。

捜査官#3553　あなたは字を読むことができますよね？　つまり、すぐ左側の三メートルしか離れていないところの張り紙の文字を読みあげられないのは、識字能力の欠如ではない。認めますね？　あの字体はきわめて読みやすく、部屋の照明もじゅうぶん――

レズニチュコヴァ　眼鏡をかければ、ええ、もちろん読めるわ。今朝、拘束されたときに、あなたの仲間がわざと踏みつけていなければ、いまごろちゃんとかけていたのに。それとも、あれは昨日の朝だったかしら。いつでもいいわ。明日はすでに昨日だ。

捜査官#3553　それはどういう意味ですか？

レズニチュコヴァ　ポスターよ。〝明日はすでに昨日だ〟と書いてあるわ。袖まくりをした労働者が大きなハンマーを肩にかついでいて、〝明日はすでに昨日だ〟と書いてある。わたしにも意味はわからないわ。

捜査官#3553　いいでしょう。ただし、チェコスロヴァキア社会主義共和国の高潔な労働者の偉業を称える、非常に読みやすいはずのメッセージを判読するのに、あなたはほとんど目を閉じるくらいに細めて、椅子が倒れそうなほどポスターのほうに身を乗り出さなければならなかった。眼鏡がなければ盲目も同然だと言えるのではありませんか、同志レズニチュコヴァ？

レズニチュコヴァ そのとおり。目を細めなければ、あなたの顔もほとんど見えない。これ以上はっきり見たいとは思わないけど。わたしの目にぼんやりと映っているのは、薄くなりかけた髪と、分厚い緑の服に包まれた灰色がかった肌だけ。深緑のミリタリーキャップ、緑のウールの外套《がいとう》、黄緑色のネクタイ。〝緑のぼんやり〟と呼んであげるわ。男性向けの石鹸《せっけん》を使っているわね。煙草はルダ・フヴィェズダ、つまりレッド・スター、プロレタリアのための銘柄。だけど、勤務時間外はたぶん海外の贅沢品《ぜいたくひん》を扱う〈テュゼックス〉の配給券で買ったアメリカの煙草を吸っている。あらゆる点で典型的な警官。でも思うんだけど、わたしの状況は明らかにStB、つまり秘密警察の管轄じゃないの？

捜査官#３５５３ なぜそう思うのですか？

レズニチュコヴァ それとも〝緑のぼんやり〟さんは、ふつうの公安部の警官を装っているけれど、本当は国家保安部の秘密諜報部員なの？　あるいは、すでにおおぜいの秘密警察が大学教授や司祭、技師、工場長に扮《ふん》しているから、お巡りさんに変装するしかなかったというわけ？　だけど、それじゃあ羊の皮をかぶったオオカミにも見えないわ。たぶん羊の皮が残っていなかったのね。あるのはオオカミと犬だけ。

捜査官#３５５３ われわれはあなたのアパートメントを捜索して、たくさんの品を発見した。それらについては、のちほどうかがうとして、喜んでください、枕もとのテーブルに予備の眼鏡がありましたよ。

レズニチュコヴァ　読書用の眼鏡よ。

捜査官#３５５３　調べてからお返しします。その時点で、おそらくアコーディオンケースをお見せできるでしょう。

レズニチュコヴァ　読書用の眼鏡を調べてるの？

捜査官#３５５３　関係のありそうな証拠品はすべて調べます。

レズニチュコヴァ　眼鏡がどう関係あるというの？

捜査官#３５５３　眼鏡について話すことは許されていません。

レズニチュコヴァ　［不明瞭］でも、せめて教えてもらえるかしら。いまはアコーディオンを弾いたり持っていたりすることが罪なの？　本当にそのことが重要だとすれば。それとも、楽器そのものが何かに違反してるの？

捜査官#３５５３　なぜそれほどアコーディオンにこだわるのですか？

レズニチュコヴァ　そういうあなたは、なぜそのことを六百回も訊くの？

捜査官#３５５３　われわれは事件のことについて話しているだけです。

レズニチュコヴァ　そして、その事件にアコーディオンが関係している。
捜査官#３５３　事件に関係しているのは、あくまでアコーディオンケースです。あなたもわかっているはずだ。楽器としてのアコーディオンは、あなたに対する嫌疑とはいっさい無関係です。
レズニチュコヴァ　なるほど。わたしに嫌疑がかけられているのね？
捜査官#３５３　嫌疑について話すことは許されていません。では、日曜の朝のあなたの行動について話しましょう。あなたは午前八時ごろに外出している。
レズニチュコヴァ　ひとつ質問させて。あなたには捕まえるべき殺人犯はいないの？

［沈黙——三秒間］

レズニチュコヴァ　わたしなんかに構うよりも、逃亡中の殺人鬼を追跡してほしいと、どの市民も願っているんじゃないかしら？

［沈黙——四秒間］

レズニチュコヴァ　何のことだかわかってるでしょう。土曜の朝、ストラホフ・スタジアムのそばで少女の遺体が発見された。店はその話題で持ちきりだったわ。みんな、あいつの仕業《しわざ》だと言っている——〝神の右手〟の。
捜査官#３５３　〝神の右手〟など実在しない。そんなことはわかっているはずだ。九月二十三日の日曜の朝——

レズニチュコヴァ　殺人犯の存在を認めないかぎり、あなたには彼の犯行を阻止する責任がない、そういうことでしょう？　どこかの大臣か何かが、連続殺人犯は堕落した西側社会の弊害だと言ってなかった？　行き過ぎた資本主義の歪《ゆが》んだ結果だと？

捜査官#3553　人々を混乱におとしいれるそのような思考は許されるべきものではないが、いわゆる〝神の右手〟の犯行に関しては、いっさい証明することはできないと言っておきましょう。

レズニチュコヴァ　もちろん。殺人犯もその罪も、歴史からきれいさっぱり抹殺されているわ。彼らの話によれば。

捜査官#3553　〝彼ら〟とは？

レズニチュコヴァ　名前を挙げろというの？　〝彼ら〟っていうのはみんなよ。たぶん、あなたのお母さんも含まれているわ。わらべ歌を聞いたことない？　あなたたちはいつでも聞き耳を立てているくせに、何も聞いていないのね。

捜査官#3553　次は、通りを走り抜けて、臓器を摘出するために子どもたちを連れ去る不審な黒いバンについて質問するつもりなら、それも作り話だと言っておきましょう。

レズニチュコヴァ　〝八月の空に月が高く上り、風が木々の合間をうなる夜　殺人者が暗く曲がった道をさまよい歩く……〟

捜査官#3553　九月二十三日の日曜日、あなたは外出した。

レズニチュコヴァ　本当に聞いたことがないの？　レントナーの詩をもとに作られた歌よ。

捜査官#3553　コスモナウトゥー駅[*3]で地下鉄C線に乗った。

レズニチュコヴァ　〝永遠にさまよう運命《さだめ》に生まれ、時計をかけた首を垂れ　その痛ましい宿命は、カチカチおぞましい音を刻む……〟

捜査官#3553　あなたはコスモナウトゥー駅で地下鉄C線に乗って、ムゼウム駅まで行った。

レズニチュコヴァ　そうしたければ無視しても構わないけど、噂を食い止めることはできないわ。子どもたちが寝たあとの夕食の席で。肉屋の外で、延々と待たされるおばあさんたちが我慢くらべの合間に。わたしの働いている〈ブラック・ラビット〉でも酒の肴《さかな》に。去年、行方不明だったごみ収集人の死体がブベネチで見つかった。一年前には、ヴィシェフラドの墓地で少女が死んでいた。その二年前には、スミーホフのタイヤの倉庫で[redacted]という名の十三歳の少年が。

捜査官#3553　そこでA線に乗り換えて、マロストランスカーで降りた。そしてクラロフ通りでトラムに乗って、ペトシーンの丘のふもとまで行った。

そうですね？

レズニチュコヴァ　誰もが忘れていない。ひとり、またひとりと姿を消しつづけていることを。決まって毎年秋に。首を絞められたり、殴られたり、溺れさせられたり、喉を掻《か》き切られたりして。女も、男も、ときとして子どもも。見つかった死体はみんな右手がない。左手ではなくて、かならず右手が。

捜査官#３５５３　Ａ線に乗り換えて、マロストランスカーで降りた。

レズニチュコヴァ　母は子どものころヨゼフォフの[redacted]通りに住んでいて、向かい側に骨董《こっとう》商と知的障害のある息子が暮らしていた。[redacted]親子。しばらくして……

[不明瞭——七秒間]

レズニチュコヴァ　……の隅で。顔には蠅《はえ》が群がっていた。

捜査官#３５５３　クラロフ通りでトラムに乗って、ペトシーンの丘のふもとまで行った。

レズニチュコヴァ　どの話も基本的には同じ。一見、作り話にも思える、身の毛がよだつような話。切り落とされた右手は、ほんの始まりにすぎない。

捜査官#３５５３　あなたがアコーディオンケースを持っているのを目撃した人がいる。

＊3　一九八九年十一月の民主化革命後に〝ハージェ駅〟に改名された。

レズニチュコヴァ　そして次は幼い少女。ブジェヴノフで死体が見つかった。それともスミーホフの体育館だったかしら?　いろんな説があるわ。少女は最後の一滴まで血をしぼりとられていた。または目が頭蓋骨《ずがいこつ》にめり込んでいた。歯が根こそぎ引っこ抜かれていた。自分の黒い、赤い、ブロンドの髪が口に詰められて窒息していた。あるいは──

捜査官#3553　少女は六歳だった。

[沈黙──二秒間]

捜査官#3553　名前は[redacted]。鈍器で殴られて、頭蓋骨を四箇所、骨折していた。遺体が発見されたのは、いずれの場所でもない。

[沈黙──九秒間]

レズニチュコヴァ　どうやら、あなたのほうがくわしいようね。

捜査官#3553　そんなことはない。

[テープ終了]

3

朝八時ごろ、ぼくは目を覚まして困惑した。周囲は淡い黄色の壁で、あごひげを生やした男がふたり、煙草の煙が立ちこめた酒場でチェスをしている侘《わび》しい絵が一枚飾られているだけだった。片方の男が海泡石《メアシャム》のパイプを歯ぎしりしそうなほど強くくわえ、集中して顔をこわばらせている一方で、対戦相手の若い男が上着の袖で平然と眼鏡を拭いている様子を見れば、どちらが負けているかは一目瞭然《いちもくりょうぜん》だ。それ以外の人物はただの背景として描かれ、たゆたう煙の幕に会話も吸いこまれているようだった。

ここは市の中心部のすぐ北、カルリンにある数少ないホテルのひとつで、弟の血の染みがついたシャツと期限切れの労働許可証が中庭で見つかったクジジーコヴァ通りの建物から数ブロックの距離だ。五階建てのネオルネサンス様式の建物は、幹線道路から百メートルと離れていないために、サーモンピンクの正面部分が灰色になりかけている。ぼくの部屋のある三階の窓からは、草の生えた狭い駐車場とマクドナルド、それにトラムの停留所が見えた。通りの反対側には世界一みすぼらしい靴屋があり、窓に鏡をはめこんで〝二十四時間　ヘルナ・バー〟というネオンサインを掲げた、うらぶれた店と肩を並べていた。

ゆうべ〈ブラック・ラビット〉から戻ってくるときに、通りで八歳くらいの少女につきまとわれた。地下鉄の駅からずっとあとをついてきて、すぐ背後で何度も同じ言葉を繰りかえしながら、しきりに『プラハ自由自在』というポケットサイズの中古ガイドブックをぼくに渡そうとした。なかなかきれいで、驚いたことに、表紙にはところどころかすれているが金文字が浮かびあがり、しかも黒い革の装丁だったが、ぼくは観光などするつもりはまったくなかった。ところが、少女はとにかくしつこかった。とうとう根負けしてコルナ硬貨を数枚やると、彼女はぞっとするような笑みを見せた。その哀れな少女の歯ぐきは病的に黒ずんでいて、歯は一本もなかった。

ぼくは『プラハ自由自在』を開き、古本特有のかびくさいにおいを感じながら黄ばんだページをめくって、〝ヘルナ・バー〟とは何なのか調べてみた。てっきりエネルギー補給用のプロテイン入りスナック菓子かと思っていたが、そうではなくて、賭《か》け金の安い賭《と》博《ばく》場だった。奇妙なことに、本に載っている写真はホテルの向かいのヘルナ・バーにそっくりで、しかもちょうどぼくがいま見下ろしている角度から撮られたものだった。遠くの丘のてっぺんに、いまにも飛び立とうとしている不格好なロケットみたいなジシュコフテレビ塔がそびえている。ガイドブックによれば、この塔は街でいちばん高い建物で、本当かどうかわからないが、西欧のラジオやテレビ放送を妨害するためにソ連政府によって建設されたという。ソ連軍が撤退すると、地元の芸術家が、アリのように表面をよじのぼる顔のない黒い赤ん坊の彫刻をいくつもくっつけた。

『プラハ自由自在』によれば、この地区は一四二〇年、神聖ローマ帝国による十字軍とフス派の信者が血みどろの戦いを繰り広げた場所だそうだ。慌てて逃げようとした十字軍の兵士の多くがヴルタヴァ川で溺れ、〝泥や砂のあいだに埋もれた骨によって、川は人間の愚かさを物語っている〟と記されていた。このあたりには、どうやらめぼしい観光スポットはなく、載っていたのは紙だけで作られた街の巨大なジオラマを展示している博物館だけだった。このジオラマは、十八世紀にある男が十一年かけて製作したものだが、結局この男は破算し、無一文で死んだという。〝プラハという街は、熱い血をたぎらせた者の大いなる野望に火をつけておきながら、〟とガイドブックの欄外に警告が記されている。〝数多《あまた》の人のひたむきな努力を打ち砕いてきた歴史を持つ。おそらく、かの国民的作家が書いているように、この愛すべき母なる街は爪を持っているのだろう〟

その朝のぼくの野望は、まったく大いなるものではなかった。ヴェラとの約束の時間まで何もすることはなく、観光客を装うつもりもなかった。ぼくがプラハという街を見たくないのは、ばかげているかもしれないが、ポールの死を、爪を持った愛すべき母のせいにしているからかもしれない。弟が生きていた頃から、ぼくは彼がヨーロッパにいるという事実に慣れることができずにいた。ポールはアメリカ映画史上に残る名脚本を書こうとしているインテリ大学生だったわけでもないし、カフェでこれ見よがしに読むために『存在の耐えられない軽さ』を持ち歩く、親のすねかじりの放蕩者《ほうとうもの》でも、紛争と混乱の続く東欧でひと旗あげようともくろむ冒険的な起業家でもなかった。もちろん情報機関や外交団の一員にも見えない。情報収集や外交術といったものは、彼の得意とするところではなかった。もっとも、ぼくに言わせれば、ポールは彼なりに賢かったが。そう言うと、太っていてもかわいい顔の女の子みたいな言い方に聞こえるかもしれないが、それとはちょっと違う。ポールは明らかにぼくの知らないことを知っていた。場外馬券売り場で迷わず馬券を買えたし、どの街でも二十四時間営業のうまい食堂を見つけられたし、賭けの胴元や、いかがわしい麻薬の売人、はたまた警官が相手でも仕事の話ができた。車のトランスミッションの改造費用がいくらかかるか知っているので騙《だま》されることもなく、タトゥーの紫外線インクに関する医学上のリスクや、サーフィンのレギュラーとグーフィー・スタンスの違い、それにクリスマスイブに店を開けている質屋も知っていた。

彼のそんな知識がヨーロッパの真ん中でどんな役に

立つのかはわからなかったが、そんなことはどうでもよかった。端的に言えば、ポールがプラハへ行ったのは愛のためだった。もっとも、仲間内で女のことを話すときに〝愛〟という言葉を使うくらいなら、彼はホワイトソックスの本拠地だったコミスキー・パークでカブスのユニフォームを着ていただろう。友だちとサーマックのバーで飲んでいたときに、ポールはサルカという名のチェコの娘と知りあった。彼女は留学生で、昼間はホームステイ先のゴールドコーストの夫婦宅で家事を手伝い、夜はバーで働いていた。ふたりは付きあいはじめたが、やがて彼女のビザのトラブルが発生し、いったんチェコ共和国に戻って労働許可を再申請しなければならなくなった。そのころは、まだ付きあって三、四カ月だったが、彼女は一緒にプラハに来て、らちが明かないお役所仕事が終わるのを待ってほしいとポールを誘った。そのことを弟から聞いたとき、ぼくはもう二度とサルカの名前を耳にすることはないと思った。その一週間後、ポールは電話をかけてきて、彼女と一緒に行くと告げた。

チェコ共和国について何か知っているのか、とぼくは尋ねた。歴史、言葉、食べ物、文化、気候……。そもそも、チェコの有名人の名前を挙げられるか？　そういう兄さんはどうなんだ、と彼は問いかえした。フランツ・カフカ、とぼくは答えた。ミロシュ・フォアマン、マルチナ・ナブラチロワ、ヴァーツラフ・ハヴェル、ナディア・コマネチ（これは嘘。彼女がルーマニア人だということは知っていた）。それから、〈カーズ〉のボーカルと結婚したあのモデルも。ポールは笑って、そんなのは口から出まかせだと切り捨てた。たとえそうでなくても、おれが聞いたことがなければ、どれだけ有名だというのか。そして、ぼくの知らないチェコ人の名前を次々と挙げた。どれもアイスホッケーの選手かポルノスターだった。それからポーリーナ・ポリツコヴァだろ、とポールはつけ加えた。例の

〈カーズ〉の運のいい奴と結婚した女は。ナディア・コマネチはブルガリア人だ、ポールはそう言った。

ぼくはシャワーを浴びた。バスタブは清潔で、湯の出具合もちょうどよかった。客室の清掃係がノックして部屋に入ってきたが、ぼくはずっとシャワーを浴びていた。彼らが出ていくと、体を拭いて服を着た。スーツは〈ブラック・ラビット〉ですっかり煙草くさくなっていたが、ほかに着るものはなかった。父の靴を履いていると、部屋の隅の書き物机の上に大きなマニラ封筒があるのに気づいた。ブロック体でぼくの（あるいは父の）名前が記されている。近づいて封筒を開けると、小さなパンフレットが出てきた。

「**ルドルフの秘宝**」

ハプスブルク家の皇帝ルドルフ二世のコレクションから美術品・骨董品の数々

二〇〇二年七月十五日〜九月十五日
ガレリア・チェルトフカ
プラハ一区マラー・ストラナ、ウ・ルジツケーホ・セミナージェ20

日付と、チェルトフカ、マラー・ストラナという名前が表紙に印刷されていたにもかかわらず、中身をぱらぱらめくって時計の説明を目にするまで、ぼくは自分が何を見ているのかわからなかった。

展示物23 ルドルフ・コンプリケーション

ルドルフ・コンプリケーションは、もともと十六世紀の帝国衰退期に神聖ローマ皇帝ルドルフ二世のために作られた時計である。

ルドルフ二世（一五五二〜一六一二）は謎めい

た支配者で、きわめて教養に富んでいた反面、情緒不安定で被害妄想にとらわれた非常に迷信深い人物でもあり、世界じゅうから莫大《ばくだい》な数の芸術品や秘宝を集め、みずからの治世のあいだ神聖ローマ帝国の首都としたプラハの城に保管していた。また、ティコ・ブラーエやヨハネス・ケプラーといった有名な科学者や数学者から、空想的な異端の哲学者ジョルダーノ・ブルーノ、詐欺師まがいの錬金術師ミカエル・センディヴォギウス、はたまた狡猾《こうかつ》な占星術師ジェロニモ・スコッタに至るまで、ヨーロッパのすぐれた知識人や奇人変人を保護していたことでも知られる。

こうした厚かましいペテン師のなかでも、とりわけルドルフ二世の信頼を得たのが、イギリス人のエドワード・ケリー（またの名をエドワード・タルボット、エドワード・エンゲレンダー）だった。自称霊媒師のケリーは、エリザベス一世に寵《ちょう》愛《あい》された宮廷学者ジョン・ディーと組み、一時はルドルフ二世のお抱え錬金術師にもなったが、約束した〝賢者の石〟を作ることができなかったために皇帝の怒りを買い、プラハの西のクシヴォクラート城に幽閉された。その後、脱出を試みた際に、高い塔から落ちて脚を折った。

その後、恩赦を受けたケリーがルドルフ二世との関係を修復するために設計したのがこの時計だと言われている。ケリーが当時の高名なラビ、レーヴから学んだとされるユダヤ教神秘思想主義の記号を彫りこんだ魔法の金属で作られたこの時計には、逆に進む時間を表示する隠された文字盤があり、時計を身につけた人物の時間を止め、不老不死をもたらすとされた。魔術やからくりに目のない臆病な皇帝にとって、これほど興味を引かれるものはなかっただろう。

ルドルフ二世はこの時計の製作に莫大な額を支払ったと言われている。ルドルフ・コンプリケーションの完成および受け渡しにまつわる詳細は歴史に埋もれてしまったが、皇帝はまたもや騙されたと思ったにちがいない。彼はふたたびケリーを、今度はジェヴィン城に幽閉した。一五九七年、またしても脱出しようとしたケリーは、またしても脚を折り、結局みずから命を絶った。彼の遺体はボヘミアの北、モスト村の郊外にある貧困者の共同墓地に埋葬された。

ルドルフ二世自身は、その十五年後にこの世を去り、彼のコレクションは一六二〇年、悲惨な白《はく》山《さん》の戦いの末にプラハへと侵入した征服者たちによって略奪された。その後、数世紀ものあいだ行方不明だったルドルフの貴重な時計がチェコ共和国の人民に返還されたのは、ごく最近のことで、本展覧会が初公開となる。

説明文の下に、二枚並んだ時計の挿し絵が添えられている。一方は蓋が閉じられたもの、もう一方は蓋が開いているもの。金色の蓋には、いまにも飛び出してきそうなライオンの紋章が彫られている。中には黄色っぽい象牙《ぞうげ》色の文字盤に黒いローマ数字が丸く並び、時間を示す先の細い針が一本あるだけで、分針も秒針もない。パンフレットには時計を身につけた皇帝ルドルフの肖像画も載っている。二重あご、団子鼻、腫《は》れぼったいまぶた、とがったあご先——おそらく画家が実物以上によく描いたことを考えると、ルドルフ二世は壮年期のリチャード・ニクソンに似ていたと思われる。時計はタンバリンのような形で、大きさもタンバリンに近く、腕時計というよりも、八〇年代に東海岸のヒップホップのラッパーたちが首からかけていたものに近い。

いったい、どれほどの価値があるものなのか。数千？　数十万？　数百万？

誰が見ても、ポールはどでかいことを考える男だった。

その考えはけっして明確ではなく、めったに深くもなかったが、たいていでかかった。

彼なりに賢かったのだ。

ルドルフの陰気な顔の下、ページの隅にメッセージが書きこまれていた。黒いインクはまだ乾ききっておらず、ホテルの窓から射しこむ朝日にきらめいて見える。

〝旧市街広場の天文時計、午前九時〟

どうやらヴェラがメイドかホテルの従業員に金を渡して、これをぼくの部屋まで持って来させたようだ。約束をキャンセルして場所を変更した。賢い作戦だ。


もはやぼくには盗聴器を用意して装着する時間も、変装した警官に待ち合わせの場所まで尾行させる手配をする時間もない。ぼく自身、そんなことをちょっとは考えたものの、午前四時に時差ぼけで寝返りを打ちながら、ばかばかしいとすぐさま却下したのだ。

ぼくは『プラハ自由自在』で天文時計を探した。プラハでも指折りの観光スポットで、ヨーロッパで最も有名な時計のひとつだった。〝この名高い時計《オルロージュ》にまつわる伝説は数多くあり、〟とガイドブックは解説している。〝陰謀や暴力的な破壊行為のエピソードも枚挙にいとまがないが、いずれも酔っぱらったトルコ人と同じで無視したほうがよい〟。ぼくはもう一度読んでみたが、やはり読み間違いではなかった。どうやらチェコのガイドブック業界に文化的配慮の動きはまだ達していないようだ。

新たな待ち合わせ場所に有名な昔の時計を選んだのはヴェラの皮肉だろうか、そう考えながら、ぼくはあとで住所が必要になったときのためにパンフレットの表紙を破り、折りたたんで『プラハ自由自在』にはさむと、それを上着のポケットに突っこんだ。絵の中でチェス盤をはさんで背を丸めているふたりの男は、ぼくが部屋を出ていくときにも、あいかわらず次の手を考えていた。

鏡の迷路の中で（2）

録音記録#3113b
日付　一九八四年九月二十六日［時刻不明］
被聴取者　エリシュカ・レズニチュコヴァ
事例　#1331　ズルツァロヴェ・ブルディシュチェ事件
事情聴取第五回
場所　不明
担当　捜査官#3553

捜査官#3553　丘の上まではケーブルカーで？
レズニチュコヴァ　故障中だったわ。

捜査官#３５３　では歩いて上ったのですか？　同志レズニチュコヴァ？　よく思い出してください。あなたはペトシーンの丘までトラムで行った。そして丘を上った。アコーディオンケースを持って。

レズニチュコヴァ　そうは言っていないわ。

捜査官#３５３　目撃者がいる。あなたはどこへ向かっていたんですか？

レズニチュコヴァ　目撃者に訊けば？

捜査官#３５３　ケーブルカーを降りてから、どこへ向かいましたか？　あなたはペトシーンの丘の上までケーブルカーに乗ったと言いましたよね？

レズニチュコヴァ　故障中だったと言ったはずよ。

捜査官#３５３　ペトシーンの頂上で誰と会う予定だったんですか？　何をするつもりだったんですか？　どこへ向かったんですか？

レズニチュコヴァ　マタイ二十五、三十一。

捜査官#３５３　住所ですね。マタイ通りとは、正確にはどこにあるのですか？

レズニチュコヴァ　通りじゃないわ。聖書よ。マタイによる福音書二十五章三十一節。〝人の子は、栄光に輝いて天使たちをみな従えて来るとき、その栄光の座に着く。そして、すべての国の民がその前に集められると、羊飼いが羊と山羊を分けるように、彼らをより分け、羊を右に、山羊を左に置く〟

捜査官#３５５３　なぜ左に？
レズニチュコヴァ　マタイに訊いて。
捜査官#３５５３　政治的な比喩《ひゆ》ですか？
レズニチュコヴァ　わたしはそんなに賢くないわ。
捜査官#３５５３　では、自分を信心深い人間だと考えていますか？
レズニチュコヴァ　自分については、できるかぎり考えないことにしてるの。
捜査官#３５５３　そんなに聖書にくわしいのはなぜですか？　いまの節は、あなたにとって特別な意味があるにちがいない。なぜですか？
レズニチュコヴァ　意味なんてない。もう疲れたわ。少し寝ないとだめ。何を訊いても無駄よ。自分でも何を言っているのかわからないから。
捜査官#３５５３　あなたに聞いてほしいものがあります。
［紙をめくる音――四秒間］
捜査官#３５５３　〝……眼下に広がるプラハは眠れる街。茨《いばら》のあいだを這いまわる蛇のごとく時間が流れ、それぞれの時代は溶けた抜け殻を石に刻みながら移ろう。けれど、その日曜の朝、彼が高台にあるレトナー公園にたたずんでいるときには時間は流れず、街は眠っているというよりは見捨てられたよう

に見えた。肉屋の主人はかつて、アメリカが一瞬のうちに跡形もなく人類を消し去りながらも、建物や橋や道路は無傷のまま残すことのできる新たな武器を開発したという記事を読んだことがあった。たしか、中性子爆弾といった。肉屋の主人は、人間や命がいっさい存在しないプラハを思い描く。隅から隅まで生気なく広がる遺跡のような街を。だが、そのとき鳥がさえずり、誰もいない公園の向こう側にいる小さな山羊娘が視界に飛びこんできて、街が息を吹きかえす〟

レズニチュコヴァ　やめて。

捜査官#3553　〝遠くの屋根から雪がすべり落ち、押し殺された音とともに吹きだまりに落下し、肉屋の主人は繰りかえし目を瞬《しばたた》きながら、それまで考えていたことを思い出そうとするが、すでに頭の中は空っぽで、何ひとつよみがえらない。茶色のワンピースを着た少女が誰もいないレトナー公園の外れに現われる。そして目の前を通り過ぎる瞬間、肉屋の主人は少女を捕らえ、裸足《はだし》の後ろ脚の蹄《ひづめ》をつかんで逆さまに吊り下げ、山羊の頭をコンクリートにたたきつける。少女は泣き叫び、いななき、腕をばたつかせるが、やがて泣きやんで、腕も動かなくなり、みるみる山羊の血があふれ出す。肉屋の主人はだらりとした少女の右腕を歩道の上に伸ばし、ナイフを取り出して青空を仰ぐ。次の瞬間、刃が振り下ろされ、もはや五本指の手は彼女の体の一部ではなくなる。肉屋の主人はその腕をポケットに入れる。そして、みずからの指をひそかに彼女の指と絡ませつつ、小刻みに震えて揺らめく古い街に向かって丘を下りる〟

［沈黙――五秒間］

捜査官#3553　この文章に聞き覚えは？

［沈黙——二秒間］

捜査官#3553　これはあなたの書いたものですね？　あなたは作家だとはひと言も言わなかった。

レズニチュコヴァ　きっぱり言いきるのは早合点かもしれないわ。だけど、ええ、たしかにそれはわたしが書いたものよ。いま執筆中の作品。自分の楽しみのために。だから何の関係もないわ。

捜査官#3553　非常に混乱を招く内容だ。

レズニチュコヴァ　大丈夫、混乱したのはわたしだけだから。

捜査官#3553　それでも、興味深い点がいくつもある。とりわけ、〝神の右手〟とおぼしき人物に対する明らかな執着です。

レズニチュコヴァ　執着なんかじゃないわ。ただの関心よ。それに、本来なら関心を持つべきなのはあなたたちでしょう。そう思わない？

捜査官#3553　では、主人公について話しましょう。彼の本名はマルティン・ヴラサークだという記述もあるが、通常は職業で、すなわち〝肉屋の主人〟と呼ばれている。これは注目すべき点だ。なぜなら、あなたの苗字のレズニチュコヴァは〝肉屋〟を意味するチェコ語の女性形だから。さらに、全体が主人公の視点で描かれ、日記形式で、しかも現在形になっている。

レズニチュコヴァ　わたしが何かの目くらましで話を書いているというなら――

捜査官#３５３　いま読んだ文章を書いたのはいつのことですか？　ペトシーンの丘に上る前ですか、それともあとですか？

レズニチュコヴァ　前よ。ずっと前。何カ月も。

捜査官#３５３　あなたのコスモナウトゥーのアパートメントの隣人は、逮捕される前の晩、あなたが過度にトイレの水を流していたと証言している。

レズニチュコヴァ　ほんとに？　ちなみに、どれくらいが過度になるの？　トイレ省の推奨する制限回数でもあるわけ？

捜査官#３５３　あなたは自分の書いたものを処分しようとしていた。では、なぜこの文書も流さなかったんですか？　われわれが見つけられないとでも？　別の部分を読んでみましょう。主人公が〈ホワイト・ラビット〉という酒場へ行くくだりです。どこかで聞いたような名前だ。

レズニチュコヴァ　あらかじめ言っておくけど、〈ブラック・ラビット〉とは関係ないわ。〈ジェファーソン・エアプレイン〉の歌から名づけたのよ。その歌自体は『不思議の国のアリス』をモチーフに作られたものだけど。

捜査官#３５３　あなたの書いたものを読んでみましょう。〝あと十分で十二時になるころ、〈ホワイト・ラビット〉の天井には煙草の煙が立ちこめている。肉屋の主人は時計を見るまでもなく、空いたグラスの水滴がテーブルに作った取りとめもない輪っかの数や、ぞんざいな手振りや床に倒れこみそうなほど力強いうなずきとともに何度となく同じことが繰りかえされる会話で、閉店時間が近いことを知る。昨日、フサーク大統領がテレビに出演して、チェコスロヴァキアの勤勉なる人民に対して酒を飲みすぎないよう呼びかけていた。おそらく、これが彼らなりの抗議、そして真(しん)の生き方なのだろう〟

レズニチュコヴァ　全部、架空の登場人物の言っていることよ。

捜査官#3553　無関心は、たとえ架空の人物でも乗り越えて進むべき障害だ。

レズニチュコヴァ　驚いた。いいわ、覚えておくから。

そろそろ寝かせてもらえるかしら?

捜査官#3553　まだ続きがある。〝彼らの多くはかつての人生から押し出され、本来の自分から引き離されている。何も書かせてもらえない脚本家、カメラを取りあげられた映画監督、終身在職権を剝奪(はくだつ)された大学教授、引退させられた建築家。いまや彼らは通りの清掃人や石炭すくい、穿孔機(せんこうき)のオペレーターとして働いている。窓を拭いたり、死体を洗ったり。彼らは仕事をするふりをしている。政府は給料を支払うふりをしている。肉屋の主人は飲み仲間のことを、終わらない冬を越すために冬眠している年老いた熊だと考えている。あるいは、〈ホワイト・ラビット〉は心の防空壕のような場所だと。ほんの数時間だけでも、精神的な放射性物質の降下を避けることができたと錯覚する場所。無傷のまま誇らしげに暗闇を抜け出して、太陽の輝くまばゆい未来に目

レズニチュコヴァ　それに、わたしはたしかにペトシーンの丘にアコーディオンケースを持っていった。それは認めるわ。そして、お城に置いてきた。鏡の迷路の中に。ヴォコフはすでに勾留《こうりゅう》されているんでしょう？　それで、わたしにどうしろというの？　彼のために監獄で朽ち果てろと？　わたしはヴォコフという名の男のためにアコーディオンケースを運んだ。中に入っていたのは『ディフェネストレイター』五十部。アングラ新聞。地下出版物。わたしが知っているのはそれだけ。机の引出しにしまいこんでいるような小説とは何の関係もないわ。お願いだから、眠らせて。二時間寝たら、すべて話すわ。約束する。

［沈黙——二秒間］

を細める穏やかな朝を夢見る場所。けれども、もはや誰も無傷ではないし、未来は彼らが存在していることすら知らない〟

レズニチュコヴァ　わかったから、もうやめて。この会話はわたしの書いたものとは無関係だってことは、お互いにわかってるはずよ。わたしの部屋で見つけた原稿を、さも重要なもののように読むのはやめてくれない？

捜査官#３５５３　ということは、少なくとも、われわれがあなたの協力を求めている理由は理解しているのですね？

レズニチュコヴァ　彼の名前はヴォコフよ。*4

［沈黙——三秒間］

捜査官#353　終わったら、いくらでも休む時間はある。ヴォコフについて話してください。苗字は?

レズニチュコヴァ　知らないわ。

捜査官#353　どこで知りあったんですか?

レズニチュコヴァ　〈ホワイト・ラビット〉。

捜査官#353　ロックンロールの歌ですか、それともルイス・キャロルの小説のキャラクターのことですか?

レズニチュコヴァ　〈ブラック・ラビット〉よ。間違えたの。あなたのせいよ。お願い、とにかく休ませて。

捜査官#353　その男と最初に会ったのはいつですか?

レズニチュコヴァ　土曜の晩だった。閉店時刻に。毎晩、同じことの繰りかえし。客は顔をしかめて、ぶつぶつ言いながら操り人形みたいな脚でふらふら立

＊4　ここでヴォコフと呼ばれている人物の身元については、ズルツァロヴェ・ブルディシュチェ事件に関するUDVの調査と密接に関わっているため、チェコの個人データ保護局は、レズニチュコヴァが尋問官に伝えた名を本記録に明記するべきだと判断した。

ちあがる。分厚いコートを着て、帽子を目深《まぶか》にかぶって、千鳥足《ちどりあし》で階段を上がっていく。やっとみんなが帰ると、わたしはドアに鍵をかけて、『ワン・オクロック・ジャンプ』をかけながら掃除をする。地下室の古い箱の中で見つけた、カウント・ベイシーの雑音だらけのレコードよ。カウント・ベイシーがかつて政府に禁じられていたって知ってた？　貴族だと思われていたのよ。伯爵《カウント》っていう名前のせいで。公爵《デューク》・エリントンもそうよ。

捜査官＃3553　それはジョークですか、同志レズニチュコヴァ？

レズニチュコヴァ　そうとも言いきれないでしょ？　土曜日の閉店後、まさにレコードに針を置こうとしたときに、椅子が床に擦れる音がしたの。隅の暗くてほとんど見えないテーブルに、大柄な男が腕を組んで、椅子の背にもたれるように座っていた。目が開いているかどうかはわからなかったわ。

捜査官＃3553　その男の特徴を教えてください。

レズニチュコヴァ　首が隠れるくらいあごひげを生やしていた。肩まで届きそうな縮れ毛で耳も見えなかった。その真ん中にある顔は適当に彫った彫刻のようだった。濃い眉、大きなこぶみたいな鼻。頬骨はのっぺりとして、どこか歪んでいる。たぶん四十代なかばくらいだろうけど、はっきりとはわからない。シャツは首もとまできっちりボタンを留めていて、靴は大きかった、滑稽なほど。目の前のテーブルに置かれたビールのグラスは手つかずだった。歩み寄って、そっと肩を揺すろうとしたとき、男はぱっと顔を上げた。瞼《まぶた》を開けるとその目は冷徹で、まるで古い彫像の目、斑点が浮き出た灰色の目のようだった。一瞬、わたしは口をきくことも、目をそらすこともできなかった。そして、やっと「閉店です」とだけ言った。

捜査官#3553　ということは、彼は常連ではなかったのですか？

レズニチュコヴァ　一度も見たことのない顔だった。それから、テーブルの下にアコーディオンケースが置いてあるのに気づいたわ。角はへこんでいて、表面は傷だらけだった。彼はヴォコフと名乗った。わたしはもう一度、閉店だから帰ってくれと告げた。そうしたら、彼は「次に何が起きるか知っているか？」と尋ねた。「いま始まって、しかるべきときに終わるとどうなるかわかるか？」と。

捜査官#3553　どういう意味だと思いますか？

レズニチュコヴァ　さあ。わたしはこう答えたわ。未来は過去とまったく同じで、ただ時間的に遠いだけだと。その答えが気に入ったみたいで、彼はビールに口をつけた。あごひげの中で濡れた唇が光っていたわ。そして話し出した。「ある男がおれのあとをつけている。前に見たことのある男だ。向こうは気づいていないが、たしかに見たことがある。いま、外で待ち構えているんだ。だから、次に何が起きるのかはっきりとわかる」わたしはとっさに通りのほうを見たけど、もちろんそんなことをしても無駄だわ。だって、窓のない地下の部屋にいるんですもの。「彼は仲間が来るのを待っている」男はふたたび話しはじめた。「おれが〈ブラック・ラビット〉を出ると、一台の車が道端に停まるだろう。奴らはおれをその車に押しこんで、アコーディオンケースを奪い、ユダヤ教のタルムード学者さながら厳密に中身を調べるだろう。そして質問する。次から次へと。刑法第九十八条について説明される。国家転覆罪。脅されて、おそらく殴られるだろう。奴らは辛抱強い。おれが答えるまで待つ。おれをウサギの穴に放りこんで待つんだ。それがおれの身に起きることだ。おれたちみんなの身に」

捜査官#3553 それで、あなたはどう答えたんですか?

レズニチュコヴァ あなたは酔っていると。だけど、そうではないことは見てわかった。「おれたちは監獄で死ぬ」そう言う彼の口調は、穀物の生産量について公式の発表を読みあげるラジオのアナウンサーみたいだった。「ルズィニェで、ミロフで。あるいは、すぐには死なせてもらえないかもしれない。時間そのものが拷問の手段になりうる。労働による再教育の刑に処せられるかもしれない。炭鉱で働く。体が曲がって、日の光を避けるようになる」

捜査官#3553 その時点で、彼は頭がおかしいとわかったはずだ。

レズニチュコヴァ そうとも言いきれないわ。彼の口調はどこか思慮深くて、超然としていて、悲しげだった。「咳は呼吸器官の病気を引き起こす」そう言うの。「肺に水がたまり、痰《たん》に血が混じり、髪はごっそり抜け、もはや弱々しい喘《あえ》ぎ声しか出ない。おれたちは、みずからの体にのみこまれる。それが現実だ。おれにとっても、仲間にとっても。なぜなら、おれは不注意だったからだ。ミスを犯した」

そのとき、ふいに彼がアコーディオンケースを蹴る。金属音が響いて、わたしはなかばわれに返る。いますぐ逃げなければ。でも、もしわたしを襲おうとしていたのなら、なぜこんなに延々としゃべっているの？　それに、わたしのほうがドアに近いところにいる。通りに出て、本当に警察が待ち構えているのなら、わたしはただ叫べばいい。けれども、自分がそうしないことはわかっている。歯を食いしばって必死にこらえているのに、すでに質問が口から出ていたから。

「そのケースには何が入ってるの？」わたしは尋ねる。

捜査官#3553　すると、彼は何と？

レズニチュコヴァ　ヴォコフはアコーディオンケースを持ちあげて、テーブルの上に置く。お互いに無言のまま、まるで表面に難しいチェスの詰め手を問う問題が書かれているかのように、ありきたりの金属のケースをじっと見つめる。彼は外套の内ポケットから丸めた紙の束を取り出して、ケースの上で広げる。

「これは『ディフェネストレイター』だ」と彼は言う。

捜査官#3553　地下出版物か。[*5]

レズニチュコヴァ　わたしもそう思ったわ。彼は何も言わなかったけど。とにかく、見たことのないものだった。タイプライターで文字を打った、ふつうの紙の束みたいだった。彼はページをめくりながら、それまで発行したものも、単調なページを一枚ずつ、あくびが出るほど退屈な原稿を一部ずつ、すべてカーボン複写用の安いオニオンスキン紙にタイプライターで打ったと説明した。上質な紙の流通は厳しく管理されているから、人目を引かずに入手することは難しいと。国じゅうの印刷機やコピー機は、すべて国家が所有していて、セムテックスのプラスチック爆弾の工場にある器材と同じくらい厳密に監視されているから。だけどヴォコフによれば、最近になって友人がポドリーの古い教区学校で謄写版《とうしゃばん》印刷機を使わせてもらえるようになったそうよ。

捜査官#3553　その学校の名前は言っていましたか?

レズニチュコヴァ　いいえ。ただ、「いまではあっという間に発行できるようになった」とだけ。「つまりニュースを、妨害電波の合間から聞こえてくるラジオ放送をタイプした本物のニュースを載せられるんだ。BBCも、ラジオ・フリー・ヨーロッパも、ドイチェヴェレも」だけど、ニュースが一番の目的ではない、と説明していた。『ディフェネストレイター』は短篇小説も掲載したし、小説の抜粋、文芸作品、詩、それにフランス人権連盟の手助けでオーストリア国境から出国してロンドンで暮らす有名な亡命作家のエッセイも連載している。発行に携《たずさ》わっている人たちは『パラレル・ポリス』に寄稿している人たちと知り合いで、その人たちは『リボルバー・レビュー』で執筆している人たちを知っている。そしてその人たちは『エディツェ・ペトリツェ』の配布に協力していて、『ヴォクノ』の発行者ともつながりがある。[*6] こうした人たちのなかには、憲章77の署名者の半数が含まれている。少なくともヴォコフはそう言っていたわ。

「アコーディオンケースの中に五十部入っている。本来なら明日、おれはこれをペトシーンの丘の頂上へ持っていって、見知らぬ男に渡すことになっていた。あとは言わなくてもわかるだろう」

捜査官#3553　わかったんですか？

レズニチュコヴァ　たぶん、一部ずつこっそり手渡しで配られるということだと思うわ。信頼できる友人から別の友人へ。聖ヤコブ教会に特別な信者席があって、その下にそうした新聞が隠されていると聞いたことがある。でも、わたしが知っているくらいだから、あなたも知ってるでしょう。おそらく半年もすれば、『ディフェネストレイター』は一部につき五十人か、ともすれば百人に読まれる。つまり五十部だと五千人近くになる計算だわ。

捜査官#3553　安いオニオンスキン紙に印刷された中身のない［不明瞭］に、本当にそんなにおおぜいの人間が関心を持つと思いますか？

＊5　このアングラ新聞の存在は確認されていない。ÚDVが入手した他の資料ではいっさい言及されておらず、非営利団体〈禁止書物協会〉の保管する膨大な数の地下出版物、および一九四八～八九年に出まわった出版禁止の文学作品を調査しても手がかりは得られなかった。

＊6　非営利団体〈禁止書物協会〉によれば、『パラレル・ポリス』、『リボルバー・レビュー』、『ヴォクノ』は反体制派の出版物のなかでも比較的広く普及していたものだが、この事情聴取が行なわれた時点で発行されていたかどうかは不明。

その一部一部が実刑判決となる。そこで、あんたに頼みがある」ヴォコフは肩ごしに振り向いて、隅の暖炉のほうをあごで指す。「これを燃やしてほしい。一部残らず」わたしは驚いたわ。

捜査官#3553　彼は犯罪の証拠を消そうとしただけなのに、なぜ驚くんですか?

レズニチュコヴァ　どれだけ手間がかかったか、考えてみて。それを作るために、この人たちがどんなに苦労したか。「おれはもうだめだ」と彼は言い張る。「いずれにしても、おしまいだ。だが、ほかの奴らにはまだチャンスがある。道はふたつにひとつ。作品を守るか、執筆者たちを見殺しにするかだ」

捜査官#3553　それは聞き捨てならない。つまり、彼は世の中のために自分を犠牲にする殉教者を演じ

レズニチュコヴァ　わたしが考えたのは、なぜヴォコフがそんな罪になるようなことを打ち明けるのか、なぜそれまで会ったこともない相手を信用するのかということ。だけど、よく考えてみたら、彼には失うものはない。それに、そうした活動を話すことで、わたしを巻きこもうとしていた。聞いたことを警察に行って話さなければ、わたしも共犯者だから。

捜査官#3553　その考えに基づいてただちに行動しなかったのは残念だった。彼に利用されて腹が立たなかったんですか?

レズニチュコヴァ　ええ、ちっとも。本当なら腹を立てるべきだけど。

「五十部」彼は続けた。「あのドアを出たとたん、

たばかりか、共謀者の身に起きるかもしれないことに対する責任を、すべてあなたに押しつけたというわけですね？　あまりの横暴に、あなたは啞然《あぜん》としたにちがいない。

レズニチュコヴァ　自分でもどう感じたのか、まったくわからないけれど、とにかくあの男はとても説得力があったとしか言いようがないわ。わたしは引き受けても構わないと答えた。ケースを相手に渡しに行ってもいいと。ペトシーンの丘で待っている男に。

捜査官#3553　いったいなぜですか？　まったくばかげている。

レズニチュコヴァ　わたしにも理由があるの。

捜査官#3553　もしヴォコフが本当に尾行されていたとして、警察がアコーディオンケースの中身を知っているか怪しんでいるとしたら、すぐには逮捕せずに、彼が誰にケースを渡すのかを見張るほうがはるかに理にかなっている。そう思いませんでしたか？　その共謀の仲間にも裁きを受けさせるために。

レズニチュコヴァ　わたしの考え方は警官とは違う。犯罪者とも。わたしにはわたしの理由があった。それについて説明するつもりはないけど。わたしも協力したことだけでじゅうぶんでしょう？

捜査官#3553　では、協力したことを認めるのですね。なぜそんなことをしたのか、理解できるように説明してください。きわめて重要なことです。

レズニチュコヴァ　わかったわ。ひょっとしたら、いつか『ディフェネストレイター』に自分の作品を載せてもらえるかもしれないと思ったのよ。それ以外には望みはない。悔しいけれど、それは事実だわ。たぶん一生。それに、たとえ掲載されなくても、国外の新聞を紹介してもらえるかもしれない。

捜査官#3553 そうすれば彼らに気に入られると考えた。仲間になれると。

レズニチュコヴァ そんなところね。

捜査官#3553 あいにく、その答えはあらゆる点で不十分だと言わざるをえません。そんな見え透いた作り話はやめて、現実に起きたことを話してもらいたい。

レズニチュコヴァ だから話してるじゃない。

捜査官#3553 調べはついています。あなたの犯した極悪非道な犯罪については。ヴォコフとかいう架空の人物の話は——

レズニチュコヴァ 架空？ 何言ってるの——

［こぶしでテーブルを叩く大きな音］

捜査官#3553 でたらめもいいかげんにしろ！ 現実に戻るんだ！

［叩く音が三回］

捜査官#3553 現実に戻ってもらおう。われわれに必要なのは時間だけだ、同志。そして時間はじゅうぶんにある。

［尋問終了］

4

ホテルの周囲の色あせたビルは落書きだらけで古びていて、壁にはいまだに五年前の洪水の水位の跡が残っていたが、旧市街の曲がりくねった石畳の小道のわきの建物はきれいに色が塗られ、磨かれた窓に太陽の光が反射していた。ボヘミアンガラス、マリオネット、ガーネットや琥珀《こはく》のアクセサリーなどが所狭しと並んだショーウィンドウの前を、おおぜいの観光客がひしめきあいながら行き交っている。フランツ・カフカのTシャツ、フランツ・カフカのマグカップ、フランツ・カフカのマグネットもある。ロシアのマトリョーシカ、カレル橋の水彩画、レプリカの剣、ユダヤの粘土《ゴー》人形《レム》のキーホルダー、手作りの木製チェスセット、プラスチックのモデルガン、そしてさらにマリオネット、さらにカフカ、さらにガーネットや琥珀……。アーチ型の入口から中庭のビアガーデンや屋外のカフェが垣間見え、至るところにATMや両替所がある。まさに街をあげての商売で、かつての共産党員たちが哀れに思えるほどだ。仮に歴史がスポーツだとしたら、資本主義はあまりのお祭り騒ぎにペナルティを課せられていただろう。

天文時計は大きな石の塔に据えつけられていた。その尖塔は向かい側のティーン教会を真似たもので、『プラハ自由自在』によれば、〝この教会の塔では、祈りに時間をかけすぎたせいで心ない女主人に殺された年若い女中のために、こんにちまで小さな鐘が鳴り響いている〟。ふたつある時計の上のほうは地上およそ五メートルの高さで、ゴシック様式の装飾、石のアーチ、柱に囲まれていた。時計の上には胸が金色の雄鶏《おんどり》がとまっていて、その下に死神や天使、ターバンを巻いた男の木製人形などが置かれている。一方、文字盤を見ると、大きな円盤の上に小さな円盤が重なっており、ローマ数字とアラビア数字が難解な数学の記号とともに記され、それぞれ長さの異なる三本か四本の針があちこちの方向を指し示していた。それが何を意味しているのか、ぼくにはちっともわからなかった。

ぼくは人ごみの端っこに立ってヴェラを探した。群集の前で、何人ものツアーガイドがあざやかな色の傘を高く掲げて立っている。いちばん近くにいるガイドは、小さなハンドマイクを使って英語で話していた。そうこうするうちにも、次々と人が集まってくる。

「天文時計の製作は一四一〇年から始まりましたが」ガイドが大声をあげる。「完成したのは、十五世紀の終わりに名匠ハヌシュがプラハにやってきたときです」近くにいるガイドが、同じ内容をドイツ語、日本語、それにロシア語らしき言葉で説明している。

ほどなく時計はヨーロッパじゅうから注目されるよ

うになり、とガイドが説明を続けた。その名声が高まるにつれて、プラハ市の議員たちは危機感を抱きはじめた。そして、製作者のハヌシュが他の都市に招かれ、莫大な報酬でよりすばらしい時計を作るのではないかと恐れ、秘密裏《ひみつり》に会議を開いた。その数日後の晩、黒い頭巾《ずきん》をかぶった男三人がハヌシュのもとに押しかけ、ふたりが彼を縛りつけ、残るひとりが暖炉から鉄の火かき棒をつかみ、彼の目をえぐりとった。それ以後、工匠ハヌシュはプラハでも他の街でも、二度と時計を作ることはなかった。

集まった観光客たちは中途半端な笑いをもらしたが、ドイツ語のガイドの近くにいた集団は人目もはばからずに笑っていた。きっとドイツ語ではおもしろおかしく語られたのだろう。何しろ〝シャーデンフロイデ〟（他人の不幸や悲しみを見聞きしたときに感じる喜び）という言葉を考え出すお国柄なのだから。

だが、話はそこで終わらなかった。ハヌシュは議会の裏切りを知ったが、何もせずに何年もの歳月が流れた。やがて年老いて病気がちになったハヌシュは、死を間近にして議員たちを訪ね、最後にもう一度、時計塔の中に入る許可を得た。人生で最高の作品に今生《こんじょう》の別れを告げる機会を。そのとき、日本語とドイツ語のガイドが話すのをやめて、期待に満ちた目で時計を見やった。英語のガイドは肩ごしに振りかえって時間がないことに気づくと、ハンドマイクで声を張りあげながら、最後まで一気にまくしたてた。目の見えないハヌシュは時計塔の中に入って、大きな歯車が嚙みあう音に耳をかたむけながら、それとわかる音の合図、製作者しか知りえない機械の最大の弱点が訪れる瞬間を待ち、時計に体当たりして、歯車や部品をわしづかみにして力いっぱい引き剝がした。駆けつけた番兵が彼を時計から引き離したときには、すでに手遅れだった。天文時計の針は止まり、そのまま二百年間動くことはなかった。

正時になると、群衆のあいだにざわめきが広まった。機械仕掛けの雄鶏がコケコッコーと鳴くと、あちこちで携帯電話やカメラが掲げられる。フラッシュが瞬くなか、死神が紐を引いて鐘が鳴り響き、文字盤の上の窓が開いて十二使徒が次々と現われては消える。やがて窓が閉まり、ふたたび死神が鐘を鳴らして仕掛けはすべて終わった。観光客はいっせいに盛大な拍手を送ったが、どんなに求められても時計はアンコールを拒み——少なくとも次の正時までは——人々はガイドのあとについて、次なる中世の奇跡を目指してぞろぞろと立ち去っていった。

あいかわらずヴェラの姿は見当たらない。ひょっとしたら会うのをためらって、どこか遠くから様子をうかがっているのかもしれない。何しろ手紙を送るのに五年もかかったくらいだから。本当にぼくがひとりで来たか、警察や、ほかに連れがいないかどうか確かめるために、あと数分待つくらい何でもないだろう。

「あいつはクズ野郎だ。わかるか?」とつぜん誰かに話しかけられた。

声の主は、ふぞろいの白い雪片の模様が入った黒いだぶだぶのセーターに、しわだらけの擦り切れた緑の上着をはおった、ぼさぼさの長髪の男だった。ぼくの左側に立っているその男は、グレーのスラックスの膝の部分がぽっこり出ていて、マイケル・ジョーダンが二十年前に愛用していたような黒いバスケットシューズを履いていた。話しかけながらも、男はぼくのほうは見ておらず、ブロンドの髪をきれいに刈りこんだ少年をじっと見つめている。ショートパンツに野球帽を後ろ前にかぶった少年は、ゆっくりと広場を横切っていった。「あれを見ろ」男は言った。きついチェコ語訛りのせいで、全体が凹凸《おうとつ》のあるひとつの単語のように聞こえる。「スリだ。いまどきの奴らは観光客みたいな服装だ」

ヴェラは見ているだろうか? 行きずりの相手と話

をするのは、よい印象を与えないだろう。けれども、ぼくは尋ねずにはいられなかった。「どうして彼がスリだとわかるんだ？」

「一度、逮捕した。トラム九番で。恋人と一緒に。彼女はまだ刑務所だ」

その男が逮捕する側ではなく、逮捕される側だと想像するほうがはるかに容易だった。身長は百七十センチほど、妊娠中期のような腹を除けば痩せているほうだ。酒飲みみたいに赤らんだ顔と白髪交じりのくしゃくしゃの髪のせいで、ともすれば充血した鋭い目を見落としてしまう。そのとき、ぼくはこの男に見覚えがあることに気づいた。〈ブラック・ラビット〉にいた男だ。ぼくとヴェラが話しているのを見ていた男。

「誰かを待っているのか？」彼は鼻をふんと鳴らして袖でぬぐった。「どうも落ち着かない。何か心配ごとでも、ミスター・ホロウェイ？」

「どうしてぼくの名前を知っているんだ？」

男は白髪におおわれたこめかみに指を当てると、ふいに向きを変え、広場の中央にそびえる巨大なヤン・フス像のほうへゆっくりと歩き出した。肩を丸め、驚いて飛び立つ鳩の群れをかき分けるように足をわずかに引きずっていく。そのとき、笑顔の若い女性が近づいてきて、どこかの教会で行なわれるヴィヴァルディの『四季』の演奏会のチラシをぼくに渡した。ぼくはもう一度ヴェラを探した。鳩の群れがねずみ色の円を描いて羽ばたく。また別の少女が人形劇のチラシを差し出した。

ぼくが追いついたときには、男はすでにヤン・フス像を通り過ぎて広場を横切り、ティーン教会のぎざぎざの影を抜けて、〝ドロウハー〟と表示された鋭角に曲がる通りに出ていた。「あんたは誰なんだ？」ぼくは尋ねた。「ヴェラに言われて来たのか？」

「おれはソロスだ。長いあいだおまえを待っていた。長いあいだ」

男は、刑務所の独房を歩きまわるようなせっかちな足取りで、別の曲がりくねった小道に入った。ぼくは壁に掲げられた赤い標識で通りの名前を覚えようとしたが、どこまでがその通りで、どこからが別の通りなのか、よくわからなかった。別の路地への入口もなければ途切れることもなく、あたかも迷路か、あるいは夢のようにひたすら壁が続いていた。

やがて、ぼくは旧市街広場へ戻る心配はしなくてもいいと悟った。ヴェラは来ないだろう。ルドルフ二世の展覧会のパンフレットの隅に〝午前九時　天文時計〟と書いて、ぼくの部屋に置かせたのは、彼女ではない。そうではなくて、いま目の前を、まるで吐き気をもよおしたかのように群衆を押し分けて、ものすごい勢いで歩いていく男だったのだ。

「弟を知っているのか？」ぼくは背後から声をかけた。

「弟？」男は足を止めた。ふいに事情を理解して、その顔に驚きの表情が浮かぶ。「おまえはポール・ホロウェイじゃないのか？　ちくしょう。おまえはおれの待っていた相手ではない。もっとも、どっちにしても彼は死んだと思っていたが」

「ポールを知っているのか？」

「ああ。だが、知ったときにはすでに消えていた」

「どういう意味だ？」

「二日間だけ、おれの事件の関係者だった。おれがソロス刑事だったころ。ただのソロスになる前」

「あんたは警官だったのか？」

「いや、乳母《うば》だ」彼はまじめくさって答えた。「赤ん坊はおれの毛深い胸を吸う。ああ、そうだ。警官だ。ポール・ホロウェイが行方不明になったとき、おれは捜査責任者だった。二日間、捜査した。三日目、何もかもがめちゃくちゃになった。別の事件で脚を刺されたんだ。ホレショヴィツェで、十五歳のメタンフェタミン中毒のガキに。妹のケツの穴か何かにねじこんだドライバーで刺しやがった。ものすごい音がした。風船が割れたみたいに。赤くなって、黒くなって、青くなった。それで病院行きさ。出てきたときには、ポール・ホロウェイの事件は終わっていた。姿が見えなくなって、死んだと思われたんだ。死体がなければ捜査はしない。ほかに誰もあの男を捜す奴はいなかった。友人も、家族もここにはいない。聞き込みもできなければ、容疑者も浮かばない。事件ではない、上司は口々にそう言った。上司なんてそんなものさ。だが、おれはホロウェイを忘れていない。彼も、ほかの奴も」

「ほかの奴？」

「同じ穴のムジナどもさ」

だんだんと人通りがまばらになり、店の看板は英語からチェコ語に変わり、建物は色彩を失い、朝陽の届かない通りはひんやりしてきた。どの道も、前の道とまったく同じように見え、角度の異なる道が交わる角は、中学時代に見た麻薬撲滅キャンペーンのポスターを思わせた。〝手を出すな〟というコピーとともに、LSDを投与された蜘蛛の作った巣がデザインされたポスターだ。当時、いったいどんな天才科学者が蜘蛛にLSDを与えようと考えたのか、心の底から驚いたことを覚えている。いまでも不思議に思わなくもないが、とうの昔に人生の未解決の疑問リストの下位のほうに押しやられてしまった。

「それは、隠蔽《いんぺい》工作のようなものがあったということか？」

「洪水のあと、街のあちこちがめちゃくちゃになっていた。おれたちは何日もぶっ続けで働いた。一睡もせずに。水に囲まれて取り残された家族を助け出したり、家から老婆を引っ張り出したり。土嚢《どのう》を置いて、鋼《はがね》の柵を立てて、小さなボートで通りを行き来して。スミーホフ、マラー・ストラナ、カルリン――どこも湖になった。古い建物の一部は壊れて崩れた。そんなとき、おまえの弟が行方不明になったと届け出があった。匿《とく》名《めい》の電話だ。カルリン地区で彼の服が見つかった。壊れたアパートメントの中庭で。みんな、溺れたのだろうと考えた。事故だと。行方不明、死亡したものと見なす。疑いの余地はあるか？　おれはあると考えた。だが、上司はそうは考えなかった。遺体は流されたのだと主張した。事故を捜査する必要はない。事故は証拠も書類もいらない。容疑者も、尋問も、裁判も。それに、そのころ警察は、いや、プラハじゅうの人間はボロ雑巾《ぞうきん》のようにくたくただった。たしかにおまえの弟は洪水の犠牲者だ。だが、洪水で死んだわけじゃない」

「根拠はあるのか？」

「血痕の場所だ。シャツの右袖だった。姿を消した時期も関係ある」

「わからないな」

「ゆうべ、おまえは誰と話していた？」

「名前は知らない」ぼくは答えた。

「ヴェラという名前を口にした。ついさっき」

「苗字はわからない」

男の顔に怒りの影がよぎったが、次の瞬間には消えていた。「おまえの弟が殺されたと言ったんだぞ。なのに驚かない。なぜだ？　それは、すでに知っているからだ。あの女に聞いたからだろう。だが、ポール・ホロウェイが殺されたと知りうるのは誰か？　彼を殺した人物。あるいは手を貸した人物。おまえがゆうべ話していたのは誰だ？」

「いずれにも当てはまらないとしたら？」

「くそっ」彼はぼくの腕をつかんで、ぐいと横に引いた。ぼくは必死に踏ん張って彼の手を振りはらおうとしたが、だめだった。顔を殴られるか、壁に投げつけられるか、はたまた一緒にフォックストロットを踊らされるか、覚悟を決めたが、彼はただ立ち止まって、道に落ちている犬の糞《ふん》を指さした。「くそ」彼は繰りかえし、いびつな笑みを浮かべて手を放した。「あの女の苗字を知らない？　なら、教えてやろう。彼女はヴェラ・スヴォボドヴァだ」

さびれたゴシック様式の教会の外のベンチで、老人が三人、紙袋に隠した酒をちびちび飲んでいる。教会の扉は大きく開き、中には底知れぬ闇が広がっていた。道の反対側では、バルコニーに洗濯物や色あせた敷物がかけられ、どこかの部屋からテレビの大きな音が聞こえてくる。おもしろいことに、どこの国でもテレビはテレビの音がするものだ。ソロスは敷石に不規則な靴音のリズムを響かせながら、ふたたび話しはじめた。

「ポール・ホロウェイのシャツからは、ふたつのものが出てきた。期限切れの労働許可証と、〈ブラック・ラビット〉の紙マッチだ。おれはそこへ行って、労働許可証の写真を見せた。バーテンダーは見覚えがあると言った。女と一緒に来ていたと。背の高い黒髪の女。あいにく胸は小さいが、それ以外はなかなかセクシーな女だった、そう証言した。おれは携帯の番号を教えて、また彼女が来たら連絡してくれと頼んだ。それから五年。おれは警察を辞めたが、ずっと同じ携帯を持っていた。ある日、その女がふたたび酒場に現われた。その次の晩も、またその次の晩も。バーテンダーは彼女を覚えていた。男というのはセクシーな女は忘れないものさ。胸があろうとなかろうと。それから彼女は何度も〈ブラック・ラビット〉を訪れた。二週間近く、毎晩。いつもひとりで。バーテンダーは連絡をよこした。おれは〈ブラック・ラビット〉へ行った。一週間続けて。行って、様子をうかがった。ヴェラ・スヴォボドヴァは毎日来ていた。そしてある日、彼女はひとりではなかった。同じテーブルに男が座っていた。ポール・ホロウェイだった。しかし翌日になって、その男はポール・ホロウェイではなく、兄だとわかった。とんだ勘違いだ。だが、そいつはポール・ホロウェイが殺されたことを知っている。しかも、おれと仲間になる気はない」

彼の話は理解できないことだらけで、ぼくは頭がくらくらするのを感じた。たぶん、飛行機を降りてから何も食べていないせいもあるだろう。建物に取りつけられた標識から、そこがバルトロミェイスカ通りだとわかった。ひどく狭い通りで、まるで映画の撮影が終わってみんなが帰ったあとのセットみたいな雰囲気だ。いったいソロスはぼくをどこへ連れていくつもりなのか。けれども少しすると、ぼくたちはふたたび観光地に出た。人通りが増え、落書きは消え、店の看板がチェコ語から英語になり、建物は冷たい灰色からパステルカラーに変わる。気がつくと、出発地点の天文時計の前にいた。

「ポール・ホロウェイを殺した人物はまだ生きている」ソロスが言った。「まだここに、この街にいる。そいつはふたたび殺人を犯すだろう。毎年、同じことが起きる。いまのおまえには理解できないかもしれない。時間が必要かもしれない。だが、時間はないんだ」

ソロスはズボンのポケットを探したが、空っぽだったので、擦り切れた緑の上着の内ポケットに手を入れて、しわくちゃの名刺を取り出した。「おれのことは信用できなくても、ボブ・ハンナなら信用できるだろう。刑事から紹介されたと言うんだ。弟の右手のことを訊いてみろ。次に会うときには、おれと仲間になりたいと思うかもしれない」

「右手?」

「ボブ・ハンナに訊け」

ソロスは足を引きずりながら広場を突っ切っていった。そのみすぼらしい姿は人ごみの合間をひょこひょこと進んでいたが、やがて赤いベルベットの遮眼帯《しゃがんたい》をつけた馬に引かれた馬車に視界を遮《さえぎ》られて見えなくなった。六メートルほど向こうに、暴動鎮圧用の装備と半自動サブマシンガンを身につけた警官がひとり立っている。わきには、あくびをしてはピンクグレーの舌を出しているシェパードが座っていて、その横を〝歴史上の人物に変身——衣装を着て写真撮影"と書かれたプラカードを持った少女が通り過ぎていく。ぼくは旧市街広場の端に立ち尽くして、名刺をながめた。

ボブ・ハンナ
プラハ最大の英語週刊誌
『ザ・ストーン・フォリオ』編集長
128-00 プラハ二区、新市街
カルロヴォ・ナーミェスティ40 #502
チェコ共和国

ぼくは名刺をポケットに入れると、『プラハ自由自在』を取り出して巻末の地図を開き、ホテルへ戻る最短の道を探した。曲がりくねったヴルタヴァ川の左岸、旧市街広場のヤン・フスと仲間たちの像の北東、天文時計の下に小さな点がある。その点の下に手書きの文字が記されていた。"現在地ふたたび"

5

父の靴は半サイズ大きくて、川岸のベンチに腰を下ろしたときには靴ずれができていた。ヴルタヴァ川の対岸には、高台にあるコンクリートの台座に巨大なメトロノームが鎮座している。どう考えても、プラハ市民は時を刻むものに執着しているようだ。地下鉄の駅の時計、街灯時計、ぎしぎし音を立てて動く木製人形を配した天文時計。とはいうものの、もし弟がマルタの鷹の像を盗もうとして死んだのなら、ぼくはおそらく街じゅうの鳥が気になってしかたなかったにちがいない。『プラハ自由自在』によれば、現在メトロノームがある台座にはかつて、ヨシフ・スターリンとして知られている国民の解放者で、人類の幸福の庭師ヨシフ・ヴィサリオノヴィッチ・ジュガシヴィリの世界一大きな像が建っていた。この像の制作者は除幕式を待たずに自殺し、一方のモデルは、すっかり彼に傾倒した友人たちが鋼鉄の人《スターリン》の愛称以外で呼ぶのを拒んだがために、やけ酒をあおって命を落とした。像はわずか六年の寿命だった。このソヴィエト最高指導者の犯罪の数々が明るみに出ると、チェコスロヴァキアの役人たちはさらなる恥をさらすこととなった。一万七千トンもの目障りな像を破壊する方法が思いつかずに、西ドイツから専門家を呼び寄せるはめになったのだ。ガイドブックによれば、〝爆破されたスターリン像の頭部の破片は、いまでも真下を流れるヴルタヴァ川の暗い底に埋もれているかもしれず、英雄であれ凡人であれ、人間はみな現われては消えるが、ヴルタヴァは永遠であると物語っている〟。

ぼくは座ったまま、元刑事との接触について考えをめぐらせた。理解に苦しむ話だったが——警察による故意の捜索打ち切り、逃亡中の殺人犯か何か、弟の右手に関する何らかの事情——一方で彼が話さなかったことも引っかかっていた。ソロスはルドルフ・コンプリケーションのことにはいっさい触れず、ヴェラについても、名前と、〈ブラック・ラビット〉で一度だけ弟と一緒にいるところを目撃されたこと、そして五年後にまた同じ場所に姿を現わすようになったこと以外はほとんど知らないようだった。ひょっとしたら、弟が時計を盗もうと共謀していたことは知らないのか？——だが、それなら展覧会のパンフレットをぼくの部屋に置いたのはなぜか？

あるいは、彼こそが第三の男なのかもしれない。マルティンコ・クリンガーチ。

だが、そうは思えなかった。ぼさぼさの髪も、救世軍の回収箱の中でレスリングの試合をしたような服装も、光沢とはほど遠い。

『プラハ自由自在』の地図も気になっていた。旧市街広場で本を開いたときに、どういうわけか、まさにぼくのいる場所に印がついていた地図だ。だが、それはそんなに不思議なことでもないだろう。何しろ古本だ――前の持ち主が点をつけ、小さな文字で〝現在地〟と書きこんで方角を理解しようとしたにちがいない。天文時計はカレル橋とともに、この街でも目玉の観光スポットのひとつで、プラハに来れば誰もが訪れる場所だ。おそらくこの人物は二度訪れ、がっかりしたか、あるいは遊び心で我慢できずに〝ふたたび〟と書き添えたのだろう。いずれにしても単なる偶然で、ほかの問題にくらべれば些細なことだ。

どこかで教会の鐘が鳴りはじめた。小さな島のそばで、老人がひとりカヌーに乗って釣りをしている光景を見て、ぼくは母が家を出た夏にホロウェイ家の男三人でウィスコンシンに旅行したときのことを思い出した――ずいぶん長いあいだ忘れていた思い出だ。あのとき、ぼくは十三歳だった。ということは、ポールは九歳か十歳だったはずだ。週末に、父の友人が所有する湖畔のロッジに泊まった。最初の日はずっと雨で、ぼくたちはテレビもテレビゲームもない狭苦しい小屋に閉じこめられていた。父はハンバーグをグリルで焼くかわりに古い石炭ストーブで焼いて、ハンバーガーを作った。日曜日には、三人ともお互いにうんざりして、それぞれ自分の世界に引きこもって会話も途切れた。けれども雨が上がると、とりあえず心の壁を取りはらい、レンタルの釣り具を持ってボートで湖に漕ぎ出した。三人とも、いったい自分たちが何をしているのかわからなかったが、前の日の午後を『マクリーンの川』を読んで過ごした父が気まずさを追いやるようにしゃべった。父は〝釣り竿《ざお》〟ではなく〝ロッド〟と呼ぶよう言い張り、ぼくたちが毛鉤《フライ》ではなく疑似餌《ルアー》を使っていることに構わず、4カウントリズムと十時から二時までキャスティングを続けることについて説明した。結局、午後になっても一匹も釣れなかったものの、ぼくたちはルアーや湖の一番の釣り場のこと、クーラーボックスを忘れてきたのは誰のせいかといったことで言い争って、互いにちょっかいを出しあって過ごした。

やがて、だしぬけにポールに当たりが来て、電気に触れたようにロッドが跳びあがった。ポールは慌ててリールを巻き、魚は釣り針を吐き出そうとして湖面に跳ねあがった。見たこともないほど大きなブラックバスだった。ポールがリールを巻くと、巨大な黒い背びれが水面を切り裂き、ロッドは曲がって痙攣《けいれん》した指のようにしなった。のたうちまわる魚をじっと見つめるポールの驚愕《きょうがく》の表情は、いまでも覚えている。ぼくたちは玉網《タモ》を落とすことも知らず、父とぼくはオレンジ色のふくらんだ救命胴衣を身につけたまま、その場に突っ立って無意味なアドバイスを送りつづけた——リールを巻くんだ、引け、大物だぞ。ポールはどうにか針を引きちぎられずに魚をボートに釣りあげた。ブラックバスはばたばた跳ねまわり、尾がボートの床を打つ鈍い音が響きわたった。ポールが釣り竿を放り出し、獲物を両手でつかんで持ちあげると、魚は抵抗するのをやめ、ゆっくり動くふいごのように、えらだけが閉じたり開いたりしていた。その輝かしい勝利の瞬間、ぼくたちのあいだで高まっていた緊張は消え去った。

ところが、魚はとつぜん息を吹きかえした。体をひとひねりしただけでポールの手から逃れた。落下した魚の腹がボートの縁に当たり、次の数秒間は、バスケットボールのフリースローがゴール枠に当たって跳ねかえり、ボールがどちらへ飛んでいこうか決めかねているのを見ているようだった。ボートに着地したってよかったはずだが、魚は反対方向を選び、ほとんど音もなく水中にすべりこむと、湖の底へと姿を消した。ブラックバスはレンタルした釣り竿ごと逃げていき、ポールは何も持っていない手を呆然《ぼうぜん》と見つめていた。

シカゴへ戻る途中、ぼくたちは渋滞に巻きこまれ、四時間ものあいだラジオのトーク番組を聴いたり、それぞれの側の窓の外をながめたりしていた。誰も口をきかなかった。この話を笑い飛ばせるようになったのは、それから何年もあとのことだった。家族に語り継がれるエピソードといったところだ。ポールが魚を落として、魚が釣り竿ごと逃げたときのことを覚えているか？　父がその話をするたび、ポールはにやりとして、かぶりを振った。悲劇に時間が加わると喜劇になる。けれども、ぼくにはわかっていた。本当はポールはそのことを思い出したくなかったのだ。その夏は、ぼくたちにとって思い出したいことなどほとんどなかった。

それなのに、いま、こうして思い出している。

ぼくはソロスにもらった名刺を取り出した。ボブ・ハンナという記者のものだ。しばらく迷ってから、覚悟を決めて電話した。いずれにしても、この街で携帯電話のＳＩＭカードがちゃんと使えるかどうかを試す口実にもなる。数回の呼出し音ののちに発信音が聞こえた。相手が出るわけでも、音声メッセージが流れるわけでもなく、ただ長い音のあとに沈黙が続いた。ぼくは簡単な用件と電話番号を残して切った。

そして、『プラハ自由自在』でガレリア・チェルトフカを探した。

川を渡ってすぐだ。

自分を引きとめる間もなく、ぼくは立ちあがって歩き出していた。

十分ほど観光客をかき分けて進むと運河に出た。巨大な黒い水車は止まったままで、ところどころひび割れたり朽ちたりしている。ヴェラの言っていた、有名な絵葉書の水車だ。その上では、観光客が牛の群れのごとく、ひっきりなしにカレル橋を渡っていて、城へ向かう道からわずかに向きを変えると、ガイドブックで〝プラハの小ヴェニス〟と称される風景を見ることができる。〝小〟というだけでは足りないかもしれない。なにしろ、壁に挟まれた長さ八百メートルほどの水路が、マラー・ストラナとカンパ島と呼ばれる小さな中洲を隔てているだけなのだから。水路の両側には赤い切妻屋根の家々が建ち並び、イースターエッグを思わせる色とりどりの壁は、さながら時間の止まったおとぎ話の世界のようだ。『プラハ自由自在』はご丁寧にもこう警告している――夜になると、この一帯では妻を寝取られた錠前屋の幽霊が出没し、頭に錆《さ》びた釘が突き刺さったまま、その釘を抜いて苦しみから解放してくれる勇敢な者を探して通りをさまよい歩く、と。

ぼくは錠前屋の幽霊には出くわすことなく、マラー・ストラナの運河沿いを下るウ・ルジツケーホ・セミナージェ通りの中程にギャラリーを見つけて入った。展示室はラケットボールのコートほどの広さだが、天井はずっと低い。壁には一連の写真がかけられている。美術関係の本が並んだ棚がいくつかあり、絵葉書の回転ラックのわきの受付にはギャラリーへの寄付を呼びかける募金箱が置いてあるだけだった。ぼくは受付に座っているヴェラを思い描こうとした。頭のてっぺんは天井にかするくらいだろう。

募金箱にコインを何枚か入れると、ぼくは写真を見ているふりをしてぶらぶら歩きまわった。最初の写真は、戦車の前に立っている若者を写したものだった。革のジャケットの前を反抗的に開いた若者の胸に、戦車の砲塔に座った兵士が、なかば形式的にマシンガンを突きつけている。ふさぎこんだ顔でカメラを見つめる、がりがりに痩せた老人の写真もある。目は影のように落ちくぼみ、その背後では、人々がガラスのない窓や銃弾で穴だらけになった壁に囲まれた廃墟で壊れた家具を物色していた。

「おはようございます」展示室の奥の階段から、ひとりの男が現われた。見たところ六十代、細長い顔に鉄灰色の髪をうしろでひとつにまとめ、茶色のセーター、だぶだぶのコーデュロイのズボン、それにジョン・レノン風の眼鏡をかけている。自分ではそのつもりはなかったのに、年をとって居心地の悪い社会的地位を得た元ヒッピーのような風貌だった。

「ジョセフ・クーデルカです」男は言って、ぼくの横に立った。

「はじめまして、ジョセフ」

「あ、いえ」彼はおかしそうに笑った。「わたしの名前はグスタフです。ジョセフ・クーデルカは、いまあなたが見入っている写真を撮った人物です。有名なチェコの写真家ですよ。今回の展示では、一九六五年から一九七〇年まで、つまり彼が国外への移住を迫られる以前の作品を取りあげています」彼の非の打ちどころのない英語には愛想のよさがにじみ出ていて、その慈愛に満ちた雰囲気は映画に登場する大学教授を思わせた。パイプを燻《くゆ》らせてシェイクスピアを引用し、スラム街を詠《よ》んだ詩や何かで貧しい子どもたちに勇気を与えるような人物。まだほとんどしわのない高級スーツを着たぼくを、何を見ているのかまったくわからない英語圏の旅行者だとグスタフ館長は瞬時に見てとった。

ぼくの計画にとって、よい前兆とは言いがたい。

「この写真は、おそらく最も有名なものです」グスタフは言って、ぼくの注意を別の写真に向けた。その写真では、カメラマンは腕をカメラのフレーム内に突き出し、ひじを曲げて、腕時計が見えるように手首をひねっている。時間を見ている人間の視点ショットで、一見、何の変哲もない写真のようだが、時計は正午を指しているのに、背後の街の広い通りには不気味なほど人影が見えない。

「一九六八年八月二十一日」グスタフはふたたび話しはじめた。「まさにソ連軍が侵攻する直前のヴァーツラフ広場です。彼らは深夜に空港を占拠し、国境を封鎖して、七千台の戦車と百万の兵士をわが国に送りこみました。兵士といっても、実際には子どもです。赤い頬に青い目をした農家の少年たちは、ぶかぶかの軍服に銃を持ってはいるものの、自分がどこにいるのか、なぜそこにいるのかもわからない。彼らをさらに混乱させるために、われわれは通りの標識をすべて取りはらって地図が使い物にならないようにした。彼らは道に迷い、燃料が尽きて、暑さのなか、汗をかきながら水を求めていました。当時、街にはロシア語を話す人も多かった。学校で強制的に教えこまれたのです。でも、あなたがもしロシアのT－55戦車の司令官だったら、そんなことはまったく知らないでしょう。あの戦車は一生忘れられません。とてつもなく大きくて、灰色で、耳をつんざくような轟音を立てる。まるでくず鉄で組み立てられた時代錯誤の怪獣のようだった」

　時代錯誤？　ぼくの思惑をよそに、話はますます逸《そ》れる。

「英語がお上手ですね」ぼくは言った。

「カナダに二十三年間住んでいました。トロントです」

「ぼくはカナダへは行ったことがありません。メキシコなら行きましたが」

「メキシコも場所によっては快適だと聞いています」

「ぼくが行ったのはティファナだけです」

　彼は当たり障りのない笑みを浮かべた。写真の中はあいかわらず正午で、通りに人影はない。静止した背景に浮かんだ身体のない腕を見つめながら、ぼくはもっぱらソロスが別れ際に言ったことを考えていた。弟の右手のことを訊いてみろ。

「それでは」グスタフは話を終えた。「どうぞごゆっくり。何か質問があれば、遠慮なく訊いてください」

　いましかチャンスはない。「じつは、あるんです」

　ぼくはソロスにもらった名刺を差し出して言った。「ボブ・ハンナと言います。『ザ・ストーン・フォリオ』というプラハ最大の英語週刊誌で記者をやっています。いま、洪水についての記事を書いていて、いくつかお尋ねできればと思って来ました」

「洪水の？」

「そうです。五年前の」

「ずいぶん自由な締め切りですね」

「とても自由な雑誌なんです」それに対しては何の反応もなかったので、ぼくは続けた。「実際には、五年間の追跡記事といったほうが近いかもしれません。続報です。彼らはいまどうしているのか。人間の精神は逆境に打ち克ち、時間があらゆる傷を癒やすということを書くつもりです。すべては過ぎ去ったことだと……タイトルは〝過ぎ去りし日々〟にしようと考えています」


グスタフの眼鏡のレンズに丸い光がいくつも反射しているせいで、名刺をじっと見てから上着の前のポケットに入れた彼の目の表情はよく見えなかった。「窓を見てみますか？」彼は尋ねた。

意味がよくわからないまま、ぼくはとりあえずうなずいた。グスタフは先ほど出てきたドアのほうへ向かい、ぼくはそのあとに続いた。途中、クーデルカの写真がもう一枚展示されていたが、それはソ連軍の侵攻ではなく、黒い衣服に身を包んだ覆面の人物が夜の空を飛んでいる、ぞっとするような写真だった。説明には、芝居のプロモーションのために撮影されたと書いてある。


「ムルヴィーテ・チェスキー？」館長は肩ごしに振りかえって言った。

「はい？」

「チェコ語はわかりますかと尋ねたんです。ルドルフ・コンプリケーションに関する印刷物は大量にあるのですが、ほとんどがチェコ語で書かれています。あなたの本当の目的はコンプリケーションだ、違いますか？　あの世紀の盗難事件。あの時計について、どれくらい知っているのですか？」

「パンフレットに書いてあったことだけです」

「では、少し事情を説明しましょう」彼はジョン・レノン風の眼鏡を取って上着の袖で拭いた。「あれは、ご存じのように展覧会の目玉でした。あの時計以外に注目されていたものといえば、ユニコーンの角《つの》で作られた聖杯くらいでしょう。ルドルフが宮廷の医師のすすめで使っていたものです。イタリア人の医師は、ユニコーンの角にすぐれた治癒力があると考えていたのです。もちろん、現代ではユニコーンが実在の動物でないことは誰もが知るところです。したがって、その角に魔法の力などあるわけがない。実際には、聖杯はイッカククジラの牙《きば》で作られていました。そのほかにも芸術品がいくつか。それにルドルフのベゾアールや、アルラウネもありました。これらはご存じですか？」

「彼らの初期の作品を見たことがあります」

彼はぼくをちらりと横目で見て、眼鏡をかけ直した。

「ベゾアールは胃石——消化器官内の異物のかたまりです」

「そうですね。異物。聞き違えました」

まるでベゾアールが何であるか、当然知っているかのように。ぼくは早くもボブ・ハンナに扮することに嫌気がさしてきた。唇をぎゅっと結んで、両手をポケットに突っこむ。このチャンスをみすみす逃すわけにはいかない。

「アルラウネはマンドレイク、つまりマンドラゴラの根です。人間にそっくりな神秘的な形と、魔術や錬金術に欠かせないことから珍重されていました。ルドルフはとりわけ絞首台の下から生えてきたものを大切にしていました。この人間の形の根っこは、絞首刑にされた男の死体から精液が滴り落ちて、その下の土に染みこんで大地を孕《はら》ませると生えると信じられていたのです。また、皇帝は処刑された犯罪者の骨を掘り起こすよう命じたと言われています。不老不死の薬や浄化薬に使うために、頭蓋骨に生える苔《こけ》をかき集めようとしたのです」

「中世版青汁のようなものですか？」

館長はうなり声をもらした。どうやらユーモアが通じないようだ。ぼくは彼のあとについて階段を上り、二階を過ぎて、三階の廊下を進み、左手のドアを開けて誰もいない部屋に入った。チェルトフカ運河に面した窓は開いていて、六メートルほど向こうにカンパ島の建物が見える。館長が窓際に歩み寄ったとき、窓の下を流れる水の湿っぽいにおいをそよ風が運びこんできた。ぼくはこの運河の名前——悪魔の流れ——の由来を思い出して、迷信深い中世の村人が悪魔の絵を描いたのはどの家なのか思いめぐらした。

「あの線が見えますか？」館長は向かいの建物のちょうど二階の上の部分に水平に引かれた、白いチョークで書いたような幅八センチほどの印を指さした。「あれが水位の跡です。この一帯では、出水は四メートル近くにも達しました。百年に一度あるかないかの洪水です。警報が出ていたにもかかわらず、住民はまさか本当に世紀祭になろうとは信じようとしませんでした」

「セイキサイ？」

「百年に一度の大騒ぎです」館長はまたしても得意げににやりとした。「わたしの世代のチェコ人は、おそらく無意識のうちに政府を疑う傾向があります。ところが困ったことに、百年かそこらに一度の周期で政府が正しいという事態が起こるのです」

窓の外を見ると、悪魔の流れの向こう岸で木々が風に揺れ、水が滞《とどこお》ったような狭い運河にところどころ影を落としていた。「ようやく腰を上げたときには、交通機関は混乱状態で、残された手立ては、建物の上階にせっせと物を運ぶことだけでした。ルドルフ二世展の展示品、本、絵葉書、パソコン、事務室の備品、絨毯《じゅうたん》、椅子——すべて、あなたがいま立っている部屋に運びこみました。五年前は、ドアロック、モーション検出器、窓のセンサーを設置していました。少しでも異常があれば、民間の警備会社に連絡がいく仕組みになっていたんです。莫大な費用がかかりましたが、当時は必要な長期投資だと考えていました」

そう言って、彼はいまやセキュリティ装置など影も形もない周囲の壁を大げさに示してみせた。「感傷的に聞こえるかもしれませんが、あえて言わせてもらうと、共産主義者たちは犯罪行為をずっと取り締まっていた。彼ら自身がそろいもそろって悪賢い犯罪者であったにせよ。オオカミが鶏小屋を見張っていれば、ほどなく鶏を失うはめになるかもしれないが、少なくともキツネに襲われる心配はない。そういうことです」

「ここでは美術品の窃盗《せっとう》は重大な問題なんですか？」

彼は肩をすくめた。「ヴァーツラフ広場で重大な問題について百人に尋ねてみても、誰ひとり美術には触れないでしょう。ですが、ソ連崩壊直後、民主主義と自由は犯罪の野放し状態を引き起こしました。劇作家でもあった当時の大統領が、刑務所を空にしたのがあだになったのです。もっとも彼自身、幾度となく投獄されていることを考えれば無理もありませんが。そして、この移行期の無法状態は、言うまでもなく芸術の世界にも及びました。ソヴィエトの支配下で長らく忘れられていた作品が、教会や美術館、博物館、個人の家から突如、姿を消しはじめたのです。あなたたち外国人の記者が〝ビロード革命〟と名づけた一連の出来事から七年後には、元秘密警察のメンバーが国立博物館に押し入って、多くの重要な美術品を盗み出しました。つい数年前には、ナポレオン戦争のスラスコフにおける三帝会戦で使われた珍しい拳銃が見つかっています。犯人の一味は、博物館のすぐそばの骨董屋にそれらを売ろうとして逮捕されました。『華麗なる賭け』とは大違いですね。さいわいなことに、並みの美術品泥棒は並みの車泥棒と頭の中身は大差ない」

「ルドルフ・コンプリケーションに保険はかけられて

いたんですか?」

館長は首を横に振った。「国が所有する美術品には、めったに保険はかけません。『ルドルフの秘宝』のような巡回展の場合には、会場から次の会場へ運搬されるあいだのみ補償されます。いわゆる〝釘から釘〟というやつですね。窃盗犯にしてみれば、保険会社に対して買戻しを要求できなくなるわけですから、何ともありがたくない話ですが、かといって盗難の抑止にはなりません」

「その時計は、どれくらいの価値があると思いますか?」

その問いは、窓際で眼下を流れる水を見つめていた彼の耳には、なかなか届かなかったようだ。「値段はつけられません」ようやく館長は答えた。「ですが、そもそも美術品というのは、市場に出てはじめて値がつけられるものです。ファン・ゴッホの『ひまわり』は、オークションにかけられると三千九百万ドルで落札されました。一方ピカソは一億ドルで売れた。〝値がつかない〟という言葉は、もはや意味を失っています。エジプトとて、納得のいくオファーがあればピラミッドを売るにちがいない」

「ということは、ピカソレベルの〝値がつかない〟なのか、それとも――」

「ルドルフ・コンプリケーションには、商品としていくつか欠点があります」彼は指で数えながら列挙した。「一、ルドルフ・コンプリケーションは絵画ではない。彫刻でも、織物でも、陶磁器でも、宝石でもない。したがって、どんなに高値がついても、有名な画家の駄作にも及ばないと思われます。二、ルドルフ・コンプリケーションは有名な芸術家の作品ではない。一般に、この時計の製作者はルドルフ二世のお抱え錬金術師、エドワード・ケリーだと言われています。この人物には偽造、密通、暴力、魔術、借金、巧妙な嘘など、よくない噂がつきまとっていた――にもかかわらず、これだけ明らかな素質がありながら有名な芸術家ではありませんでした。そして三、おそらくこれが最も重要ですが、コンプリケーションには来歴がない。つまり、歴代の所有者のリストがないのです。この時計はほんの一時期、表舞台に登場しましたが、やがて姿を消し、しかも当時の状況は曖昧《あいまい》だった。多くの人が、贋造品《がんぞうひん》だと考えていたほどです」

これでやっとポール登場の舞台が整ったわけだ。彼がヨーロッパの洗練された美術品の窃盗に関わっていたとはなかなか想像できなかったが、価値のない、詐欺まがいのものをめぐって殺されたのだとしたら？ それなら納得がいく。もっとも、世間からは兄のぼくも同類と見なされているにちがいないが。

「当然ながら、文化省は展覧会の呼び物が贋造品かもしれないと声を大にして言うわけがありません」と館長。「ですが、何世紀ものあいだ行方不明だった時計が、とつぜん現われたという話は、意外にも多くの人が信じました。疑っていたのは一部の愛好家だけです。おそらく、マルティン・ノヴォトニーという名前ははじめて耳にすると思いますが――」

館長によれば、マルティン・ノヴォトニーはルドルフ・コンプリケーションの最後の個人所有者ということだった――ノヴォトニーのエピソードが本当だとしたら、わずか数時間だけのことではあったが。大酒飲み、博打《ばくち》好き、ときには強盗、そして三流の見世物師だった彼は、すでに警察にもお馴染《なじ》みの人物だった。あるとき、よっぽど強盗がうまくいったらしく、ノヴォトニーは祝杯をあげ、飲みすぎてマレシツェ近くのトラムの線路上で気を失った。さいわい、トラムよりも先に警察が彼を見つけた。その首には例の時計がかけられており、警察は彼が正当な持ち主であるはずがないと疑った。問いつめられて、ノヴォトニーは盗んだことを認めたが、誰から盗んだのかは言わず、かろうじて逮捕は免《まぬが》れた。ところが一週間後、ノヴォトニーは不運な最期をとげる。ストラシュニツェの建物の四階の窓から、死体となって部屋に投げこまれたのだ。

「投げこまれた？　四階の窓から？」ぼくは驚いた。

「〝投げ出された〟の反対の意味ということでしたら、そうです」館長は言った。「警察の巧妙な仕業か、はたまた窓外投擲《とうてき》事件の逆バージョンが迷宮入りとなったのかは、あなたのご想像にお任せします。それはさておき、時計の持ち主が名乗り出ることはなく、政府はルドルフ・コンプリケーションを国有財産にすると宣言しました。そして、かつてない規模の巡回展を企画したのです。最初はプラハ、その後にチェコ共和国内、最後は世界じゅうの美術館を回って、ふたたび国立博物館に戻ることになっていました。ですが、もちろん時計は川の西岸を越えることはありませんでした。ところで、カメラをお持ちですか？」

「今日は持っていません」

「残念です」と館長。「というのは、いまわたしたちの目の前にあるのが、プラハで最も写真に撮られた窓なんです。少なくとも洪水の直後の二カ月は。仮にあなたがわたしの立場だったとして、洪水からわずか数日後を想像してみてください。ようやく水が引いて、慣れ親しんだギャラリーに戻ることを許可された。あなたの背後のそのドアを開けると、窓ガラスが床一面に散らばっていた。窓枠に鉄のフックが打ちこまれ、そこにナイロンロープが引っかけられている。二台のパソコン、監視カメラ、少額の現金が入った金庫、本、アルラウネとベゾアール、イッカククジラの牙の聖杯――どれも盗まれていない。よかった、そう思ったとたん、ルドルフ・コンプリケーションがなくなっていることに気づく。と同時に、今後このギャラリーでは、政府主催の栄《は》えある展覧会は、いかなるものであっても開くことはできないと悟る。そして、わがギャラリーだけでなく、芸術や歴史そのものに対する犯罪を目《ま》の当たりにして、己の利己主義を責める。それでもやはり、自分のことを一番に考えてしまう」

　ぼくは向かい側の建物に残された水位の跡を見つめながら、五年前の晩の出来事を考えてみた。けれども、時差ぼけの頭で考えつくのは、せいぜい指名手配犯の情報提供を呼びかけるテレビ番組『アメリカズ・モスト・ウォンテッド』風の安っぽい再現ドラマだった。カメラはCGで合成された月から、黒いフードにスキーマスクといういかにも〝アーバン忍者〟風のひとりの男を映し出す。暗い運河をカヌーやボート、あるいはカヤック——とにかく音を立てないためにエンジンのついていないもの。泳ぐのも論外——で、すべるように進んでいる。警察はモーター付きのゴムボートで付近の通りをパトロールし、懐中電灯の光が黒々とした水面をよぎり、壁をかすめ、窓に反射する。この夜ばかりは、チェルトフカ運河だけでなく、洪水で水に沈んだマラー・ストラナの川岸の小道や曲がりくねった路地一帯が、〝小ヴェニス〟の呼び名にふさわしく見える。電気は消え、建物にひと気はなく、聞こえるのは水音と、ときおり遠くのほうでかすかに響く拡声器の音やサイレンだけ。男は月明かりを頼りにボートを漕《こ》ぎ、音もなく通りを進み、やがて運河に出る。そして薄いブルーの建物のわきにボートをつけると、三階の色付きガラスの窓をフックで割り、ボートが流されないように手ぎわよくロープでつなぐ。水位はかなり高く、壁をよじのぼらなくても窓に届く。男はスタントマン並みの身軽さで、すばやく中に入る。

　部屋の中を探し、時計を見つけ、ビニールの買い物袋やナイロンのバッグなど、水を通さないもので注意深くくるみ、それを小ぶりのバックパックに入れる。そして身をかがめながらボートへ戻り、映画に出てくるような、大きなきらめくボーイナイフでロープを切ると、窓枠にフックを残したままその場を離れる。しばらく北へ進んだところで、たとえばカレル橋とマーネスフ橋のあいだくらいで、男は静かに地面に上がる。

そこへ物陰から、つややかな髪を後ろに撫でつけた残忍そうな男が現われ、弟にいやらしく笑いかける。最後のシーンでは、乗り捨てられた逃走用の車が下流へと押し流され、カメラは月を映してフェードアウト。日に焼けた執念深い番組の司会役には父が扮し、前に進み出て、視聴者に電話番号を示し、ポール・ホロウェイに関する情報提供を呼びかける。彼自身だけでなく、生まれながらに、あるいは不運にも彼と関わりを持つ者の身に大いに危険が迫っている、と。スタジオの奥では、ヴェラが電話のヘッドフォン・マイクをつけ、専用回線にかかってくる電話を次々とさばいている。そしてCMブレイク。

ボートを漕ぐ以外には、危険はないも同然だった。ギャラリーには誰もおらず、警報装置は停電で作動しない。目撃者となりうる住民は、ひとり残らず避難し、街全体が緊急事態となっていた。おそらく建設現場から銅線を盗み出すほうが危険だろう。弟が本当にこの一件に関わっているとすれば、彼の人生で最も巧妙に考え抜かれた行動だと言わざるをえない。だからこそ、とても彼自身が計画を立てたようには思えなかった。

「犯人が誰であれ、洪水のあいだに時計がほかの場所へ移されていないことを知っていたにちがいない」ぼくは声に出して推理した。「まだこの建物の中にあると」

「それだけでなく、三階にあると知っていた」グスタフはそうつけ加え、まるで下を流れる水に話しかけるように窓から軽く身を乗り出した。「そして、どの部屋にあるのかを知っていた。部屋の中のどこにあるのか。内部の者による犯行。警察はそう考えました。一時は、わたしも重要な容疑者のひとりでした。ひょっとしたら、いまでも。だから訪ねてきたんですか？　ジャーナリストのふりをして、わたしの話がいまでも正確かどうかを確かめに来たんですか？」

ぼくはくすりと笑った。そしてほほ笑もうとしたが、顔は非協力的で、おまけに胃が締めつけられるようだった。だから、しかたなくもう一度笑い声をもらした。それが間違いだった。

「わたしは真面目です。あなたは記者なんかではない」館長はぼくに向きあうと、ゆっくりと顔を上げ、とくに好きでもない写真の構図を評価するかのように目を細めた。「その証拠に、さっきからひと言もメモをとっていない。テープレコーダーもノートも持っていない。写真も撮っていない。あなたはきちんとしたスーツを着ている。しわが寄って、サイズは大きいが、祖国を離れたジャーナリストが着るようなものではない。それに、アメリカ人なら、わざわざチェコ語を覚えなくても、二年はここでの生活や仕事に不自由しないはずだと思いたいが、少なくともチェコ語がわかるかという問いくらいは理解できるものだ。かといって、インターポールには見えない。明らかに地元の警察でもない。だが、おそらく通報するべきだろう。あなたが本当は誰なのか、警察は興味を持つかもしれない。あなたが本当はここで何をしているのか。わたしは興味がある」

彼はポケットから電話を取り出した。

ぼくはくるりと背を向けて歩き出したが、上着の袖をつかまれた。彼を振りはらいながら急いで立ち去ろうとした直後、押し殺した叫び声とともに彼の眼鏡が床に落ちる音が聞こえた。ドアのところで肩ごしに振りかえる。

部屋は空っぽだった。館長の姿は消えていた。

一瞬ためらったのち、慌てて部屋に引きかえした。うっかり蹴ってしまった眼鏡が床を回転しながら壁に当たる。ぼくは窓から身を乗り出して下を見た。館長は三階下の歩道にぐにゃりと折れ曲がって倒れていた。運河の縁まで三十センチもない。右腕がねじれ、すでに頭の周囲には赤黒い血だまりができている。ぼくの耳にうめき声が届いた。彼はまだ携帯電話を握っていた。

「動かないで」ぼくは悲痛な声で叫んだ。「いま行くから」

彼の無傷なほうの目がぼくに向けられ、瞬《まばた》きをしてから閉じた。ぼくは部屋を飛び出すと、階段から転げ落ちるようにして、そのままギャラリーを出た。

厄介なのは外に出てからだった。一帯に建物がひしめきあっているせいで、ギャラリーのわきを通り抜けるだけでは済まなかった――裏に出るにはブロック全体を回らなければならなかったのだ。一方へ向かうが行き止まりで、突き当たりの狭い広場では、青緑色の男の像が二体、わが物顔で噴水に立ち小便をしていた。周囲にはたくさんの人がいる――助けを求めることもできたが、そうはしなかった。とにかく館長のもとに駆けつけて、運河に落ちるのを食い止めなければならない。ぼくはブロックの反対方向へ駆け出し、カレル橋のたもと近くの水車まで行ってから、『ヘンゼルとグレーテル』風の小さな家々の裏手を運河沿いに走った。

館長の姿が見えないことに気づいたのは、血だまりに足を踏み入れてからだった。足もとの汚れのほかは、彼の痕跡は見当たらない。後ろを振り向いても、空っぽのじょうろと引っくりかえった手押し車が壁に立てかけられているだけだった。運河の水は誰にも邪魔されずに気だ《け》るげに流れ、水面はどんより濁っている。たとえ落ちたとしても、それほど遠くには流されていないはずだ。

ぼくは父の靴を脱ぎ捨てて飛びこんだ。底まで潜って、泥まじりの水中をやみくもに手探りする。いったん浮きあがり、息を吸ってからふたたび潜る。三度目には動揺しはじめ、しぶきをまき散らして水面に顔を出すと、くらくらする頭で咳きこみながら喘いだ。カンパ島の家の二階の窓から女性が身を乗り出して、ぼくに向かって何やら叫んでいた。ぼくは助けを求めて叫びかえしたかった——男が運河に落ちたと。けれども、ほとんど息もできなかった。ぼくが岸に上がってからも、女性は叫びつづけていた。ざっと計算して、館長が沈んでから三分から五分が経過している。

「警察」ぼくはやっとのことで声をしぼり出した。そして親指を耳に、小指を口に当てて電話をかける仕草をしてみせた。女性は顔をしかめて、その言葉をそのままぼくに返した。ぼくがもう一度繰りかえすと、彼女はものすごい勢いで悪態をつきはじめた。挑発されていると思ったのだろう。無断で運河に潜ったことを通報できるものならしてみろと。だが、ふいに女性の表情が変わった。血に気づいたのだ。次の瞬間、それまで彼女の立っていた場所では黄色のカーテンが風にはためいているだけだった。聞こえるのは、もっぱら耳に入りこんだ水の音。ぼくは父の靴を履いて立ちあがると、もう一度だけ水しぶきや泡や、とにかく館長が水面に浮かびあがる気配がないかどうか目を凝らしたが、見えるのは水面に映って揺らめく自分の姿ばかりだった。髪は頭に張りつき、額に水がしたたり落ち、目に入った水を流そうとしきりに瞬きをしている。少しして、ぼくは立ち去った。運河は空を映すのみとなった。

鏡の迷路の中で（3）

録音記録#3113d
日付　一九八四年九月二十六日［時刻不明］
被聴取者　エリシュカ・レズニチュコヴァ
事例　#1331　ズルツァロヴェ・ブルディシュチェ事件
事情聴取第八回
場所　プラハ一区バルトロミェイスカ10
担当　捜査官#3553

捜査官#3553　ここまでのあなたの話を要約しましょう。九月二十二日の土曜の晩、閉店時間の直前に、苗字は言わず、ただヴォコフと名乗る、会ったことのない男が〈ブラック・ラビット〉にやってきた。
レズニチュコヴァ　わたしが気づいたのは店を閉めてからよ。実際にいつ来たのかはわからないわ。
捜査官#3553　その男は私服警官に尾行されているとあなたに打ち明けた。そしてアコーディオンケースを見せ、中には『ディフェネストレイター』という違法出版物が五十部入っていた。彼はそのうちの一部をあなたに見せて、そのアコーディオンケースを翌朝、ペトシーンの丘の頂上で待っている見知らぬ第三者に渡すことになっていると説明した。そして、男は酒場の暖炉でそれらを燃やすのを手伝ってほしいと頼んだ。自分はもうじき逮捕されると思いこんでいたから。あなたは燃やすのを断わったばかりか、アコーディオンケースの中身を運ぶ役目を買って出た。

レズニチュコヴァ　そのとおり。

捜査官#353　すばらしい。では、続きを話してください。

レズニチュコヴァ　さっきも言ったとおり、わたしたちはある計画を立てたの。ヴォコフは逮捕されるのを覚悟で店の前に出る。そのあいだに、わたしがアコーディオンケースを持って一階へ上がって、裏口から中庭に出る。庭を横切って、向かい側の建物を通り抜ければ、一ブロック先のヴ・イルハルジー通りに出られて、運がよければ警察には見つからずに済む。そして翌朝早く、ヴォコフがまだ勾留されているあいだに、ペトシーンの丘の上でケースの鍵を持って待っている名前のわからない男に地下出版物を届ける。

捜査官#353　ケースには鍵がかかっていたんですか？　ヴォコフはどうやってあなたに『ディフェネストレイター』を見せたんですか？

レズニチュコヴァ　それは外套から取り出したの。そう言ったはずよ。

捜査官#353　それなのに、あなたが自分でケースを開けるための鍵は渡さなかった？

レズニチュコヴァ　鍵を持っているのがその第三の男だけだとしたら、不思議ではないでしょう？

捜査官#353　だが、それではどうやって燃やせというんですか？　そもそも最初はそう頼まれたんですよね？　アコーディオンケースの中身をすべて暖炉に放りこんでほしいと。

レズニチュコヴァ　知らないわ。ヴォコフが足を引きずって階段を上がっていってから――

捜査官#353　足を引きずって？　なぜいままで黙っていたんですか？

レズニチュコヴァ　訊かれなかったから。それに、じつはアコーディオンケースの三箇所に鍵がかかっていると知ったのは、彼が出ていったあとに店のドアを閉めて、ケースを持って裏口から出て、中庭を通って、逮捕されずに無事に自分の部屋に戻ってからよ。それでも、翌朝までは最初からヴォコフがケースの中身を燃やすつもりがなかったと気づかなかった。

捜査官#353　まったく警戒しなかったんですか？　ことによったらケースの中に爆弾が入っているかもしれないと。

レズニチュコヴァ　あなたたちと違って、わたしはすぐに人を疑うようなことはしないわ。それに、数時間後には『ディフェネストレイター』は他人の手に渡って、わたしは関係なくなるはずだったから。もちろん、その時点でいっさい不安がなくなるわけではないと気づいたわ。もしヴォコフが本当に逮捕されて、証拠となるアコーディオンケースを持っていなければ、あなたたちがわたしを探し出すのは時間の問題だったもの。

捜査官#353　だから自分の書いたものを処分しようとした。そうですね？

レズニチュコヴァ　日記、詩の下書き、物語の構想、書きかけの小説……みんな細かく破って下水に流したわ。検閲に引っかかるとは思わない。だけど、そうしたものは解釈の問題で、ルールはつねに変化しているということは嫌というほど思い知らされてきたから。わたしは政治には興味ないわ。ビラを配る男のジョークみたいなものよ。

捜査官#353　それはどんなジョークですか？

レズニチュコヴァ　ヴァーツラフ広場でひとりの男がビラを配っていた。そこに警官がやってきて逮捕しようとしたけれど、そのビラには何も書かれていなかったから驚いた。なぜ白紙を配っているのか、と警官が尋ねると、男はこう答えた。「なぜ書く必要があるのか？　わざわざ書かなくても、みんなわかっているというのに」

捜査官#353　あなたが深夜に使っていたと通報があったタイプライターを処分したのも、そのときですか？

レズニチュコヴァ　それはもっと前の話よ。親切な隣人の[redacted]さんが夜中にカタカタという音を聞きつけて、わたしが作家か何かだと思いはじめてから。ちっとも悪気なく訊かれたわ。もっとも、そんなことはありえないとわかっていたけれど。でも、[redacted]さんが本当にイタチ[*7]だったとしたら、わざわざわたしに訊いたりしないわね。黙って密告しつづければ済む話だもの。ひょっとしたら、わたしに警告しようとしたのかもしれない。

捜査官#353　それまでずっと書いてきたものを

流してしまうのは、どんな気持ちでしたか?

捜査官#353　どういう意味ですか?

レズニチュコヴァ　文字どおり、紙が流れなかったの。何度もレバーをひねった。詰まってるのかとラバーカップも使ってみた。蓋を外して中を掃除してみた。それでもだめだった。こういうときには夫がいれば便利だと、つくづく思ったわ。とにかく、トイレに水がたまらなくなって、最初のページが便器に張りついたままになったの。

それで、残りのページをぱらぱらめくりながら、と

レズニチュコヴァ　どんな気持ちか?　隣の部屋では、借金しているイトカって人のことで言い争っていた。上の部屋のテレビからは『ゼマン少佐』[*8]のテーマ曲がガンガン聞こえてくる。何かを書くということが急にばかばかしくなったわ。

捜査官#353　にもかかわらず、この『神の右手』の原稿は残した?

レズニチュコヴァ　流れなかったのよ。

＊7　当時、警察の情報提供者を呼ぶのに一般に使われていた言葉。

＊8　『ゼマン少佐の三十の事件』は、一九七五年に国営テレビで放送が始まった人気ドラマで、共産党のプロパガンダ色が強い。

ころどころ文や段落を読みかえしてみたら、そんなにひどくなかった。もちろん欠点はあるし、原案はまったくのオリジナルじゃない――だけど、あらゆる財産は盗まれたものだと言ったのはマルクスじゃなかったかしら?

捜査官#３５３　マルクスはそんなことは言っていない。

レズニチュコヴァ　とにかく、ひょっとしたら、誰かがどこかで目にとめるかもしれないと思ったの。もっとも保安部は想定外の読者だったけど。それで、『神の右手』の原稿を集めて、テレビの裏側の板を外して、原稿を細く丸めて押しこんで、板を元どおりに戻した。

捜査官#３５３　なぜテレビに?

レズニチュコヴァ　あまりにもおんぼろで、警官が盗む気になれないと思ったから。

捜査官#３５３　そして、コスモナウトゥー駅でトラムに乗った。

レズニチュコヴァ　ええ、ええ、そういうことにしておきましょう。どうでもいいことだもの。それでペトシーンに着いてみたら、草におおわれた丘を上るケーブルカーは、運行を停止していた。駅に〝修理中〟と張り紙があったわ。この手の張り紙は至るところで見かけるけど、誰も何かを修理している様子はない。どうして? 何年間も足場におおわれたままの教会や大聖堂。塗装があちこち剝げて、みずからの重みで歪んだ建物。この街は住民が出ていくのを忘れたゴーストタウンだと思ったことはない?

捜査官#3553　それでも、丘の上で第三の男が待っていたから上る必要があった。

レズニチュコヴァ　男はズルツァロヴェ・ブルディシュチェ、つまり歪んで映る鏡の迷路がある作り物のお城の外のベンチに座っているはずだった。ペトシーンのジグザグに曲がった道を半分ほど上ったところで、わたしは丘を見下ろした。道には誰もいなかった。葉の落ちた木々、草、濁った川の上に白くたちこめる霧。霜におおわれた屋根、そびえ立つ尖塔、その向こうの霞《かす》んだ風景。なかには、衰えた視力のせいで本当は見えなかったものもあるかもしれない。何もかもくっきり見えたころの記憶を思い出していただけかもしれない。

捜査官#3553　丘の上で誰が待っていたんですか？

レズニチュコヴァ　誰も。頂上では誰も待っていなかったし、下を見ても誰も上ってこなかった。わたしはお城の外に腰を下ろして、ヴォコフに言われたとおりベンチの下にアコーディオンケースを置いて、朝の冷たい空気に息が広がるのを見ていた。

少しうとうとしたのかもしれない。気がつくと、隣に女の子が座っていた。七歳か八歳くらいで、ちょっぴり寒そうな薄手の赤いワンピースが風にはためいている。おまけに裸足で、震えていた。女の子はずいぶん長いあいだ、じっとわたしを見つめていた。大きな黒い目、青白くて虚ろな顔。妙に大人びた表情。頭の大きさは子どものまま成長したみたいに。

「靴はないの？」わたしは尋ねた。女の子は何も答えずに、ただ座って、ベンチの下でむき出しの脚をぶらぶらさせていた。わたしはあたりを見まわして、両親や祖母、お兄さんかお姉さんがいないかどうか探した。「凍えてしまうわ」わたしは言った。「靴もコートもないなんて。ママはどこなの？」

女の子はほほ笑んだ。醜いほほ笑みだった。ナイフで切り裂いたような口。女の子には歯がなかった。

捜査官#3553　前歯が欠けていたということですか？

レズニチュコヴァ　いいえ、乳歯が何本か抜けたといった感じではなくて、まるで老女のしぼんだ口みたいだった。わたしは悪態をつくと、その子を包むために自分のコートを脱ぎはじめた。それから考えた。どうするべき？　この小さな浮浪児を警察へ連れていく？　第三の男に会えないのを覚悟で、刑務所行きになる証拠が詰まったケースを持って警察署へ行くの？　結局、ケースを渡してから女の子をどこかへ連れていくことにした。だけど、この子を見つけたペトシーンの丘のてっぺんで、わたしは何をしていたと説明すればいいの？　それに、そもそもこの女の子はどこから現われたの？　万が一、両親が捜しに来たら？

そのとき、ふいに女の子が口をきいた。「誰かが待ってる」そう言って、女の子はお城のほうを指さした。わたしはコートを脱ぐ手を止めた。

「中で」女の子が言った。「誰かが待ってる」

捜査官#3553　ズルツァロヴェ・ブルディシュチェが開くのは午前十時だ。その時刻には閉まっていたのでは?

レズニチュコヴァ　よくわからないけど、とにかく扉は大きく開いていたわ。わたしはそこを通り抜けて迷路の中に入った。通路は狭くて、木の枠にはめこまれた長い鏡が壁一面に並んでいた。ベンチで震えていたあの子でさえ、こんな迷路で迷ったりはしないはずだけど、とにかくその鏡にわたしは不安になった。エリシュカが左にいる、右に、目の前に、後ろに、横に。どこを見ても数えきれないほどのエリシュカがいる。どこを見てもいまいましいアコーディオンケースがある。

迷路の終点は小さな部屋で、そこにも鏡が張りめぐらされていた。表面が歪んでいるせいで、あごも手も長く伸びて、腕は曲がって見えた。鼻は唇に押しつけられ、額はぺちゃんこ、おなかは風船みたいにふくらんでいた。顔が溶けて意地悪な目をした奇怪な戯画のエリシュカ、眉毛がぼうぼうでキリンの脚をしたグロテスクなエリシュカ、エリシュカの頭から生えてきたエリシュカ。エリシュカとエリシュカ、結合双生児。

迷路の終わりに〝カレル橋の戦い〟と書かれた矢印がかかっていた。さらに曲がると、その先には……あなたも行ったことがあるでしょう? でなければ、わたしはここにいないもの。

捜査官#3553　あなたが見たものを話してください。

レズニチュコヴァ　迷路が終わると、その薄暗い小さな部屋に出るわ。そこには包囲されたカレル橋の立体模型があるの。泥まみれの大砲、捨てられたマスケット銃、残骸のなかで目を引くヘルメット。その奥に描かれた橋の上では、攻めてくるスウェーデン人を相手にボヘミア人が戦っている。子ども向けの迷路の終点にこんなものがあるなんて、奇妙だわ。まるで絵本の『ホンザの旅』の最後のページが歴史の本のものと入れ替えられたみたいな感じ。

捜査官#3553　そこでヴォコフの言っていた男が待っていたんですか？

レズニチュコヴァ　男の姿は見えなかった。わたしはアコーディオンケースを置いた。腕が痛くて、手はこぶしを握りかけた状態のまま動かなかった。そのときになって、自分がどれだけ取っ手を強く握りしめていたかに気づいたわ。わたしはその場に立ったまま、模型を見ながら待った。カレル橋の上には、頭を切り落とされたキリストの十字架像が立てかけてあった。少し重苦しい象徴だと思ったのを覚えているわ。

捜査官#3553　それから、何があったんですか？

レズニチュコヴァ　何も。わたしは突っ立って、ひたすら待っていた。だんだん不安になってきた。怖くなってきた。ひょっとしたら、第三の男はすでに逮捕されたのかもしれない。わたしがこのばかげた模型をぼんやりながめているあいだにも、彼はここと同じような狭い部屋にいるのかもしれない。あなたみたいな人に面と向かって、『ディフェネストレイター』の受け渡しが行なわれるはずだった場所について話しているのかも。わたしが頭を切り落とされたキリストをぽかんと見つめて、頭はどこへ行ったのか考えているあいだにも、警察はお城を取り巻いて包囲攻撃に備えているかもしれない。模型のスウェーデン人のように。そう思ったら、ふいに怒りが込みあげてきた。

もうおしまいにしよう、わたしはそう決めた。自分の役目はじゅうぶん果たした。いずれにしても、わたしにはまったく関係のないことだもの。わたしはアコーディオンケースを床に置いたまま、お城の外に出た。

［沈黙——五秒間］

捜査官＃３５５３　ベンチに座っていた女の子はどうなったんですか？

レズニチュコヴァ　いなくなっていたわ。どこにも見当たらなかった。

捜査官＃３５５３　どこへ行ったのか気にならなかったのですか？

レズニチュコヴァ　きっと両親が捜しに来たのよ。たぶん近くの展望台にいたか、バラ園を散歩していたんだわ。わたしは、とにかくそれどころじゃなかった。

捜査官＃３５５３　その女の子を見かけたのは丘の上の外のベンチだけだったというんですね？　迷路の中では会わなかったと。

レズニチュコヴァ　迷路の中にいたのは、わたしだけだった。わたしと、鏡に映ったわたし。エリシュカとエリシュカたち。

［沈黙——四秒間］

捜査官#3553　同志レズニチュコヴァ、こんなばかげた地下出版物の話はやめて、本当はペトシーンで何があったのか話したほうがあなたのためです。その女の子とのあいだに。そうすれば、あなたの行動の動機を理解できるかもしれない。

レズニチュコヴァ　何のことだかわからないわ。

捜査官#3553　われわれはヴォコフという名の人物など逮捕していない。ヴォコフという人物を尾行してもいない。そもそもヴォコフなどという男は存在しない。そして『ディフェネストレイター』という地下出版物も。少なくともアコーディオンケースの中には。

レズニチュコヴァ　それなら、やっぱりわたしが最初から言っていたとおりなのよ。わたしたちはお互いに別のアコーディオンケースを指していた。でないと、あなたの言うことは説明がつかないわ。ヴォコフは実在の人物よ。わたしはテーブルをはさんで彼と向きあっていたもの。いま、まさにあなたと向きあっているように。もっとも、誰にも眼鏡を壊されなかったから、彼の顔は見えたけれど。

捜査官#3553　ヴォコフの姓はどんなふうだと思いますか？　スロヴァキア系？　モラヴィア系？　ロシア系？

レズニチュコヴァ　知らないわ。考えたこともなかった。

捜査官#3553　これは存在しない人物の架空の名前だ。われわれが話を聞いたのは、これまでの経験上、あらゆる嘘はいずれ真実へとつながるからです。ようやくあなたにアコーディオンケースを見てもらう準備ができました。おそらく、あなたに事態の重大性を示す必要があります。そうすれば、この空想の世界に浸るのをやめるでしょうから。

［椅子が床に擦れる、足音、ドアが開いて、閉じる］

［沈黙——九分間］

［ドアが開き、閉まり、足音が近づく。ドサッ。何かが机の上に置かれたような音。椅子が床に擦れる］

［沈黙——二秒間］

捜査官#3553　よろしければ、わたしがいまテーブルに置いたものについて説明してください。

レズニチュコヴァ　ああ、これがお待ちかねのアコーディオンケースだわ。

捜査官#3553　できれば、もっと詳しく。

レズニチュコヴァ　茶色い。四角い。眼鏡なしで見えるのはそれだけ。

捜査官#3553　ああ、そういえば。忘れるところでした——あなたのアパートメントで回収した読書用の眼鏡を。これで大丈夫でしょう。さあ、眼鏡をかけて、このアコーディオンケースを説明してください。

［沈黙——七秒間］

レズニチュコヴァ　茶色い。四角い。革張り。取っ手がある。一方の角がへこんでいる。

捜査官＃３５５３　では、アコーディオンケースのすぐ左にあるものを説明してください。

レズニチュコヴァ　鍵。鍵のついたキーリング。

捜査官＃３５５３　あなたのアパートメントで見つけました。

レズニチュコヴァ　そんなはずないわ。わたしは見たことがないもの。

捜査官＃３５５３　よろしければ、ケースを開けてください。

レズニチュコヴァ　どの鍵が合うのか——

捜査官＃３５５３　順番に試してみればわかるはずです。

［鍵がカチャカチャ鳴る音——四秒間］

［アコーディオンケースの錠が外れ、同時にケースが開く金属音——一秒以下］

レズニチュコヴァ　見て、開いたわ。だけど——［不明瞭］。

［レズニチュコヴァの悲鳴——三秒間］

捜査官＃３５５３　ケースの中身を説明していただけますか？

［悲鳴／息をのむ音――四秒間］

捜査官#3553　できませんか？　それなら、かわりに説明しましょう。ケースの中には切断された右手が入っています。切断された手首の月状骨《げつじょうこつ》から人差し指の先まで、長さはおよそ九・五センチメートル。大きさおよび形は、六歳から八歳までの幼児のものに一致します。

レズニチュコヴァ　閉じて！　いったいどういう［不明瞭］。

捜査官#3553　血液型判定および他の法医鑑定によって、この切り離された手は、九月二十二日の朝にズルツァロヴェ・ブルディシュチェの内部で遺体が発見されたドゥサナ・マリノヴァーという六歳の少女のものと判明しました。ナイフについて説明したいですか？

レズニチュコヴァ　やめて。何てこと。

捜査官#3553　では、わたしが――アコーディオンケースの中、少女の切断された手の左側に、いわゆる肉切り包丁と呼ばれる、切るための、正確には叩き切るための道具が入っています。とがっていないほうの先は厚さ二・五センチ、刃先は一ミリもない。

［すすり泣く声――女性の――が続く］

刃から採取された血液サンプルは被害者のものと一致します。[*9] 木製の柄に残された指紋は被聴取者のものと一致します。これらはすべてズルツァロヴェ・

ブルディシュチェ事件に関する報告書752aに詳しく記されています。*10 わたしの言ったことは、あなたの目の前にあるものと矛盾しますか?

レズニチュコヴァ 何てこと。彼はあなただったのね。

捜査官#3553 あなたの『神の右手』の原稿は、明らかに常軌を逸しています。これを書くことで、あなたはリハーサルを行なった。子ども殺しのストーリーは、あらゆる証拠によってあなたが金曜の晩に行なったと裏づけられることと酷似している。ただし、これが唯一の暴力行為であるとは断定できないため、ドゥサナ・マリノヴァーの殺人に手口が似ている未解決の殺人事件は、すべて徹底的に捜査する方針です。

レズニチュコヴァ ヴォコフはあなただった。ひげはないし、髪も切っているけど、間違いない、あなただわ。よくも騙したわね。いますぐわたしをここから——

捜査官#3553 あなたが日曜の朝に犯行現場へ戻った理由は謎ですが、犯人がそうした行動を取ることは珍しくありません。それに、あなたには明らかに妄想癖がある。これで、あなたが少女を殺した二日後にベンチで彼女と話したという主張も説明がつきます。そのヴォコフという男も、あなたがまったく自分の想像から生み出した人物と尋問官を同一視したことも説明できるでしょう。

レズニチュコヴァ どうしてわたしにこんなことをするの?

捜査官#3553 あなたが話したことと、この原稿の内容から、あなたに自白能力があるとは認められません。現在の状況では、あなたの証言は信頼できない。したがって、総合的に評価するには、あなたを精神科病院へ連れていく必要があります。そして結果が出るまでは、事情聴取は無期限に延期といたします。

捜査官#3553　ご協力ありがとうございました。あなたの健康が回復したら、ふたたび本件を取りあげます。そのときにはあなたがすべて認めることを期待しています。

[テープ終了]

レズニチュコヴァ　そんなことできないわ。お願い。

[すすり泣き]

＊9　国家保安部《StB》における利用可能な研究資源の不足や、本件に関する現存ファイルにおける補強証拠の欠如など、当時の法医学の状況を考えると、捜査官#3553の発言は捜査状況を正確に表わしているとは思えない。たとえ容疑者の自白を促すための明らかな嘘ではないにしても、誇張していると考えるのが妥当だろう。

＊10　この報告書はÚDVによって発見された資料のなかには含まれておらず、実在したかどうかも定かではない。これは、捜査官#3553によって引用された書類名の形式（752a）が、StBの記録保管所で発見された他の書類と一致しないためである。

エリシュカ・レズニチュコヴァおよびズルツァロヴェ・ブルディシュチェ事件――その後の経過の概略と最終的提言

ここに書き起こした事情聴取に引き続き、一九八四年九月二十七日、エリシュカ・レズニチュコヴァはボフニツェ病院（添付書類7a参照）に収容された。入院時の担当医師はレズニチュコヴァを重度の妄想型の精神疾患と診断し、大量のソラジンを処方した（彼女のカルテには、他の多くの患者と同様に檻《おり》に囲まれたベッドで大半の時間を過ごしたと記されている）。

記録によれば、ボフニツェに入院中、レズニチュコヴァの容態は悪化の一途をたどった。捜査官#355をヴォコフと名乗る男と同一人物だとまたたく間に信じこみ、彼こそが伝説の殺人者〝神の右手〟であると言い張った。また、ボフニツェに入院中に、自分は悪魔と話をしていると思いこむようになった。とりわけ、彼女によれば少女の姿をした悪魔のマディミという想像上の人物に執着した。この人物は本や絵画を通して秘密のメッセージを送っていると、レズニチュコヴァは主張した。

治療の最後の年には、レズニチュコヴァは職員や他の患者とのあらゆるコミュニケーションを完全に断った。ボフニツェに四年以上入院したのち、一九八八年十二月十二日、エリシュカ・レズニチュコヴァは病院の時計塔からの転落による負傷がもとで死亡した。そうした事故を防ぐために、施設内のほとんどの窓には柵が取りつけられていたものの、事故の報告書によれば（添付書類7b参照）、彼女は通常は職員のみが出入りできる棟に入りこみ、誰にも見られずに塔に上ったという。病院側から提出された証拠に事件性をほのめかすものはなく、彼女の死は自殺と断定された。

その後、ズルツァロヴェ・ブルディシュチェ事件に関してStBはいっさい行動を起こさなかった。少女の死に対する捜査は、公式に解決が宣言されることなく打ち切られた。

ズルツァロヴェ・ブルディシュチェ事件について徹底的に考察した結果、エリシュカ・レズニチュコヴァに対する措置に関して、当局の関係者やStBの元メンバーを告発する法的行動を推し進めることは、共産主義者犯罪記録捜査警察局（ÚDV）の目的にはそぐわないという結論を下した。レズニチュコヴァのたどった運命は、控えめに言っても遺憾《いかん》の極みであるが、この件に関するさらなる調査は種々の要因によって妨げられた。

捜査官#3553――この人物は、本件にまつわるファイルに登場する唯一の国家秘密情報局関係者である。彼はレズニチュコヴァのボフニッェ収容に関して権限を持っていただけでなく、入館記録に記されているのは彼の捜査官IDのみであるため、おそらく彼自身がレズニチュコヴァを病院へ護送したと思われる。彼の正体を突きとめなければ、本件に対するさらなる調査によって望ましい結果が得られるとは考えにくい。これまでのところ、捜査官#3553が関わった他の事件の記録は発見できず、重要な殺人事件の捜査に任命された警官が、それまで主要な（あるいは、他のどのような種類でも）事件をいっさい手がけていないことは考えられないため、記録はすべて破棄されたと判断するのが妥当である。
エリシュカ・レズニチュコヴァの精神状態――事情聴取中の発言によって、警察はレズニチュコヴァに精神鑑定を命じる根拠があったことは明らかである。住民登録の記録を隅々まで調べても、ヴォコフという名の四十代なかばの男性は存在しなかった（この人物がレズニチュコヴァに対して偽名を使った可能性もあるが）。さらに、『ディフェネストレイター』という名の地下新聞の存在も確認できなかった。

明らかな政治的動機の欠如――ズルツァロヴェ・ブルディシュチェ事件ののちに当局関係者が犯したであろう罪、あるいはレズニチュコヴァ自身の罪は、いずれも政治的もしくはイデオロギー的な動機に基づいたものではないと考えられる。この仮説を実証する書類は存在しないが、(a)事件の重要性、および(b)幼児殺害の噂がチェコスロヴァキアの首都の市民をパニックに陥れる、もしくはチェコスロヴァキアの国際的な評判をおとしめる恐れがあるという理由により、本件は市警察ではなく国家秘密情報局の管轄であった可能性が高い。StBの手によるレズニチュコヴァの処遇に落ち度があったのは明らかである一方、拷問や基本的人権の侵害といった事実はない（眼鏡の破損は別として）。したがって、これ以上法的な要求を行なうことは、共産主義者犯罪記録捜査警察局（ÚDV）の通常業務から逸脱することになる。

それゆえ遺憾ではあるが、ÚDVとしては、現時点でStBのエリシュカ・レズニチュコヴァおよびズルツァロヴェ・ブルディシュチェ事件への対応の調査を続行することは不可能である。秘密諜報部員と思われる捜査官#3553に対しては、さらなる追及が必要であり、いずれ彼の正体が明らかになった際には、調査が再開されるかもしれない。

残念ながら、そのときまでは少女の死にレズニチュコヴァがどのように関与した、あるいは関与しなかったのかは、一九八四年の時点と同じく不明確なままとなるだろう。

共産主義者犯罪記録捜査警察局(ÚDV)

170-34 プラハ七区郵便局

私書箱21/ÚDV

II

6

 よろめきながら地下鉄を降りてからも、顔はまだ奇妙にこわばったままで、胃は激しく引っかきまわされているようだった。空気は汗と金属の味がして、フローレンツ駅のエスカレーターの両側の壁には、人相をひどく見せる緑がかった薄暗い蛍光灯が反射していた。ぼくは振りかえって、誰かにあとをつけられていないか確かめた。マラー・ストラナを出てから、かれこれ十回、いや三十回目だ。濡れたスーツは重く、水滴がしたたり落ちている。飛びこもうとしたときに、なぜとっさに上着ではなくて靴を脱いだのかはわからなか

った。いま思うと、よく考えればもっと違ったふうに行動できたということは山ほどある。

 ぼくはエスカレーターから日光のもとに吐き出された。

 駅の外では、隣のみすぼらしいスーパーマーケットから地下鉄の入口へ向かう人の流れが途切れることはなく、反対側の通りでは黄色と赤に塗られたトラムがガタガタ走っていた。針山みたいな頭からドレッドへアの縄を垂らしたアナーキーな若者が、かたまって歩道に座りこんでいる。少女のひとりはペットのネズミを連れており、ミリタリージャケットのポケットから白い頭がのぞき、ピンク色の鼻がひくひくしていた。彼らの背後では、鉄条網の張りめぐらされた高い柵の内側で蚤の市が開かれ、ヴェトナム人が偽物のブランド服を売っていた。

 館長が窓から落ちたときに、すぐに警察に通報するべきだった。それはわかっていた。あの場を離れたあ

とでも、黒い準軍事装備を身につけてカレル橋の付近を退屈そうにぶらついていた警官を捕まえることはできたはずだ。カンパ島の窓から顔を突き出していた女性が通報したはずだと、何度となく言い聞かせても、実際には通報しなかったのではないかと思えてならなかった。そもそも、彼女は警察にどう話すというのか？　ぼくが運河で何をしていたのか、おそらく理解できなかっただろう。館長が転落するのも見ていないのだ。もちろん、いまさらこんなことを考えても手遅れだった。あのときは、とにかく小さなおもちゃのような家や込み入った狭い通り、見慣れない人々、そしてさまざまな言語の入り混じった騒音から逃れたかった。どこでもいいから、落ち着いて物ごとを考えて、理路整然とした結論を導き出せる場所へ行きたかった。しかしいま、ホテル・ダリボルを目前にして、そんな場所はどこにもないことに気づいた。

　四つ辻の近くで公衆電話を見つけて、ぼくはやや驚いた。おそらくこの携帯電話の時代には歴史的な文化財の指定を受けているにちがいない。地元の緊急通報用の番号も貼ってある。ぼくはポケットから硬貨を何枚か取り出して、落書きだらけの青い受話器を取った。この街では、ちょっとでも隙間があれば、たちまち落書きがはびこる。

　匿名で情報を提供しよう。警察に状況を話して、すぐに切ればいい。ところが硬貨を入れるなり、心臓発作の前触れのように胸が震えた。ぼくは受話器を落として胸に手をやった。けれども手に触れたのは、シャツのポケットの中で着信して震えている携帯電話だった。マナー／びっくり仰天モードに設定していたのだ。運河に飛びこんでも壊れなかったことは、せめてもの救いだった。ぼくは電話を取り出して、発信者ＩＤを見た。

ボブ・ハンナ

見るまでもなかった。

ギャラリーでの出来事のせいで、自分が彼に電話をしてメッセージを残したことなどすっかり忘れていた。ついさっきまで、無謀にも彼になりきろうとしていたことを。他人になることは予想以上に難しく、かつ危険だ。そのことに思いあたってからも、なぜだしぬけに歩道にうずくまって、目をぎゅっとつぶって、公序良俗に反するようなことを叫びたい衝動にかられたのかを理解するのに、たっぷり二秒はかかった。

ボブ・ハンナの名刺。

館長はあの名刺をポケットに入れていた。

公衆電話の受話器がコードの先でぶらぶら揺れ、次第に揺れがおさまってくる一方で、ぼくの手の中では携帯電話がゴムでできた蟬《せみ》みたいにぶんぶんうなっている。ぼくは考えた。いったん水につかった名刺から指紋を検出することはできるのか。ほかには何に触れただろう。階段の手すり。たぶんドアノブ。募金箱に入れた硬貨。それに館長の眼鏡を蹴った。靴の跡――靴跡は採取できるのか？

ボブ・ハンナの電話に出てはいけない。匿名《とくめい》で警察に通報して、ホテルへ戻って飛行機を予約してから、あらためてかけよう。タヒチでもタイでも、とにかくグーグルで検索して、チェコ共和国と犯罪人引渡し条約を結んでいない場所からかけるのだ。

けれども、ぼくは電話に出た。

「ボブ・ハンナだ」電話の向こうの声が名乗った。すぐにアメリカ人とわかるが、ニュースキャスターのように平坦で出身地のわからないイントネーションだ。「メッセージを聞いた。話をしたい。会って話すのがいいだろう。午後は仕事が詰まっているんだが、たとえば一時間後はどうだ？　聖ヤコブ教会にいる。旧市街広場のそばだ。場所はわかるか？」

「地図がある」

「ふたりだけでだ。刑事には知らせるな」

そして彼は電話を切った。またしてもトラムが音を立てて通り過ぎる。歩道にいるアナーキーな若者のひとりが、ちらりとこちらを見た。Tシャツには太いゴシック体で〝おどける愚か者《クラウニング・フール》〟とプリントされている。バンド名か何かだろう。ぼくは携帯をポケットにしまって、公衆電話の受話器を戻した。もう一度見ると、若者のシャツには〝溺れる《ドラウニング》プール〟とある。ぼくはその場に突っ立って、さまざまな可能性を検討した。カンパ島の窓の女性は警察に通報したかもしれないし、しなかったかもしれない。警察は館長を見つけたかもしれないし、まだ見つけていないかもしれない。館長は生きているか、あるいは死んでいるかのどちらかだ。いずれにしても、彼とぼくを結びつけるには時間がかかるだろう。だから慌てる必要はない。ぼくは公衆電話の返却口から硬貨をつかみ取った。いまからは、いかなるものもあとに残してはならない。

ダイビングのせいで、どうやらスーツは縮んでしまったようだ。おかげで、旧市街へ戻る地下鉄の中で、上着の内ポケットから『プラハ自由自在』を取り出すために、引っぱったり引き抜いたり、ひねったりねじったりと、無声のコメディ映画の一場面を演じるはめになった。どうやっても出てこなかったガイドブックは、ふいに拍子抜けするほど簡単に取り出すことができた。どちらかと言えば、ページが水を吸ってふくらんでいてもよさそうなものだが、見たところ、本は湿ったり歪んだりしていない。聖ヤコブ教会のところを開くと、次のように記されていた。

> どうしても聖ヤコブ（聖ジェームズ）教会を訪れるというのなら、旧市街広場へ向かおう。この広場では、かつて一日のうちに二十七人もの貴族が処刑され、切り落とされた彼らの頭は鉄のかご

に入れられて、旧市街の橋塔に吊るされたまま十年間放置されたという。広場で愛想のよい商人などに尋ねてみるとよい。愛想のよい人が見当たらなければ、メモに〝Sv. Jakuba〟と書いて、ヤン・フス像の周囲のベンチにいる、悪臭を放つぐうたらなホームレスに渡し、それとともに、少しばかりのチップか、もし手持ちの酒があれば（安物で構わない）一緒に差し出す。拒まれたら、野良犬にするように殴る真似をして脅し、唾を吐きかける。

『ロンリープラネット』ではお目にかかれない類のアドバイスだ。

ぼくは続きを読んだ。

聖ヤコブ教会は十二世紀に少数派によって建設され、一六八九年、旧市街を焼きはらった火事のあとにバロック様式で再建された。なかでも注目すべきは、十五世紀に能なしの聖職者によって生きたまま埋葬されてしまったミトロヴィツェのヴラティスラフ伯爵のちっとも休まらない魂の休息所だろう。三日三晩のあいだ、伯爵の苦悩に満ちた叫び声が教会じゅうに響きわたるなか、何も気づかない男たちは染みだらけの顔を伏せ、ラテン語でつぶやきながら、足を引きずって輪になっていた。彼らが聖水をそこかしこに撒いているあいだ、伯爵は棺の壁に爪を立てて引っかき、肉のすり減った指は骨の破片で血まみれになり、そうこうするうちに空気が尽きて、伯爵は呼吸ができなくなった。そのほかに興味深いのは、教会の入口にぶら下がっているミイラ化した腕である。四百年ほど前のある夜、泥棒がマリア像から真珠のネックレスを奪おうとしたが、聖母はすばやく彼の腕をつかみ、翌日になっても放そうとしなかったので、ついに死刑執行人が呼ばれて腕を切り落とした。その後、監獄を出た片腕の泥棒は、後悔して聖ヤコブ教会へ戻り、修道士たちは彼を仲間として受け入れた。彼は、夜な夜な教会に入っては、物思いにふけってみずからの切断された腕を見つめていたという。その腕が、こんにちに至るまでぶら下がっているというわけだ。

聖ヤコブ教会はすばらしいパイプオルガンがあることでも知られ、それはヨーロッパで最も美しい音を奏《かな》でると言われている。

たいていのガイドブックと同じく、この本にも複数の著者がいて、安上がりに編集されたものにちがいないと思ったが、〝寄稿者について〟という欄はどこにも見当たらず、編集者の名前も見つけられないうちに、列車はムーステク駅に着いた。本をポケットに戻すということは、先ほどのひねったりねじったり引っぱったりのどたばた場面を逆回しで再生することにほかならない。

さいわいにも、商人の手をわずらわせたり、ホームレスに唾を吐きかけたりしなくても、聖ヤコブ教会は見つかった。入口の上部には、聖人やら天使やらがひしめきあったレリーフが施され、さながら『サージェント・ペパーズ・ロンリー・ハーツ・クラブ・バンド』のアルバムジャケットの中世版といった感じだ。狭い教会の中に足を踏み入れると、縁に金を塗った贅《ぜい》沢《たく》な造りの壁には隅々まで聖なる肖像画があふれている。三つか四つの大きな教会から避難してきたと言われてもおかしくないほどの数だ。シカゴにも聖ジェームズ（ヤコブ）教会があって、ぼくは結婚式で訪れたことがあるが、ここにくらべると歯医者の待合室のようだった。

この時刻には、高窓が並んだ側壁から射しこむ光は角度が低く、暗い信者席や彫刻のほどこされた木の説教壇がぼんやりと浮かびあがって見える。入口に写真撮影と携帯電話の使用を禁じる札が掲げられていたが、ささやき声でしゃべりながら側廊を歩いている年配の夫婦のほかは、人影は見当たらなかった。

暗がりからぼくの名前を呼ぶ声が聞こえて、身廊の左端で何かが動いた。目が慣れてくると、それほど離れていないところから男が手招きをしているのが見えた。信者席の真ん中を進んで、交差廊に近づいたところで、目の前に手が差し出される。

「ボブ・ハンナだ」手の持ち主は座ったまま告げた。その手から察するに、大柄な男のようだ。弱々しい光で顔はほとんど見えないが、おそらく四十代なかばくらいだろう。ウェーブがかった茶色の髪。並はずれて大きな四角い顔が、首に支えられることなく丸い肩の上に無造作に乗っかっている。ぼくとそっくりの黒いスーツを着ているが（ぼくはジャーナリストにしてはきちんとしすぎた格好だという館長の説はみごとに覆《くつがえ》された）、彼のはは ち切れそうでいて、ぼくのはゆるゆるだった。これでは衣装を取り違えた極楽コンビ〈ローレル＆ハーディ〉のようだ。

「こんな場所ですまない」ぼくが彼の手を握って隣に腰を下ろすと、ハンナは言った。「おれは教会に通うような人間じゃないが、音楽祭の一環としてここで演奏会を開くオルガン奏者にインタビューをすることになっているんだ。話によれば、聖ヤコブの陰部《オルガン》はヨーロッパで二番目に立派なモノだそうだ。運のいい奴だろ、ヤコブって男は。さてと、下ネタで打ち解けたところで、ひとつ質問させてくれ――プラハへ来たのははじめてか？」

ぼくはうなずいた。

「すばらしい街だ。魔法のようだと言っても過言ではない。もっとも、日に日に魔法は解けていくが。たしか歌にもあっただろう？　〝どうしようもなく惨めだったころのあなたのほうが、まだましだった〟」八七年に流行した〈ザ・スミス〉の歌の文句の続きを思い出そうとするかのように、彼はしばらく黙りこんだ。あるいは、またも下ネタを考えているかのように。

「ぶっちゃけた話、立派なオルガンなんてものはない。騒音を出すだけだ。オルガン奏者が楽しそうに見えないのも偶然じゃない。昼も夜も、あのひどい音を聞かされて、どうにかならないほうが無理だ。そうした奴らに嫌というほど会ったことがある。どいつもこいつも肌がひどく荒れているんだよ。顔色が悪くて、明らかにビタミンB12が不足している。もっとも、彼らには同情するがね。長年の厳しい練習、侘《わび》しい教会での数えきれないほどの演奏会、徐々に減っていくそこそこの楽器。聴衆もどんどん減って、高齢化し、年々老いぼれて無関心になっていく。ホテルの部屋にいるオルガン奏者の姿が目に浮かぶよ。ひとりベッドの端に腰かけて、足は根が生えたように動かず、ネクタイを外して襟もとを緩めている。そして、じっと壁を見つめているあいだも、頭の中にはあのひどい音があふれているんだ」

教会の音響効果のせいで、彼の声はどこか現実離れして聞こえ、話している表情を読むのも難しかった。あいかわらずぼくの目は慣れなくて、薄暗いなか、どうにか細かい部分を見分けようとがんばっている。ハンナの横にはアコーディオンケースほどの大きさの白い厚紙の箱が置いてあった。彼のずっと後ろのほうに、等身大の大理石の像が何体か、ヴラティスラフ伯爵の墓とおぼしき巨大な箱のようなものにもたれかかっている。ジャックハンマーでもなければ、伯爵は到底あそこから抜け出すことはできなかっただろう。

「オルガン奏者がインタビューに遅れてくるたびに、おれは最悪の事態を予想する」ハンナが続ける。「クラシック音楽の演奏家のなかで、オルガン奏者の自殺率が最も高いのを知っているか？　それに、奴らは時間にルーズだ。オルガン奏者は。概して。今日会う予定の男は二時間前にここへ来るはずだった。ケーキまで買ってきたんだ」彼は横の箱をあごで指した。「ブラニナというスポンジケーキだ。サクランボが入っている。腹は減ってるか？　何なら食ってもいいぞ。どうせ奴にはわかるまい」

ぼくはどうにか笑みを浮かべて首を振った。

「見るだけでもどうだ？　いや――あんたのほうが正しい。ロクなことにはならない」ハンナは箱を指で叩いていたが、少しして、おそらくは最大限の自制心で叩くのをやめた。「いいだろう。例のメッセージの件だ。あんたの弟。ソロス刑事。まずは、本当に気の毒だったな。おれはポール・ホロウェイとは面識がなかったが、あんたから電話をもらったときに、まずはそのことを伝えなければならないと思った。といっても、あの刑事があんたを騙そうとしているわけではない。少なくとも故意には。あんたと会ったとき、彼は酔ってたか？」

「そうは見えなかったが」

「それは運がよかったな。それにしても、なぜおれに連絡させたんだ？」

「弟の右手のことを尋ねるべきだと言われた」

ボブ・ハンナはうなずいた。「切り落とされた手か」

「切り落とされた？　切断ということか？」

ハンナは生々しくちょん切る動作をしてみせてから肩をすくめた。

「そんな話は聞いていない。ちくしょう、誰も教えてくれなかった」

「〝神の右手〟」その言葉ですべて説明がつくとでもいうような言い方だった。

「神の右手？　何のことだ？」

「それも聞いてないのか？　だとしたら、いい兆候かもしれない。あいつは回復しているんだろう」ハンナはいま一度、携帯電話を確認し、ケーキの箱をちらりと見て顔をしかめた。「〝神の右手〟というのは、この街の言い伝えのようなものだ。事の起こりは十七世紀か、あるいはもっと昔に遡《さかのぼ》る。鬼や悪魔にまつわる話だ。あるいはジプシーやユダヤ人。あるいは連続殺人犯やいかれたバルカンのギャング。とにかく、その時代に最も恐れられているものが登場する。〝神の右手〟は毎年、殺人を犯す。通常は八月の終わりから九月のはじめにかけて。そして犠牲者の右手を切り落とす。伝説によれば、これは神の右側の席、すなわち天国にふさわしくない印だそうだ。つまり、犠牲者は神に召されぬばかりか、永遠の罰に処せられるのだ。それにしても、ケーキの隣に座っていると、ひどく腹が減るものだな」

「どうして手が切り落とされたとわかったんだ？　遺体は見つからなかったはずだ」

「確認したわけではない。ただ、右の袖に大きな血痕があったというだけだ。それにタイミングも一致した。ソロスの説によれば、あんたの弟は、ちょうど〝神の右手〟がふたたび襲撃する用意ができていたときに姿を消した」

父はどこまで知っていたのだろう。警察の報告書は手に入れたのか？　それをチェコ語から英語に翻訳してもらったのか？　まったくわからなかった。父に悪態をつくのは簡単だが、そのころのぼくは、くわしいことを訊く気にはなれなかった。考えうる父の落ち度に腹を立てるのが五年も遅かったというわけだ。

「それで、手は見つからなかったのか？」ぼくは尋ねた。

「おそらく。それが何か関係あるのか？」

たぶん何もない――いずれにしても弟は死んだのだ。祭壇のそばに夕拝の蠟燭が灯されはじめ、はかなげな炎がぼんやりと揺らめいている。どこを見ても、たくさんの目がぼくを見かえしてきた。智天使《ケルビム》、聖人、天使、聖母マリア、そしてキリストが、光沢のない絵や欄干《らんかん》に腰かけた黒っぽい木像からじっと見つめている。

「ソロスとはどうやって知りあったんだ？」ぼくは尋ねた。

「きっかけはハロウィーンの記事だった」とハンナ。

「地元に伝わる薄気味悪い伝説について、ちょっとしたことを書いた。幽霊の話とか、そんなようなものさ。〃神の右手〃のことは、ここに来て最初に滞在した下宿の女主人から聞いたんだ。迷信深い女だった。スズメが一羽、開いた窓から部屋に飛びこんできたときには、死の前触れだと信じて疑わなかった。それで、万が一のためにと言って、翌月の家賃も前もって払わされた。もっとも、おれは家の中で靴を脱ぐチェコの習慣になじめなかったから、向こうはおれを追い出そうとしていたはずだ。おれが歩きまわる音がうるさくて眠れない、床がだめになると文句をつけて。ところが、その年の秋に彼女は死んだ。だから、スズメは本当に前触れだったのかもしれない。とにかく、おれは〃神の右手〃について短い文を書いた。カレル大学のそばに出没する物乞いの骸骨や、ヤーンスキー・ヴルシェク通りの頭がない御者の話と一緒に。ほかにもラビのレーヴと、彼の命令で動くゴーレム、エドワード・ケリーをはじめ、若いころにプラハを故郷と呼んだ錬金術師や黒魔術師などを取りあげた。そして一週間後、ソロス刑事が連絡してきた。かなり興奮した様子だった。あのとおり英語は下手くそだが、彼がチェコ語を話すのを聞くべきだ。人間というのは、同じことを一度も繰りかえさずに、三十分ぶっ続けで悪態をつけるんだな。彼が言うには、〃神の右手〃はおれの記事で取りあげるような話じゃない、作り話や伝説とは違うと。現実に毎年秋に人が殺され、右手のない死体が発見されている。ソロスは証拠があると言い張った。そこでおれたちは会った。彼はこれをくれた」

ハンナの差し出した紙は何度も折りたたまれた跡があり、ズボンの尻ポケットから出し入れするうちに折

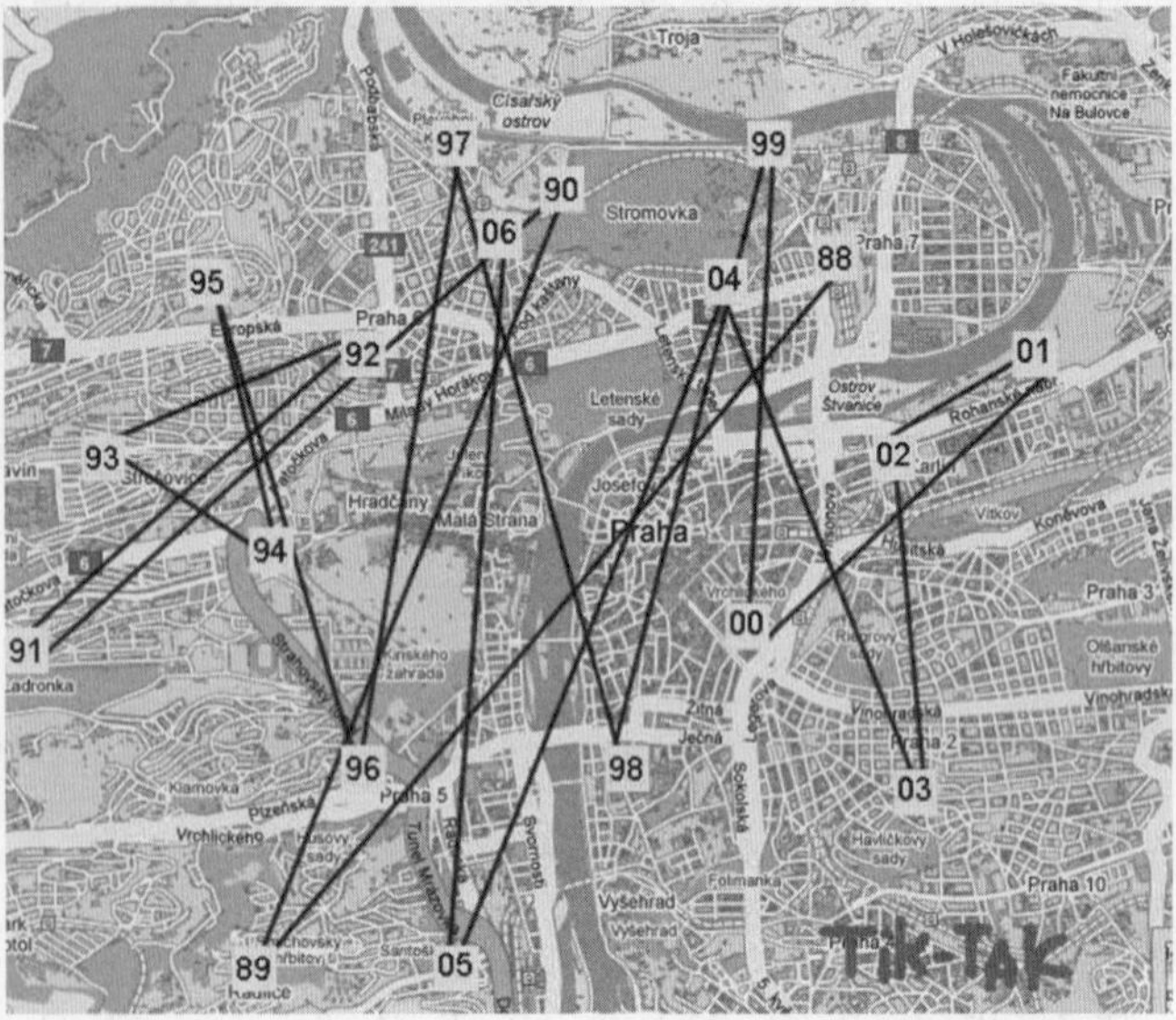

り目がすり減ってつるつるになっていた。それはプラハの地図だった。中央をヴルタヴァ川がクエスチョンマークの形に流れ、街のあちこちに点在する黄色い四角に囲まれた数字が手書きの線で結ばれて網状になっていた。

「四角は死体が発見された場所だ」ハンナが説明する。「数字は殺人が起きたとされる年号を表わしている。刑事によれば、この二十年のあいだに起きた〝神の右手〟の殺人事件をすべて記しているそうだ。裏には、年代順に被害者の名前と住所の一覧が載っている」

　ぼくは地図を裏返して、ざっとリストに目を通した。二行目の中程、二〇〇一年のM・フソヴァと二〇〇三年のJ・マファにはさまれている――二〇〇二年、P・ホロウェイ、186‐00　プラハ八区カルリン、クジジーコヴァ60。ぼくはもう一度地図を裏返した。

「これはどういう意味だ？」ぼくは地図の隅を指さし

て尋ねた。「チクタク《TIK-TAK》」

「時計の音だ」ハンナは答えた。「チクタク。おそらく、時間が刻々と過ぎていることを自分に言い聞かせるためだろう。殺人犯がまたしても誰かを襲うまで、それほど時間は残されていないと」

「それで、この線は？」

「パターンを探している、ソロス刑事はそう言った。だが、たとえ見つけたとしても、おれには理解できない。ここにあるいくつかの、いや、大部分の名前と場所が未解決の殺人事件と一致することは確認できた。残りについてはお手上げだ。ソロスはおれが入手できない情報に通じているにちがいない。いまでも警察に知り合いがいるだろうからな」

光のいたずらで、暗くなるにつれてハンナの体がどんどん大きくなっているように見える。顔はふくらみ、鼻も口もフォトショップで画像を十ピクセル分拡大しすぎたようだ。目だけがふつうで、顔の真ん中にあとから小さな穴をふたつ開けたみたいだった。どうやらアドレナリンの減少と空腹のせいで幻覚を見はじめたようだ。教会の薄明かりも、悲しげな顔をした像も役立たなかった。そして、においも。たぶんハンナが漂わせている、あるいは単に古い建物に気が遠くなるほど長く閉じこめられた空気の、鼻を刺すような、かすかに酸っぱいにおい。ひょっとしたらケーキの。

「『ムラダー・フロンタ』という新聞で働いている知り合いのチェコ人の記者が言うには、手を切り落とすのは思ったほど珍しいことではないらしい」ハンナが続ける。「九〇年代には、犯罪者組織のあいだで一種の流行になっていた。アルバニアやセルビアなんかのギャングが署名代わりに始めると、ほかの組織も真似をしはじめた。かっこいいと思ったのか、それとも警察の捜査を攪乱《かくらん》するためなのかはわからないが」

「だが、ソロスはこれらの殺人がギャングの仕業ではないと？」

「彼の話では、組織犯罪の世界での名刺説を唱えたのは警察だった。実際に起きていることを隠すための作り話だ。だがその一方で、彼の〝神の右手〟説と矛盾する証拠はみんなでっちあげだとソロスは言っている」

「それで、あんたは連続殺人犯説を否定するのか？」

「おれは否定も肯定もできる立場ではない」ハンナはため息をついた。「おれの仕事は地元のドキュメンタリー映画祭について書くことだ。新しくできたクラブやレストラン。街に来るインディー・ロックバンド。チェコのヒップホップ、そんなものが想像できればの話だが。それからもちろん、プラハの呼吸困難を起こしたオルガンと、それを演奏するみじめな奴らを賛美するために毎年開かれる音楽祭も。おそらくソロスは『ストーン・フォリオ』が警察に喧嘩を売ってくれるのではないか、クビにされたことを騒ぎ立ててくれるのではないかと期待していたんだろう。市当局に圧力をかけてくれると。だが、あいにくうちはそういった類《たぐい》の雑誌ではない」

「クビにされた？　ソロスは退職したと言っていたが」

どちらとも解釈できる、とハンナは答えた。ソロスは殺人課から非緊急コールセンターへ移動になった。そこで一年ほど、ぼくの弟の件で何らかの急展開があって彼の説が正しいと立証され、捜査に戻れるのではないかと期待していた。しかし結局は、ちょっとした車の衝突事故や行方不明の犬に関する通報を処理するよりも、組織に縛られずに〝神の右手〟の事件について調べるほうがはるかにましだと決心した。しかも、ひとりで行動すれば、酒を飲む時間が増えるという特典もある。したがって手続き上は退職だが、実際にはクビ同然だった。

「本人にそれを指摘したことはないけどな」そう言って、ハンナはまたしてもケーキの箱を見やった。「じつのところ、あいつの言いなりになってきたことを後悔している。毎年、この時期になると、ソロスは電話をかけてきて、もうじき次の殺人が起きると予告する。八月はいつもよりどこか殺気立って、筋が通らなくなるんだ。この前話したときには、かみさんに出ていかれたと口をすべらせた。脅迫的だったこともある。この件を世間に公表するのに力を貸さなければ、おれは共犯者も同然だと言い放った。この手を血で濡らしたのだと。あいつがおれの名刺をあんたに渡したとは驚いたよ。まさかおれを腹心の友だと思っているとはな」

「彼は危険だと思うか？」

ハンナは考えてから答えた。「アルコール依存症で寂しいだけさ」

「でも、ぼくの弟が殺されたという彼の説は正しいと考えているんだろう？」

「おれがどうこう言う問題じゃない」ハンナは言った。

「だが、こういう状況である以上、あんたはあの元刑事のことをもう少し知るべきだと思っただけだ。あんたがどんな結論を出すにせよ、より多くの情報に基づくほうがいいに決まっている。おれたち瀕死《ひんし》の新聞業界では、よくこんなふうに言う——母親に愛していると言われたら、ウィキペディアを確認しろと」

そのとき、ハンナの携帯電話が鳴り出した。電話を取り出した彼は、一瞬、困惑の表情を浮かべた。ふくらんだ頭が液晶ディスプレイの光に浮かびあがる。その表情から、ぼくはとっさに警察からだと思った。館長のポケットに彼の名刺を見つけたのだ。時間の問題だとわかっていたものの、もう少し猶予があると思っていた。ハンナは電話を顔の横に当て、ひと言ふた言つぶやくと、ため息とともに電話を閉じた。

「ケーキを食ってしまわなくてよかった」彼は安堵《あんど》を口にしたが、ぼくはまったく別の理由で胸を撫で下ろした。「オルガン奏者は自殺を延期したようだ。あと五分でここに来る。そろそろ話を終わりにしよう。ソロスに対してきついことを言い過ぎたとしたら、それは本意ではない。冷たい人間だと思われたら心外だ。十五年前にプラハに来たときには、おれは詩人になるつもりだった。当時、ここにいるアメリカ人のほとんどがそうだったように。だが、ご覧のとおり神にはほかにも考えがあった。つまり、いまの自分になりたくてなった人間など、ほんのひと握りだということさ」

それから、ハンナはおすすめのレストランと、彼が持っているようなケーキを買えるパン屋の名前を教えてくれた。箱もしっかりしている、とハンナはつけ加えた。ぼくは時間を取ってもらった礼を述べ、中央の通路を通って教会の後方の入口へ戻った。

扉の前まで来たとき、五メートルほど上の壁から突き出た金属の棒に、しなびた木の枝のようなものが鎖でぶら下がっているのに気づいた。おおかた十字架の破片か、いんちきの聖遺物だろう。だが、ふと『プラハ自由自在』の解説を思い出した。泥棒に対する警告として、四百年ものあいだミイラ化した人間の手が入口に吊るされているという部分だ。それが左手なのか右手なのかは、区別がつかなかった。

・ツークツワンクの無情な幾何学模様・

一九三八年三月十二日

最愛のクララ

この手紙を書いている間も、太陽はじりじりと地平線から顔をのぞかせ、窓の外の街は、明らかに掃除が必要な埃《ほこり》だらけの額縁に飾られた木炭画の習作のように見える。わたしがきれい好きでないのは、きみも知っているだろう。この質素なアパートメントを最低限、維持するだけでも、いまのわたしには困難だ。だが、きみに知らせたいことがあってついにペンを取った。しかし、すばらしい一日が終わってしまったいまでは、どこから話を始めたらいいのかわからない。

〈ブラック・ラビット〉はあいかわらず居心地がよい。医者には、酒場の汚れた空気は体に毒だと厳しく止められているものの、近ごろは暇な時間の大半をそこで過ごしている。チェスの真剣勝負にふさわしい場所とは言えないが、唯一、甥のマックス・フルーリッヒとわたしの意見が一致するのがあの店なのだ。誰が見ても明らかな暗がりのせいで戦いが中断される緩衝地帯、いにしえの影に包まれた常連たちの顔、たゆたう煙に音を吸い取られる会話。

まずは、わたしがいつものテーブルに座っているところから話を始めよう。刻み煙草入れを探し、結婚記念日にきみからもらったメアシャムパイプに火をつけ、チェス盤をじっと見つめながら、集中しているふりをして顔をこわばらせる。だが、入念なパントマイムもマックスが相手では通用しない。彼は例のごとく、ヤンおじさんの勘定でコーヒーのお代わりを注文するのに余念がない。抜かりなく眉をひそめて考えこんでみせてから、わたしはルークを取って縦に進ませ、無防備の白のビショップを取ってナイトに迫る。大胆な動き。ロシアのチェスプレイヤー、アリョーヒン風に言えば、即興的な無鉄砲ということになる。マックスはまったく無関心だ。最近の彼は上の空で、何かに気を取られているようだ。もっぱらコーヒーと妄想だけで暮らし、あのホテルのポーターを描いた映画のエミール・ヤニングスさながら、一日じゅう、眼鏡を拭いたり、外套の埃を払ったりしている。

「決心はついたのか？」マックスが尋ねる。

「おまえのビショップを取ることにしたよ」

「ぼくが何の話をしているのか、わかっているはずだ」

わたしは無言でチェス盤を見つめる。

「新聞を読んでいないのか？　ラジオを聴いていないのか？」

「ということは、最近あちこちで耳にする悪いニュースのことか？」

三月の風が上階の窓を鳴らし、マックスはテーブルに身を乗り出して、目尻に刻まれたしわまで見えるほど顔を近づける。彼が三十九歳だと気づいて、わたしはショックを受ける。わたしたちのフランツと同い年だ。自分が老いこむ事実をしぶしぶ受け入れるなり、若い世代が彼らの加齢も認めるよう迫るのだ。

「おじさんがこんなどうでもいい木の駒のことを心配しているうちに」とマックスが言う。「世界じゅうが戦争の準備をしている。スロヴァキアはじきに独立を宣言する。それと同時にドイツ人が侵略する。間違いない。そうなれば、もうおじさんにとっては手遅れだ。フランツにとっても、ヨーロッパにとっても」

「やっぱり思ったとおりだ」わたしはうなる。「悪いニュースだ」

マックスは腕を組んで口をとがらせるが、それも長続きしないことはわかっている。彼の沈黙は短く、戦略的だ。この男はけっして退却することはなく、攻撃の角度を変えるだけだ。しかしこのときばかりは、甥の妄想は妄想ではないかもしれないと認めざるをえない。あのチョビ髭《ひげ》男が進軍中なのだ。

昨年の九月の話を思い出してほしい。ミュンヘンの裏切りが明らかになった夜、わたしがヴァーツラフ広場の群集を必死にかき分けて進んだときのことを。わが国民は見捨てられ、ヨーロッパの真ん中で孤立していると知った夜に、わたしがフランツを捜していたときのことを（ただし、〝知った〟というのは遠慮がちな言い方で、まさに青天の霹靂《へきれき》だった）。戦争から帰って以来、われわれの息子は群衆に逆らえなくなり、ビルコヴァ通りに借りている小さなアパートメントの付近に押し寄せる人波に毎回さらわれてしまう。労働者のデモ、春の陽気に誘われて酔っぱらった貧民たちのばか騒ぎ、ワールドカップ準優勝のパレード、初代大統領トマーシュ・マサリクの葬列――フランツにとってはどれも同じで、いつでも身を投じるための波打つ人の海にすぎない。

あの九月の夜、フランツは、ズデーテン地方を譲渡したベネシュ大統領に対して投げつけられる激しい非難のなかに紛れこんだ。群集の大半は、フランスとイギリスがチョビ髭男に譲歩したことを糾弾《きゅうだん》する学生だった。結局、フランツは抗議の一団からそれほど離れていない狭い路地にうずくまっていた。糸の切れた人形のごとく壁にもたれ、無精ひげの生えた顔にうすら笑いを浮かべ、肩にかけたぼろぼろの軍服をつかんで寒さに震えていた。それまでの二十二年間で、わたしは二度その上着を捨てようとしたが、二度ともフランツは悲鳴をあげてヒステリックに泣き、わたしはしかたなくゴミの山からそのぼろぼろの汚らしい服を拾いあげた。彼がオーストリア＝ハンガリー帝国に貢献したことは間違いないが、それはすでに過去の栄光だった。

甥のマックスは苛立たしげに沈黙を破る。オーストリアではユダヤ人たちが通りに引きずり出されている、と彼は言う。いくらコーヒー店にいるからといって、わたしたちはウィーンっ子にはなれないのだ、とわたしは彼に言い聞かせる。オーストリアの前にはチェコスロヴァキアがあり、そのあとにもチェコスロヴァキアがあるだろう。われわれのチェスの対戦のあとにも、チョビ髭男のあとにも、チェコスロヴァキアがある。なぜ彼はそんなにも世界情勢にとらわれているのか。世界に存在するのは、たったひとつの不変のドラマだけだ。舞台は変われども、ときに役者が役を交換しようとも、筋書きはいつも同じ。強い者が無力な者を利用する。例によってチェコの国民は後者で、われわれユダヤ人は役さえもらえない。

そういえば、クララ、きみに話すのを忘れるところだった。

わたしはユダヤ人だ。

冗談ではない。笑いを取る類の話でもない。けっして。いままで一度もシナゴーグに足を踏み入れたことはないし、ハヌカーを祝うわけでもなく、あらゆる神を信じることをやめてから久しいが、神に選ばれた民のひとりであることは確かだ。あなたはドイツ語は流《りゅう》暢《ちょう》だし、チェコ語も不自由なくしゃべる、なのにイディッシュ語の単語はひとつも知らない、ヘブライ語とスワヒリ語の区別もつかない、そう言いたいのかい？　たしかにわたしはきみの家族の要求に応じて、何年も前にカトリックに改宗したし、わたしたちの息子のフランツは、聖ニコラス教会で、神と人々の目の前で洗礼を受けた。

それでも、わたしはユダヤ人なのだ。

マックスが言うには、ナチスがチェコスロヴァキアを侵略すれば、彼らは法令を定め、ユダヤ人の祖父母を持つ人物は誰しも純粋な民族とは見なされなくなる。

わたしの母の旧姓はワイルだから、万が一ナチスがやってきたら――アブラカタブラ・ナチスよ消えろ！――わたしもフランツもユダヤ人になってしまう。

そして、ナチスはかならず来る。それに関しては、マックスは正しい。ヨーロッパの古い斧《おの》は振りあげられ、われらが土地は切り拓《ひら》かれるのを待っている。芽を出したばかりの民主主義の終焉《しゅうえん》は、癌《がん》と診断されて久しい遠方の叔父の死のように避けては通れないものだと、わたしは心のどこかで感じている。たしかに残念だが、それほど驚くことでもない。かつてはオーストリア人で、今度はドイツ人で、次はロシア人か、ハンガリー人か、スウェーデン人か、トルコ人だろう。ひょっとしたら、いつかアメリカ人が侵略してくるかもしれない。ひょっとしたら、いつかわたしはインド人かアステカ族か、エスキモーにでもなっているかもしれない。

フランツとわたしがユダヤ人になれば、たくさんの仲間ができる。すでにプラハは避難民であふれかえっている――ドイツ系ユダヤ人、オーストリア系ユダヤ人、モラヴィア人、スロヴァキア人、みんな郊外の急ごしらえのキャンプで暮らしている。街では、ぼろ布をまとった彼らが家を一軒一軒回り、ユダヤ教のラビ風に到底信じがたい熱弁をふるっては、ちびた鉛筆やマッチ、使い古しのカミソリを売り歩いている。

マックスはとりあえず白のナイトを動かして危険から逃れつつ、大使館の知人と話したことを打ち明ける（そう、またしても例の男だ）。この男の話をするときの彼は、まるで恋にのぼせた少年のようだ。マックスによれば、水晶の夜事件（一九三八年十一月九日にドイツ各地で発生した反ユダヤ主義の暴動で、ユダヤ人の家や店が襲撃された）以降、大使館には移民の申請が五千件も殺到しているという。

わたしはチェスに集中しようとする。いまのマックスの手で、わたしのクイーンとビショップに両取り《フォーク》がかけられた。〈ブラック・ラビット〉の主人は蓄音機でアメリカの黒人音楽をかけている。最初の二十回はしかたなく我慢していたが、三十回目にもなると陽気な魅力はすっかり色あせてしまった。ここはダンスホールではないが、客はもはや静けさには耐えられず、頭の中の考えを音楽で消し去らずにはいられない。だから、耳障りであればあるほど好都合なのだ。

頭が痛みはじめる。なぜマックスの反撃を予想していなかったのか？　これではクイーンを救うためにビショップを犠牲にしなくてはならず、大打撃だ。わたしのほうが多くポーンを取っているし、盤の中央を占領し、複雑な防御を考えていたのに、とつぜん不利になってしまった。ひとまず後方に引かざるをえない。

店の奥で老女が咳きこみはじめる。顔を上げると、意外にも若い女性だった。

「ぼくは三日後に出発する」とマックスが言う。

「冗談だろう」

「海外にフルーリングという姓の一族がいる。シカゴだ。中央郵便局で、アメリカの電話帳のなかからある家族を見つけた。去年の夏から、ずっと手紙をやりとりして、ぼくを従兄弟《いとこ》にしてくれるよう説得した。彼らはぼくたちのために宣誓供述書を提出してくれた」

「おまえが行きたいのなら、わたしは止めない」

「いいか、彼らはおじさんとフランツのための書類も出したんだ。ふたりが犯罪者ではなくて、ふたりとも労働が可能だと誓う書類を――」

「フランツが働く？　彼がアメリカでいったいどんな仕事をするというんだ？　家畜を盗む？　先住民と戦う？」

マックスは口をへの字に結んで、規定ポーズのレパートリーを練習する。関心なさげにうつむく。両ひじをつく。ロダンの考える人。足首を膝にのせる。反対側の足首を膝にのせる。黒人音楽が終わり、すぐにカレル・ヴァツェクの声が子どものころのおとぎ話は二度と帰ってこないと歌い出す。たしかきみの好きな歌ではなかっただろうか。細かい埃が薄明かりに舞い、暗い店の片隅では時間が止まる。

このままゲーム終了かと思いきや、マックスはルークを取って盤の右側を縦に進ませ、黒のポーンを倒した。大使館のたわごとのおかげで、彼は迂闊《うかつ》にもわたしのビショップが残されているのを見落としていた。マックスはミスを犯したと同時にそのことに気づき、慌てて身を起こした。

あと四手でわたしの勝ちだ。

「三日後だ」彼は外套のボタンを留めながら言う。「静者必勝」

「こちらは四字熟語だ」わたしは言う。

「お返しに、ぼくもヤンおじさんに一語。チェックメイト」

マックスは、残念なことに最近のトレードマークとなった恩着せがましい笑みを浮かべる。わたしははっとして盤に目をやる。たしかに黒はチェックしている――だが、チェックメイト？ ありえない。回避する手があるはずだ。しかし、テーブルの上の無情な幾何学模様に、次にどんな手を使ったところで完全にわたしの負けだと認めるころには、マックスはすでに階段を上ってドアの向こうに消えていた。


この話は始まりとしてふさわしくないかもしれない。〈ブラック・ラビット〉を出て、わたしたちのアパートメントへ向かう通りを歩いている場面から始めるべきかもしれない。体を引きちぎるような風がアルトシュタットの路地を駆け抜け、建物さえその勢いに屈するほどの激しさで、交わる小路を切り裂く場面から。建物はたわんで歪み、やがて街の風景は無数の墓石が入り乱れる旧ユダヤ人墓地のようになるだろう。腐った歯がびっしり並んだ口とも揶揄《やゆ》される墓地のように。かつてその墓地では、真夜中に子どもたちの亡霊が現われて大騒ぎしていたという。聡明なラビのレーヴは彼らに対峙《たいじ》して、子どもたちが第五居住区を苦しめる伝染病の原因を知らせようとしているだけだと知った。墓石のまわりで踊ったり遊んだりしながら、自分たちに悪疫をもたらした魔法使いの名前を叫んでいたのだと。

やはり、ヨゼフシュタット――ジドフスケ・ミェスト、いまではヨゼフォフと呼ばれている――、つまり第五居住区に着いたところから始めることにしよう。どんな名前で呼ぼうと、ここはもはや以前の姿をとどめてはいない。病原菌が繁殖していることを恐れ、政府によって取り壊されたからだ。実際、第五居住区は長いこと病気に苦しめられていた。大ハンマーや建物解体用の鉄球では治すことのできない、貧困という病に。この解体は、おそらくかつて盛んだったユダヤ人排斥《はいせき》運動とは関係あるまい。むしろ解体が完了するころに、ふたたび運動が活発になり、ヨゼフシュタットはユダヤ人の絶望の吹き溜まりと化した。だが、それだけではなかった。はっきり何とは言えないが、人があふれたあの居住区には役人の心を脅かすものがあった。進歩や秩序といった高尚《こうしょう》な概念とはくらべものにならないが、抑えがたいひたむきな何かが。貧乏人は追い出され、彼らがどこへ行ったのかは知らないが、かといって計画どおり金持ちが移り住むこともなかった。広くてまっすぐな通りの両側には、いまではアールヌーボー様式のアパートメントが建ち並び、その品のない正面姿はすでに感傷的で時代遅れだ。それでも、以前の居住区の何かが生き残っている。この地域の家主は皆、最も立ち退かせるのが難しい住人は幽霊だと知っている。

わたしたちの別れはヨゼフシュタットで始めることにしよう。いまはなき居住区の幽霊たちを呼び出しながら、ひと気のない通りをのんびり歩く年老いた男とともに。朽ちたあばら家は重なりあうようにひしめき、家々は悪性腫瘍《しゅよう》のごとくどんどん増殖し、通りは出口のない迷路さながらに、ひたすら内側に伸びる。年老いた男は日の当たらない狭い道を、荒海に揺れていると錯覚するほどでこぼこした路面を、行き当たりばったりに曲がって、ふいに突き当あたりにぶつかる通りを思い起こす。歩きながら、彼は肉体を離れた魂が頭上の歪んだ窓の中でひっそりとうらぶれて漂うさまを、その下で走りまわる、大きな目の薄汚れた子どもたちを思い浮かべる。音楽と錯乱した笑いが響く荒れ果てた迷路に潜むひげもじゃのくず拾い、うさんくさい占い師、痩せこけた娼婦、肺病の酔っぱらいを。

だが、いまではどの通りも閑散《かんさん》としている。聞こえるのは風の音ばかりだ。

それでも、かすかなアカシアの香りに混じって、この年老いた男の鼻はいまだに玉ねぎと下水の悪臭を嗅ぎとる。若木の枝の下をくぐり、あのころは木も花も、茂みも、ほったらかしの墓地を別にすれば雑草もなかったことを思い出す。壁の上には何世紀も前に張りめぐらされた有刺鉄線の残骸がからみつき、その錆びついた破片が、ここはかつて立ち入ることを禁じられた街の中の街だったことを思い出させる。対岸の城の中にある安っぽい鏡張りの迷路のように。

それがこの男の記憶にある世界だ。父親に連れられて、はるばる裕福なブベネチ地区の近くの家から、古道具を買いにヨゼフシュタットのスラム街へやってきた。そのあと、父親は酒場〈ブラック・イーグル〉に立ち寄ってビールを飲む。そのあいだ少年は近くのヴァレンティンスケー広場の市場にひとり取り残され、のみこまれそうな夕闇のなか、ただひたすらに怯えながらじっと待つ。やがて父親が千鳥足で出てきて一緒に家に帰るのだ。

これはきみのまったく知らない世界だ、クララ。いまや消え去った喧噪、お世辞にもきれいとは言えない商人の街。薬売りは荷台のついた自転車を漕ぎ、禿げやインポテンツ、それに不運に効くという瓶入りの薬を売る。ひどく浮かれた男が手押し車を押して、オウムの色に塗ったカラスや、キツネの皮をかぶせた子犬など、わけのわからない動物を売り歩く。だらりとした紫の服をまとったトルコ人の老女は、もう何年も前から、黒い熊の鼻に太い輪っかを通して、そこに鎖をつけて連れ歩いている。ダカット銀貨を何枚か放れば、熊はぎこちないワルツを踊り、後ろ足で立ち、放物線を描いた大量のよだれを垂らす。ある朝、熊だけがヴァレンティンスケー広場に現われ、老女の姿は、熊がその左脚をしっかりくわえている以外にはどこにも見当たらなかった。噂によると、警察が何度か発砲し、その際に警官ふたりが流れ弾で負傷しながらも、やっとのことで殺害するあいだ、熊はひたすら踊りつづけていたという。

行商人よりもほんのわずかに格上だったのが、自分で店を構える主人だが、これがまた物を見る目がない連中で、曲がったスプーンや壊れた傘、鍵のない錠、錠のない鍵、ぺしゃんこの鳥かご、針のない時計、頭のない人形が山と積まれたなかに、たいてい高価な商品がひとつかふたつは紛れこんでいた——あたかも来たるべき大災害に備えて、あるいは、おそらくかつて存在した世界を記念するために、それらは薄暗い店の中に無造作にためこまれているようだった。

わたしが最初に何でもためこむ病気にかかったのは、ここ第五居住区に来たときだった。だから、きみがはるかに苦しい病に蝕《むしば》まれたときに、わたしがここに戻ってきたのも不思議ではないだろう。ここに来ることで、わたしは幼年時代に戻ろうとしたのか？　いや、違う。わたしの幼年時代は太陽、背の高い草、夏のそよ風、真っ青な空だった。そして、その幼年時代と同じく、ヨゼフシュタットの闇に包まれた謎は消え失せ、どこに住もうとも、もはや取りかえすことはできない。

だが、最終的にわたしがここに戻ってきたのは、きみがいないせいだ、クララ。昔の家には、どこにでもきみがいた。ふたりのベッドで寝ていたり、ストーブにかじりついていたり、柳の木の下に座っていたり、地下の貯蔵室で瓶を積みあげていたり。夏の窓から降り注ぐ陽ざしのなかにいるきみ、冬にぱちぱち燃える火の前で床を軋《きし》ませるきみ、屋根の上でパタパタと踊る春の雨に濡れるきみ。けっして遠くへ行ってしまうことがないかのように。それと同時に、きみは二度と戻ってはこないと思い知らされる。

街のいたるところにきみとの思い出が染みこんでいる。あの七月の午後、はじめてキスをしたベンチ。川ではしゃぎまわったあと、きみは分厚いタオルにくるまり、わたしは青ざめた額に濡れた髪を張りつかせていた。〈スリー・フォックス〉では一緒に踊り、秋になると、ヴァインベルゲ公園で時間を忘れて散歩やおしゃべりを楽しんだ。いま思うと、何をそんなに長々と話していたのか、ちっとも思い出せずに苦笑する。

思い出ほど貴重なものはない。そして役に立たないものは。

わたしたちのフランツは、そうした記憶を背負うことはない。彼にとって、きみは隅の本棚の上に飾られた、日焼けで色あせた写真の女性にすぎない。マリエンバードの温泉保養地の前でポーズを取る、仲のよい若夫婦の片割れに。妻はハイネックの白いワンピース、夫は黒っぽいスーツに山高帽姿で、ふたりともどうすれば写真うつりがよくなるのかわからないといったふうに、ややこわばって困惑した表情でカメラを見つめている。ときおり、フランツはこの写真をじっとながめている。そんなときには、何も理解できない彼がうらやましい。

何かに感謝するとすれば、あのときさみがスペイン風邪にかかったことだろう。おかげで、ひとり息子があごの下と頭のてっぺんに穴を開けて第一次世界大戦から帰ってきた姿を見ずに済んだ。このふたつの傷は、豆粒大の榴散弾《りゅうさんだん》の破片が、左右の大脳半球を巧みに傷つけながら弧を描いて貫通した跡だ。フランツが生きているのは神の奇跡だという軍医の言葉を、きみに聞かれなかったのは不幸中の幸いだった。わたしがそんな奇跡を起こした神を罵《ののし》るのを聞かれなかったのは。

フランツ――〝神の奇跡〟――はいまでも斧のように強い。だが、それ以外の面では総じて無力で子どものようだ。トイレも使える。風呂はひとりで入れるし、服も自分で着られる。けれども、そうした初歩的なこと以外はできずに泣き出してしまう。〝神の奇跡〟は睡眠が不規則だ。〝神の奇跡〟は癇癪《かんしゃく》を起こす。慰められないほど泣いていたかと思うと、次の瞬間には騒々しい笑い声をあげている。それでも、フランツを病院へ送ることは耐えられず、この二十数年間、わたしたちはふたりでひっそりと暮らしてきた。父と息子、あらゆる男性どうしのように一緒に、そして孤独に。

だが、こうしたことをきみはすべて知っているだろう。

そして、甥の亡命の誘いを即座に断ったにもかかわらず、わたしが去年の夏以来、ふたりの将来についてあれこれ考えていたことも。ボヘミアでも指折りの裕福なペチェク一家が、人知れず列車で祖国を脱出して以来。金持ちがみずからの運命を受け入れられないとしたら、貧乏な六十一歳の男と脳に傷を負った息子は次の戦争をどうやって生き延びればいいのか？　かといって、たとえ首尾よくアメリカへ行けたとしても、わたしたちは何も変わらない。つまり、貧乏な六十一歳の男と脳に傷を負った息子のままだ。

少なくとも、今日まではそう思っていた。

ところが、わたしは焦りはじめている。

角を曲がったとたん、わたしの懐旧の念を散り散りに吹き飛ばした氷のような一陣の風から、あらためて話を始めよう。そのせいで涙がこみあげて視界がかすみ、わたしは〈ムルツェク骨董品店〉の前に立っていた男に気づかず、あやうくぶつかりそうになる。そのがりがりに痩せた長身の男は、どこからともなく現わ

「続きは中に入ってからでも構わないか？」

　九月の灯火管制のためにペンキが塗られたままの街灯が灯《とも》りはじめ、人通りのない道に青白い光を投げかけている。男が一歩前に出て、ようやく顔がはっきり見える。老《ふ》けてもおらず、若くもない顔、ハンサムでもなく、醜くもない顔。青ざめた顔とくぼんだ目は、およそ健康そうには見えない。肌は古い痣《あざ》のように黄ばみ、鋭く光る目は年のせいで濁っている。とくに目をそらしてしまうほどの威圧感はないものの、わたしは思わず目をそらす。ポケットから鍵を取り出して店を開けずにいられないわけでもないのに、それでも店を開ける。

　男が店に入り、わたしはドアを閉める。彼は、鼻が曲がりそうで吐き気がするほど甘いにおいを漂わせている。復活祭のあとに長らく置き去りにされた仔羊のローストのようなにおいだ。男はステッキにもたれるようにして、ゆっくりと規則正しい音を立てながら店

れた夢の中の人物のようだった。

　店はもう閉めました、わたしは男に言う。明日の朝、またいらっしゃっていただければ、喜んで品物をお見せしますよ。男は返事をしない。ジャズ・コルネット奏者のバイダーベック風のウエストのしまった外套を着て、この風のなかだというのに、信じられないことに擦り切れたシルクハットは微動だにしない。銀色の髪が耳と背に垂れかかっているが、顔は影に包まれて見えない。この尖塔のような人間は、熊の頭の形をした丈夫な金の握りがついた、黒い粋《いき》なステッキを持っている。取り立てて変わったところはない男だ。

　あなたのような紳士を待たせてしまって本当に申し訳ない、しかし入口の札に書いてあるように、この店の営業時間は午前十時から午後五時までで、いまはもうじき七時になるところだ、わたしは男にそう告げる。

「時計を修理してくれると聞いた」と男は言う。

「たしかに修理はします。ですが――」

内を歩きまわり、品物をひとつずつ、わざとらしいほど丁寧にのぞきこんでいる。片方の脚は義足だった。戦争のあと、わたしはあらゆる種類の義肢や松葉杖、車椅子を扱った。甥《おい》の言うことが正しいのなら、新たな世代の負傷した若者たちが、じきに足を引きずってドアから入ってくるだろう。だが、マックスの言うとおりだとしたら、わたしはもはやこの店にはいまい。

「わたしはカチャク博士だ」男は鋭い牙のあるイノシシの頭の剝製《はくせい》を非難がましく見るのをやめて言った。

他人の目を通して、あらためて自分の店を見てみると、かつてユダヤ人居住区にひしめいていた雑貨屋そっくりになりつつあることに気づく。こっちにはアラビアのラクダの鞍《くら》、あっちにはひびの入った水夫の手慰み細工の小さな像、弦を張っていないハープ、音の出るかぎ煙草入れ、マネキン、ガラスの眼球、望遠鏡、カメラのストロボ、浮き荷、捨て荷——これほどたくさんのがらくたが、いったいどこから集まってきたのか。なぜここに集まったのか。

ふいに疲労感を覚え、フランツが上の部屋で待っていることを思い出して、わたしは店を開けたことを後悔する。「どんなご用ですか、カチャク博士？　たしか時計がどうとかおっしゃっていましたが」

「古い時計だ」博士は言う。「感傷に浸るほかは、ほとんど価値はない。だが、わたしにとって、この時計の音は自分の鼓動のように耳慣れたものだ。ところが、だんだんと速くなってきて、いまでは危ういほどの速さだ。いつか壊れてしまうのではないかと心配している。時計の話だ。わたしの心臓ではなくて、念のため」

カチャク博士は杖で義足をこんと叩く。

「もうじき旅に出る予定だから時間がない」博士は続ける。「三日で直してほしい。もちろん報酬ははずむ」

「その時計はお持ちですか？」

カチャク博士は、杖の握りの突き出した熊の鼻先を腕にかけ、魔術師のごとく大げさにシルクハットを取った。すると、まるで命を吹きこまれたかのように、みごとな銀髪がぱっと広がる。博士はシルクハットの中に手を入れて、黒いビロードの包みを取り出す。その大きさからすると、時計はかなり大きく、ティーカップの受け皿ほどに見える。彼がその包みをそっと勘定台に置き、灰色がかった歯をきらめかせてから、おもむろに包みを開くと——一辺ずつ丁寧に——やがて、彼の目の前に時計が姿を現わした。

最初に精巧な象眼細工が目にとまる。時計のケースにきらめく白い獅子の紋章。口がからからになり、上唇の上に玉の汗がにじむ。どれほどその時計をつかんで、裏返して、そこにあるはずの印を確かめたかったことか。だが、わたしは我慢して言葉を探す。どんな言葉でも構わなかったが、弱々しい咳払いしか出てこない。あるいは、ひょっとしたら、わたしと〝神の奇跡〟にも未来があるかもしれない。カチャク博士は空のシルクハットを銀髪にのせ、見世物師のごとく、にやりとする。

「ウサギが出てくるとでも思っていたのか?」

それから、この奇妙な男が立ち去るまでのことはおぼろげにしか覚えていない。博士が手付金を払い、わたしは領収書を渡す。彼が差し出した時計を手にして、わたしの記憶が確かなら三百年以上も昔のものにもかかわらず、いまだ正確に時を刻んでいることに驚く。わたしの驚きは顔に出ていたにちがいない。わたしが何も言わないうちに、博士は時計を動いている状態で返すように念を押す。さらに、けっして動きを止めてはならないと。その分の手数料をもらうことを条件に、わたしは一秒たりとも動きを止めずに時計を修理することを引き受ける。博士はいたって真剣だ。彼の要求は車が山道を下りる最中にタイヤを交換するようなものだとは、あえて言うつもりもない。博士がコツコツ音を立てて店を出て、風にあおられたドアがばたんと閉まるまで、わたしは言葉も出ず、ほとんど息もできなかった。

これでようやく長い最後の別れの挨拶をきちんと始めることができた。だが、残念なことに日はすっかり高く、今日は片づけるべき仕事がある。夜になったら、また続きを書こう。もう余計な前置きはないから安心してほしい。約束する、次の始まりが最後になるだろう。

きみの夫、ヤン

7

ヴァーツラフ広場は、広場というよりは、両側に並木と広い歩道がある大きな通りで、国立博物館の目の前を長く伸びている。通り沿いにそびえる十九世紀の建物には、いまではナイキやベネトンといったグローバル企業や、高級ホテル、派手なネオンのカジノなどが入っていた。この場所ではかつて、ヤン・パラフという名の学生が一九六八年のソヴィエト軍侵攻に抗議して焼身自殺を図り、のちには、共産主義政権を倒したおおぜいの抗議者たちがここに集った。それがいまや市で最大のショッピング街となり、見ていて目が回るほど、人々がひっきりなしに動きまわっている。とにかく腹ぺこだったので、ぼくは屋台でソーセージを買った。あとで胃袋がどんな反論をしようと、いままで食べたなかで最高のソーセージだったと断言できる。

通りの突き当たりに、ヴェラが話していた馬に乗った男の像があった。博物館の正面に建てられた高さ十五メートルほどの聖ヴァーツラフの像だ。馬に乗った姿はまさにこの場所にふさわしいと言うべきだろう。中世にはこの一帯は馬市場だったからだ。情報源はもちろん『プラハ自由自在』だが、もはやポケットに入れようとしても無理だとわかったので、ぼくはさっきからずっと手に持つはめになっている。けれども、少なくともスーツはすっかり乾いた。そう思ったとたんに雨が降り出した。

ぼくはアーケードに避難して、土砂降りがおさまるのを待った。狭い通路には似たようなストリップクラブがずらりと並び、どのクラブも、黒いスモークガラスの窓の周囲に紫のネオンを張りめぐらせている。ニコチン臭の漂う空気が壁の奥で鳴り響く低音で震え、地面にはカジノがすぐそこにあることを示す矢印が描かれているが、すぐそこにあった試しはない。建物の深みにはまりこむ前に、ぼくはインターネット・カフェを見つけた。古めかしいパソコンが五台、ミニバンサイズの部屋の壁ぎわに並んでいる。アルカイダの工作員がアトランティス・ラウンジやキティ・カット・キャバレーを訪れる合間に互いに追跡不能のメッセージを送りあうのは、こんなふうな場所だとつねづね思っていた。

ぼくは仕事のメールをチェックしようとしたが、何度試してみても、〈グリムリー&ダンボーラー・リカバリー・ソリューションズ〉のサーバーは、ぼくのパスワードを拒否しつづけた。それならそれで構わない。ぼくにとって、仕事はすでに前世のことだったから。

次に、グーグルで〝チェコ〟+〝ニュース〟+〝英語〟を検索すると、『プラハ・ポスト』のオンライン版のサイトが見つかった。トップ記事は、先の共産党政権時代に看守を務め、そのときに拷問を行なった疑いがある議員の特権を剝奪するべきかどうかの議論が議会で先送りになったというものだった。ACスパルタ・プラハは、来たる欧州チャンピオンズリーグでアーセナルと対戦する際に人種差別コールを控えるようファンに警告していた。鶏肉の値段が上がっている。犯罪関連では、警察はクトナー・ホラでATMが消えた事件を捜査していた。ルリトミェジツェの病院職員六人が、臓器売買で告発されている。ほかのニュースのサイトも見てみたが、マラー・ストラナのギャラリーの館長の死体がチェルトフカ運河で発見されたという記事はどこにも見当たらなかった。

ソロス刑事と同じく、ボブ・ハンナも、ルドルフ・コンプリケーションのことにはいっさい触れなかった。もっとも、弟の件に関する彼の情報のほとんどが、あの刑事経由だと考えれば不思議ではない。むしろ、ソロスが弟の失踪と時計の盗難事件を結びつけていないのではないかという疑いが強まった。つまり、ヴェラの秘密はまぎれもない秘密だということになる。問題は、ゆうべぼくが〈ブラック・ラビット〉に現われたせいで、彼女とポールとのつながりが事実上、証明されたことだ。ソロスが彼女につきまとうようになるまで、あとどれくらいの時間があるだろうか。ぼくが約束を破ったと思われる前に、彼女に警告するべきかもしれない。あるいは、もう少し待つべきか。信じてもらえない可能性もある。それに、万が一そのマルティンコ・クリンガーチという男の正体を突きとめるチャンスが訪れたら、彼女の黙秘を許しておくわけにはいかない。そして、もし正体を突きとめたら、どうするつもりか？　だが、いまはまだそんなことを心配する段階ではない。

マルティンコ・クリンガーチをグーグルで検索してみたが、スロヴァキアのおとぎ話のDVDアニメと、どこかのロックバンドの更新されていないSNSのページが引っかかっただけだった。ルドルフ・コンプリケーションの最後の持ち主から何か手がかりが得られるかもしれないと考え、〝マルティン・ノヴォトニー〟を検索してみると、およそ四万件の結果が表示された。どうやら、ありふれた名前のようだ。ニュースに関連するものに絞りこんでも四百件だった。日付順に並べ替えると、やっと目当てのものが見つかった。おそらく。〝プラーグデイリー・コム〟という英語のウェブサイトの簡単な二段落の記事によれば、ストラシュニッツェの閉鎖された繊維工場の三階で見つかった遺体は、ブルノ出身の無職、マルティン・ノヴォトニー（二十八歳）と判明。ノヴォトニーには住居侵入罪と窃盗罪の前科がある。逆窓外投擲事件の被害者であるとも、ルドルフ・コンプリケーションの前の〝持ち主〟であるとも書かれていない。記事によれば、殺人として捜査が進められているとのことだったが、追跡記事は掲載されておらず、どうやら犯人は逮捕されていないようだ。〝ストラシュニッツェの工場で男性の遺体発見〟という見出しのほうは、とつぜん現われて、どこにも行かず、黙って消える名もない人間についてのありふれた記事で、〝行方不明のアメリカ人、カルリンで溺死か〟といった類のものだった。

閲覧数の多い記事をクリックしていくうちに、カレル橋の建設六百五十周年を記念するイベントに関するものを見つけた。それによると、この橋は一三五七年七月九日の午前五時三十一分に竣工した。奇数のひと桁の数字が最初から読んでも最後から読んでも同じになるように選ばれた日付だ――1／3／5／7／9／7／5／3／1（英語の語順は年号↓日↓月となる）。おもしろいと思ったが、こんなことを知っていても感心してくれそうな相手の心当たりはなかった。その記事は数カ月前のもので、すでにパーティは終わっていた。

外を見ると、雨はやんでいた。

ぼくはパソコンをログオフして、約束の像へ向かった。

馬に乗った男の周囲にはおおぜいの人がたむろしていたが、ヴェラを見つけるのが困難なほどではなかった。いかにも物騒な路地に、数人のチンピラやポン引き風の男たちがうろついていた。そのなかにつややかな髪の男もいたが、いずれもマルティンコ・クリンガーチというあだ名で呼ばれているようには見えなかった。どういうわけか、ぼくには彼がただの街角にいる不良青年ではないと確信があった。かわりに、ジェームズ・ボンド風の男を想像してみる。洗練されたスーツを着こなし、車椅子に座って猫を撫でている。たぶんチンチラを。いや、彼はそういうタイプの男でもない。

さんざんあたりを見まわしたにもかかわらず、ぼくはほんの一メートルほど離れたところに立っていたヴェラに気づかなかった。いつからそこにいて、眉を寄せて唇をほんの少し開いた、驚いたような表情でぼくを見つめていたのかはわからない。彼女はじっとぼくに目を向けていたが、彼女が見ていたのは明らかにぼくではなかった。弟が死んでから一度か二度、彼の友だちの顔に、まったく同じ呆然とした表情が浮かんでいたのを見たことがある。彼らはただポールを見ていたのだと気がつくのに、しばらくかかった。彼らの知っているポールではなく、年を取った姿、いまとなっては誰も見ることができない姿のポールを。ヴェラの場合も同じだった。たちまち彼女の目の中で何かが消え、口は引き結ばれ、彼女はふたたびリー・ホロウェイを見ていた。だが、そこには愛想のかけらもなかった。ヴェラは挨拶も何も言わずに、あたかも世界で最も当たり前のことのように、ただぼくの腕を取って歩き出した。

数分後、ぼくたちはまたしても宮殿のようなショッピングアーケードにいたが、そこは先ほどよりも豪華な造りだった。市松模様の大理石の床に、太い柱、高いドーム型の天井。巨大なステンドグラスの明かり取りの中央から吊り下げられているのは、またも馬に乗った聖ヴァーツラフの像だ。今度は馬が逆さまで、蹄は空を向き、頭は口を開けた状態で床に向かってだらりとぶら下がっている。にもかかわらず、ヴァーツラフ王は馬の腹にまたがっていた。

ぼくたちは緩やかに曲がった階段を上って二階のカフェに入り、隅の席に座った。磨きあげた黒い木の床に、ウェイターの染みひとつない真っ白なエプロン。

ヴェラはコートを脱ぎ、ぼくは空いている椅子に『プラハ自由自在』を置いた。いままでその本の表紙は黒だと思っていたが、実際には濃い緑色だとわかって驚いた。人間、どんな思い違いをするのか、わかったものではない。

ヴェラもぼくも、互いに相手が口を開くのを待っていた。彼女の目は起き抜けのようにぼんやりしていて、アクセサリーもつけていなければ、メイクもしていない。髪はつやがなく、心なしか昨晩よりも黒くて長いように見えた。

ぼくは上着をきちんと着直した。長すぎる袖が手首をすっぽりおおう。

「一時間だけ」ヴェラが切り出した。「あなたの質問に答えるわ。答えられるかぎり。わたしとしては、一時間後にはあなたがもう警察沙汰にする気がないことを願っているわ。もちろん強制はできないけれど。ただし、あなたがどうしようと、条件がひとつあるの。わたしたちはもう二度と会わないこと」

「せめて二時間にしてくれないか」

「九十分。それ以上は無理よ」

「わかった。ポールとはどうやって知りあったんだ？」

「スリよ」

「話せば長いのか？」

「さあ。話したことがないから」

結局、それは長い話だった。

「わたしはギャラリーで働いていた」ヴェラは話しはじめた。「ある日、ひとりの男がドアから飛びこんできたの。汗だくで、長い髪が顔に張りついていた。腕には大きな銃を持ったアニメの登場人物のタトゥーがあった」

「エルマー・ファッド」

「そう、それよ。あのタトゥーにはどんな意味があるの？」

ぼくはかぶりを振った。「彼は笑うとエルマー・ファッドにそっくりだと言われていたが――」

「ポールはよく笑った。独特のユーモアのセンスがあったわ、たぶん」

「きみも腕にエルマー・ファッドを彫るといい」

「あなたもエルマー・ファッドみたいに笑うの？」

「ぼくは、どっちかというとウッディー・ウッドペッカーだ」


「ほんと？　聞かせて」

「おもしろいことがないかぎり、笑わないことにしている」

ヴェラは目を細めてぼくを見たが、すぐに話を続けた。「とにかく、その日はポールじゃなくて、変なタトゥーをしたただの男だった。しかも怒っていた。『ちくしょう、あのクソガキはどこに隠れているんだ？』それがあなたの弟の最初の言葉だった。わたしは、何のことだかさっぱりわからないと答えた。そうしたら、『おれの財布を盗んだ、あのスリだよ。あのガキを追いかけて橋を渡ってきたんだ。こういう算段だろう？　あいつはここに逃げてきて、おまえが地下室かどこかにかくまう。あのアンネ・フランクみたいに。それで、おまえは分け前をもらう』『ここはギャラリーです』とわたしは言った。『スリともアンネ・フランクとも関係ありません』『財布を返してくれ。あいつの倍額を払おう。鼻っ柱をへし折らせてもらえそんな感じだったわ」

その言葉は、おそらく彼女自身が知っている以上にポールの過去のトラブルをすべて言い当てていた。〝まごついた少年〟と言ったときの、まぶたを震わせるような仕草を見れば、それだけでじゅうぶんだ。女性という女性は、自分こそがポールの身を落ち着け、改心させて、人生の目標みたいなものを持たせることができると考えていた。実際、数カ月ほどはうまくいったケースもある。

「数秒が過ぎて」ヴェラは続ける。「ガチャンという音がした。彼が花瓶を床に叩きつけたのよ。驚くほど大きな音で、破片がそこらじゅうに飛び散った。彼は何が起きたのかわからないといった顔であたりを見まわしていた。と思ったら、何も言わずにドアから飛び出していった」

九十分の持ち時間のうち、どれくらいが経過したのか確かめようとして、ぼくは自分の腕時計がまだシカ

れば三倍払う』」

彼女が抱いた第一印象は、胡散《うさん》くさい猫背の男、煙草で損なわれたうなるような声、おまけにぼくはうまく隠している南部訛り。ぼくはすでに弟の話し方を忘れかけていたが、ヴェラは明らかに忘れていなかった。

「それから、あなたの弟は花瓶を手にしたの」ヴェラは煙草をいじりながら言った。箱には三、四本しか残っておらず、昨晩以来、喫煙者に逆戻りしているのは明らかだった。「芸術品じゃなくて、単なる花を飾る安物の花瓶。〈テスコ〉や〈ビーラー・ラブチ〉で売ってるようなやつ。彼はその花瓶を持ちあげて言った。『三まで数えるあいだにあいつを引っぱってこなければ、この花瓶を粉々に叩き割ってやる』わたしは腕を組んで彼を睨みつけた。『一』彼が数えはじめる。『二』まごついた少年のようだった。『本気だぞ』と彼は言った。自分が何をしているのかわからないけれど、いまさらやめるにやめられない少年——まさしく

ゴの時間に合わせたままだと気づいた。ちょうどランチに出かけるまでに、十分か、ことによったら四十分くらい、どうやってインターネットで時間をつぶそうか考えているころだ。いずれにしても、時計を見ても何の役にも立たなかった。ぼくたちの九十分がいつから始まったのか、まったく覚えていなかったからだ。どうもこの街では時計にまつわる不可思議なことが多い。

「その次の日、わたしは掃除中に花瓶を倒したと上司に報告した。ついうっかりやってしまったと。上司は注意深いとはどういうことか、お説教をしたわ。上司のグスタフはやたらとお説教をするの」

ぼくはちょっぴり気分が悪くなった。グスタフが運河の縁に倒れて腕をひくひくさせて、頭のまわりに血だまりができている光景を思い浮かべた。そうしたら、ますます気分が悪くなった。

「数日後、あなたの弟はまた現われた。閉館間際の時間に。その様子は……何て言えばいいの？　羊みたいにおどおどしていた。そして、花瓶を弁償しに来たと言ったわ。わたしは必要ないと断わったけど、彼はポケットからたくさんのお金を取り出して、カウンターに広げた。カードのディーラーみたいに。三万五千コルナ以上あったわ。ざっと二千ドルくらい？　わたしはお金をしまうように言った。ただの手違い、誤解だと。そうしたら彼が言ったの。この金を受け取らないんだったら、食事に誘ってもいいかって。それでオーケーしたというわけ。何というか、おもしろそうな人だと思ったから」

「それで、そのスリは捕まったのか？」

ヴェラは煙草に火をつけた。「それよ。まったく笑っちゃうわ。お財布は別のズボンのポケットに入っていたの。いつものズボンに。スリなんて最初からいなかった」

ちょうどそのときウェイターがやってきた。席についてからいままでほうっておかれたことにさえ、ぼくは気づかなかった。ヴェラがふたり分を注文して、それ以上の形式ばったやりとりをさせずにウェイターを追いはらった。

「二千ドルは大金だ」ぼくは言った。「ポールはここで何をしていたんだ？　どこで働いていたのか？」

ヴェラは煙草を一服吸ってから眉をひそめた。「大使をやってると言っていたわ。最高大使《オーサム》。あるいは、愉快に過ごす国際親善協会で働いているとも言っていた。でも、わたしが彼の冗談にうんざりして真面目に答えさせようとすると、彼は怒り出したわ。なぜそんなことが大事なんだ？　人間は仕事で判断すべきじゃないと。お金に関しては、いつでも困っていた。一文無しのときも一度や二度じゃなかったわ」

ポールは貯金とは無縁だった。プラハ行きの航空券を買うときも、父のクレジットカードを使ったのをぼくは知っている。ぼくがそんなことをしたら、ひどくとっちめられていただろうが、ポールの場合はいつでも許された。父は、ポールはひとかどの人物になれる、ただ新たなスタートが必要なだけだと信じて疑わなかった。そうした出来事は二、三年おきくらいにあった。

「弟はこっちに友だちは多かったのかな？」

ヴェラは考えた。「顔は広かったわ。プラハ一区でもプラハ八区でも、どこへ行っても、出かけるたびに声をかけられた。携帯はいつも鳴りっぱなし。ポールは電話に出て、ひと言ふた言応えてから切っていた。ときには、ディスプレイで発信者を確認して出ないこともあった。だけど、クラブや通りで誰かが近づいてきても、わたしを紹介することはめったになかったわ。たぶん理由があったんだと思う。知りたくはなかったけれど」

「どこに住んでいたんだ？」

「わたしと一緒に」

「一緒にどこに？」

「それが重要なの？」

「ぼくの質問に答えると言ったはずだ」

「スミーホフよ。わたしのアパートメント。ここからだと川を渡って南へ行ったところ。付きあって二週間目くらいで転がりこんできたの」

やはり思ったとおりだ。ふたりは付きあっていた。彼女の口ぶりからするに、遊びではなかったようだ。

「荷物はスーツケースひとつだけ。でも出たり入ったりの状態だったから。猫を飼っているようなものね。わたしの部屋にいないときにどこに泊まっていたのかは知らないわ」

「気にならなかったのか？」

「ならないわけないでしょう」ヴェラは目をそらして煙草を揉み消した。「いまでもときどき思うわ。もっと長く付きあっていたら、わたしたちはどうなっていたかって」

「付きあったのはどれくらい？」

「一年近く。もっと長く感じるけど。あるいは短くも。ポールと一緒にいると、いつも何かが起きるの。わかる？　彼はつねにエネルギーを持て余していた。自分に何かが欠けているかのように。いつでもその何かを求めていた。そういう人って、自分の身をすり減らすでしょう？　それと同時に周囲の人間も。まわりには、その人が何をするつもりなのか、何を望んでいるのかがちっとも理解できない。そういうのってわかる？」

「つまり、彼は当てにできなかったと？」

「そういう意味で言ったわけじゃないけど、ええ、そうね。彼は当てにできなかった。でも、頼もしいときもあったわ。大きいことはいいけど、小さいことはさっぱりだった」

「つまり、状況によって頼りになったりならなかったり？」

「ポールはわたしのためなら命も惜しまなかった」ヴェラは言った。「それはぜったいに確かよ。いまでもそう思っている。そういう意味では頼りにしていたわ。信頼していた。だけど、七時半に劇場で会おうと言ったとき。あるいは来る途中でパンを買ってくると約束したとき。そういうときは、ちっとも当てにできなかった。ふつうの関係っていうのは、そういった些細なことの積み重ねでしょう？　大きなことよりも、小さなことのほうが多いものよ。もっとも、わたしたちの関係はあまりふつうだったとは言えないかもしれないけど。でも、わたしはそうしたかった。ふつうに付きあいたかった」

ヴェラの話を聞きながら、ふとぼくは思った。じつはポールは彼女のために死んだのではないか。彼女が気づいていないだけではないのか。彼のシャツの袖についていた血痕のことがずっと気になっていた。ソロスは、ポールが人間の手をぶった切る儀式好きの連続殺人犯に殺された証拠だと考えていた。だが、その血は彼が拷問されたことを示しているとも考えられないか？　どんな理由で？　例の謎のマルティンコ・クリンガーチがポールからヴェラのことを聞き出そうとしていたら？

けれども、その説をヴェラに話すわけにはいかなかった。その日の朝、ガレリア・チェルトフカで起きたことを話すわけにも、彼女に〝神の右手〟を知っているかどうか尋ねるわけにも。いまのところ、ヴェラはポールに関する手がかりを得られる唯一の存在であり、たとえぼくたちのつながりがあと九十分もしないうちに消えるとしても、消息を絶った人物として以外のポールを知っているのは彼女だけだ。だが、はたしてヴェラは血痕のついたシャツのことを知っているのだろうか。知っているのなら、なぜそのことに触れないのか？　知らないのであれば、そもそもなぜポールが殺されたと確信しているのか？

答えはひとつ――彼女はポールの死に関わっているから。

彼女がポールを罠にはめたから。

信じたくなかったが、その可能性をまったく否定することもできなかった。

「時計を盗むのは誰のアイデアだったんだ?」ぼくは尋ねた。

ヴェラは新たな煙草に火をつけた。ぼくも吸いたくてたまらなかったが、数年前にひと箱が五ドルを超えて以来、わざわざ自分を殺すために大金を支払うのはばかばかしいと考えて禁煙していた。「ある日、ポールが新聞のページを持って帰ってきたの」彼女は説明した。「彼らしくなかったわ。だって新聞はチェコ語で、彼はチェコ語が読めないから。五月か六月くらいだったかしら。とにかく、あなたの弟の聖名祝日より前だったのは覚えてるわ」

「弟の何の日だって?」

「チェコ共和国では、誰でも聖名祝日があるの」とヴェラ。「誕生日みたいに。ポールはチェコ語でパヴェルだから、彼の聖名祝日は六月の何日かよ。とにかく、彼はその新聞を差し出した。何重にも折りたたんであったわ。ポケットに入れていたかのように。そのなかの小さな記事が赤で囲まれていた。彼はそれをわたしに渡して言ったわ。『これはきみの働いている場所だろう?』それは夏から秋にかけてのイベントに関する記事で、彼が囲んだところは〃ルドルフの秘宝〃とかいう展覧会だった。わたしは答えたわ。ええ、そうよ。ここがわたしの職場だけど、それがどうしたの? ポールはにやりとして新聞をポケットに戻した」

カウンターの奥でバリスタがミルクをスチームする甲高い音が響き、立ちのぼる湯気で顔が隠れて、一瞬、バリスタは頭のない状態になった。ヴェラが説明を続ける。二、三週間してから、ポールはふたたびルドルフ・コンプリケーションの話題を持ち出した。そして、ある晩、どこだか発音できないプラハ郊外の町で彼女の友人たちと飲んだとき、帰りのトラムの中で、もし百万ドルあったらどうするかとポールが尋ねた。

最初、ヴェラは笑って答えなかった。するとポールはふたたび尋ねた。彼女はありえない状況を想像しても意味はないと答えた。ところがポールは、これは単なる仮定の話ではないと言った。あと二カ月したら、ふたりともそれぞれ百万ドル——あるいはそれ以上——を手にすることができると。彼はある芸術品に五百万ドルを支払う人物を知っていた。もうじきガレリア・チェルトフカに展示されるものに。だから、それを盗み出せば、半分は自分たちのものになると。

五百万ドルというのが、その時計に対してとんでもない金額なのかどうかはわからなかった。おそらくポールもわからなかったにちがいない。こういった類の金を払って人を雇う仕事は慎重を要する。金額が多すぎる場合、雇われた側は不審を抱いて、最終的に自分が騙されていることに気づく。逆に少なすぎる場合には、仲介者を裏切って、自力で品物を売りさばこうとするだろう。あるいは、自分がマルティンコ・クリンガーチの立場で、弟のような人物に話を持ちかけたとすれば、五百万ドルといった金額を突きつけて、ただ相手が目を回すのを見ているだけで構わない。

「わたしは本気にしなかったわ」ヴェラが言った。「ふたりとも酔っぱらってたし、彼はいつもそうしたとんでもないことを言っていたから。いつのまにか話題が変わって、その話はそれきりになった。ところが何日かして、彼はいろんなことを尋ねるようになった。ガレリア・チェルトフカには警報装置があるのか？　監視カメラは？　閉館後に清掃スタッフが来るのか？　ドアは電子錠か、それとも鍵があるのか？　金庫はあるか？　最も人が多い時間帯はいつか？　彼はわたしの答えをノートに書きとめた。表紙にアニメのネズミの絵がついた子ども用のノートにメモや図を記していた。いいえ、ネズミじゃなくて、もぐらよ。何て言ったかしら……そう、もぐらのクルテク。でも、わたしはただのゲームだと思っていた。心配しはじめたのは、彼が銃を持ち帰ってからよ」

「銃？　どこで手に入れたんだ？」

「彼はこう言っていたわ。『おれはアメリカ人だ。みんな銃を持っている。いたずらうさぎ《ワスカリー・ワビット》（アニメの登場人物エルマー・ファッドの〝r〟を〝w〟と発音する癖を真似ている）を撃つために』って。いつも冗談ばかり。だけど、わたしは尋ねた。その銃でギャラリーを襲うつもりなの？　だって、そんなことをさせるわけにはいかないから。ギャラリーの館長は家族ぐるみの付きあいで、ポールが彼の顔に銃を突きつけるなんて許せなかった。腹が立ってしかたなかったわ。ポールは何も言わないで、黙って聞いていた。そして、やっと最後にこう言った。『彼に銃を突きつけるつもりはない。おれが銃を突きつけるのはきみだ』」

「それはクリンガーチの計画だったのか？」

ヴェラは首を振った。「ポールよ。いい？　マルティンコ・クリンガーチはわたしのことを知らなかった。ポールの共犯者がギャラリーの人間だとは。ポールはそう断言した。わたしは彼を信じたわ。何があろうとわたしを守ってくれると」

「きみの顔に銃を突きつけて」

その計画では、強盗が発生した際にギャラリーの内部に目撃者が必要だったと彼女は説明した。グスタフではなく――押し入るのは夕方で、たいてい館長が〈ゴールデン・ウィーバー〉というパブで飲んでいる時間だった――客、観光客、できれば女性ひとりか年配の夫婦が望ましかった。目撃者がいて、なおかつ銃が使用されていれば、内部の犯行には見えない――警察にも、それに劣らず重要なのは、マルティンコ・クリンガーチの目にも。彼女ができるだけ自然に強盗に押し入られた人物として振る舞えるように、ポールは詳細を伝えようとしなかった。ヴェラが知っていたのは、ある日、スキーマスクをかぶった男が、『スタートレック』で使われている言葉を叫びながら飛びこんでくるということだけだった。

「スタートレック？」ぼくは問いかえした。「バルカン語？」

「じゃなくて」とヴェラ。「たしかクリンゴン語だったと思う。そうすれば、目撃者が日本人だろうがスウェーデン人だろうが、オーストリア人だろうがイギリス人だろうが関係ないでしょう。誰もポールの言っていることがわからないから、スキーマスクの男がわけのわからない言葉で叫んでいたと警察に言うしかないもの。彼はインターネットで本を買って、ある一文を覚えて何度も繰りかえしていた。いまでも覚えてるわ。〝フィー・テヴァク・エク・イェムトル〟。意味はさっぱりわからないけど、ポールは何週間ものあいだ〝フィー・テヴァク・エク・イェムトル〟、〝フィー・テヴァク・エク・イェムトル〟とつぶやいていた。二年間プラハに住んでいて、チェコ語の単語は五つも知らないのに、テレビの宇宙人の言葉を覚えようとしていたのよ」

でも、強盗はポールの計画どおりにはいかなかった、とヴェラは語った。

マルティンコ・クリンガーチが合図を待つよう言い張ったのだ。

「合図？　どんな合図だ？」

「ポールにはわからなかった」ヴェラは言った。「『マルティンコ・クリンガーチの話では合図があるはずだ』とだけ言っていた。『合図があれば、わかるだろう。そうしたら実行に移す。けっしてためらわずに』そのころポールはお酒の量が増えて、ほとんど眠っていなかった。火事かと思うくらい煙草を吸って、着替えもひげ剃りもやめて、シャワーも浴びなくなった。それから髪も」

「髪？」

「そのとおり。彼は付きあいはじめたころからずっとスキンヘッドだった。いつもきれいに剃っていたわ。

ところがそれを伸ばしはじめたの。八週間がたって、十週間がたって、それでも伸ばしつづけていた」

「変装するために?」

ヴェラは首を振った。「クリンガーチよ。彼は髪のない人物を信用しないってポールは言っていた。禿げ頭の人とは同じ部屋に入ろうともしないと。迷信のようなものね。ポールの話はいつだって、クリンガーチがこう言った、クリンガーチがああ言ったということばかり。まるでカルトにはまっているようだった。わたしはいい加減にしてと言ったわ。それでひどい喧嘩《けんか》をした。たぶん最悪の——ちなみに、わたしたちはいつも言い争っていたわ。ふたりとも短気で、お互いに譲らなかったから。でも結局は妥協した。相手を理解したというよりは疲れきって。いつもそんな感じだった。空っぽになるまで感情を出しきるの。それで、そのときは二週間以内に何の合図もなければ、彼は時計を盗む計画をあきらめることにした。そして、その話はおしまい。ルドルフ・コンプリケーションも、マルティンコ・クリンガーチも、それ以後はいっさい話に出さなかった」

その二日後、いかにも夏らしい日の午後に、ヴルタヴァ川西岸のカフェでランチの約束をしたポールを待っているときに、ヴェラが窓の外に目を向けると、地平線に黒い雲が垂れこめているのに気づいた。雨が降りそうだと思った瞬間には、すでに降りはじめていた。雷鳴の前触れも、稲妻の警告も、小雨の先駆けもなく、ただ瞬間的に爆発する子どもの癇癪みたいに、とつぜん滝のような雨が降り出した。昼食の時間が過ぎてもポールは現われなかった。その後、ヴェラはときどきそうするようにアンデル駅で彼を待ちながら、地下鉄や、地上の新しいノヴィー・スミホフ・ショッピングセンターから慌てて出てくる人々をながめていた。その様子は巣から飛び出したネズミそっくりで、女性は傘と格闘し、男性はレインコートの襟をはためかせて風に立ち向かっていた。ヴェラは淡々と語った。その後、何日も雨が降りつづくなか、どんなにポールの帰りを、あるいは電話でも何でも連絡を待っていたか。雲が空一面に低く垂れこめ、後から後からやってくる占領軍のように街の景色をおおい隠してぼんやりした灰色の層を成し、川の向こう岸で木々が揺らぐなか、トラムが次々とパラツケーホ橋を渡る様子をどんな気持ちでながめていたか。あのなかのどれかにポールが乗っていて、謝罪の言葉を練習しているのだと、どれだけ思いこもうとしたか。じきに彼が入口に現われ、泥まみれで濡れた髪を額に張りつかせながら、気まずそうな笑みを浮かべると、どんなに信じていたか。

テレビは洪水一色で、充血した目の観光客が、入り組んだ水浸しの通りでスーツケースを引きずったり、カレル橋の聖人像の合間から、いまや泥で茶色くなった川を見下ろして驚いたりする光景があふれていた。濁流は、観光船や気高い白鳥の代わりに、倒れた木やロープのほどけたボート、壊れた家具、どういうわけか捨てられた冷蔵庫まで運んでいた。哀れな八十一歳の象がプラハ動物園に閉じこめられた様子がマスコミの注目を集める一方で、最初は三万、次に五万、最終的に七万の市民が避難を命じられたが、道が冠水し、トラムの線路が分断されてしまったために避難は困難を極めた。ソヴィエト時代につくられた十三の地下鉄の駅は、核戦争の際には放射能を遮断する核シェルターにもなるように設計されていたにもかかわらず、利用不可能となった。バスが次々と住民たちを仮の避難所となった学校の講堂へ運んだが、市の中心部では避難を拒む商店主がドアの前に土嚢を積みあげ、窓を補強し、商品を上階へ運んではせっせと砦《とりで》を築いた。街じゅうのATMはあっという間に空っぽになり、缶詰の食料品や瓶入りの水が棚から消えてなくなる様は、七十年近く前のナチスの侵攻時を彷彿《ほうふつ》とさせた。ヴェラは何度となくポールに連絡を取ろうとし、携帯電話のバッテリーが切れると、公衆電話を探してひと気のない水浸しの通りをノヴィー・スミホフ・ショッピングセンターまでとぼとぼと歩いた。ポールの電話に出たのは聞き覚えのない声だった。彼女にはそれがマルティンコ・クリンガーチの声だとわかった。

「誰だ？」向こうが問いつめた。「誰なんだ？」

ヴェラは電話を落とした。コードの先でぶらぶら揺れる受話器から同じ問いが繰りかえし聞こえ、彼女は思わず後ずさりした。

「誰だ？　誰なんだ？」

ヴェラは水しぶきをあげながら坂道を駆け下り、アパートメントの階段を上ってドアに鍵をかけ、部屋じゅうの明かりをつけるまでブーツを脱がなかった。街が洪水にのみこまれたときには、とつぜん電気が消え、水も出なくなった。ポールと最後に会ってから、七日間も夢の世界を漂っていたことに、彼女はそのときはじめて気づいた。やがて、屋根を伝って雨樋《あまどい》から道へ流れる水の音の陰鬱なソナタを耳にするうちに、いつしか彼女はその言葉のない子守唄に屈した。

夢も見ない深い眠りから覚めると、雨は降りはじめたときと同じように、何の前触れもなく唐突にやんでいた。雲が晴れ、窓から太陽の光が射しこみ、誰かがアパートメントのドアを叩いていた。

ヴェラはいかだで一帯を巡回していた緊急救助隊に促され、避難所となった高校の体育館へ連れていかれた。彼女は簡易ベッドでふた晩を過ごし、そのあいだ誰とも口をきかなかった。やがて街から水が引き、彼女はポールが帰ってこないことを知った。

「もうひとつだけ話してあげる」彼女は言った。「クリスマスの話。わたしが小さいころに聞いた。でも、ポールの話でもあるの。毎年クリスマスになると、父は鯉を持って帰ってきて、バスタブに放したわ。チェコではクリスマスの夕食に鯉を食べる習慣があるの。できるだけ新鮮なものを食べられるように、料理するときまでバスタブに入れておくというわけ。七歳のとき、わたしは鯉を殺すのがかわいそうになって、助けることにした。ビニール袋に入れて、川へ連れていこうとしたの――まったくばかげてたわ。あのころの川は汚れがひどくて、鯉は生き延びられなかったはずだから。ところが、捕まえようとすると、鯉はのたくって逃げた。何度も何度も。わたしは泣きながら、助けてあげたいだけだと魚に言い聞かせた。おとなしくしないと、もうじきひどいことが起きると。でも、鯉はばしゃばしゃ暴れて、バスタブの中をのたうちまわって、わたしは捕まえられなかった」

ヴェラが話し終えたときには、とっくに九十分を越えていた。彼女は最後にもうひとつだけ質問のチャンスをくれた。何でも訊きたいことを訊いて。そうしたら、わたしは帰らないといけない。それでもう二度と会うことはないわ。

ぼくは何も尋ねなかった。ただ、こんなことになってとても残念だと伝えた――弟にとってだけなく、彼女にとっても。どうやらきみはいい人みたいだ。ポールが本気で何かをすると決めたら、きみには止められなかっただろう。ヴェラは一度ならず泣きそうになった。一度ならず、あの顔を見せた。あたかもポールに再会したかのような顔を。最後に、彼女はわざわざプラハまで来てくれてありがとうと言った。あなたと話すことで、あなたが思っている以上に救われたと。そしてコートを着て、カフェを出ていった。階段を下りるときに、もう一度だけためらいがちに振りかえって。ぼくは四十まで数えてから、席を立って彼女のあとに続いた。

8

世の中には真実と、真実だと人が語ることがある。言うなれば、人前では互いのジョークに笑いあっていても、家の中ではすっかり冷めきって、脱ぎ捨てられた相手の靴下を見るのも耐えがたいといった夫婦のようなものだ。これは真実が、つまり証明できる事実が存在することを前提としている。そう考えると、たとえば中古車を買うときには判断が容易になるが、人間の動機づけの問題に関しては厄介なことになる。最も気をつけなければならないのは自身の思い込みだ。思い込みに従って行動する前に、できる限りは客観的な第三者の意見をあおぐべきだ。

ぼくはまだいくらでもヴェラに訊きたいことがあったが、彼女は話すつもりのことはすべて話した。それ以上のことを知りたければ、彼女の同意を得ずに調べなければならない。というのも、ヴェラを信じたいのはやまやまだが、最も基本的なふたつの問いに彼女はまだ答えていないからだ。ひとつは、結果的に大失敗に終わった未解決事件の計画に自分が関わっていたことを、なぜ他人に打ち明けるのか――そしてふたつ目は、なぜいまなのか。ヴェラは理由があって父に手紙を書いたはずなのに、この二日間で三時間近く話をしても、ぼくにはその理由が何なのか、さっぱりわからないままだ。

外に出ると、ヴェラは携帯を取り出して電話をかけたが、話しながらも歩道の雑踏を縫うように進んでいく。途中、ヴォディチコヴァ通りの角のバーからイギリス人のグループが千鳥足で出てきて、十五メートルほど彼女のあとをだらだらと歩いていたときには見失いかけたものの、どうにかムーステク駅までたどり着いた。券売機に向かいながら、彼女の頭のてっぺんがエスカレーターの下方へと消えていくのが見えた。切符を買っていたら見失ってしまう。

ぼくはそのまま回転ゲートを通り抜けてエスカレーターに飛び乗った。ブザーやサイレン、あるいは駅員に肩を叩かれるのを覚悟していたが、何ごとも起こらなかった。エスカレーターの周囲の円筒状の壁はシャンパンカラーに塗られ、あたかもクリスマスのオーナメントの中にいるような錯覚に陥る。プラットホームは混んでいた。ぼくはヴェラから見えないように、大理石の柱の陰に立った。いずれにしても彼女は携帯電話をいじっていて、めったに顔を上げなかった。列車が来ると彼女は乗りこみ、ぼくはふたつ後ろの車両に乗った。

ポールと付きあっていたころ、たしかヴェラはスミーホフに住んでいたはずだったが、列車のドアの上に張られた路線図を見ると、スミーホフは黄色のB線の南西方向にあった。だが、ぼくたちは緑のA線に乗って北西へ向かっている。いまはスミーホフには住んでいないのか、あるいは行先は自宅ではないのか。スタロミェストスカ、マロストランスカー……駅に着くたびに、ぼくはすばやく降りてヴェラを探し、ドアが閉まる寸前にふたたび飛び乗った。向かい側に立っている乗客——紫のブーツを履いて、一九七二年ごろのキース・リチャーズ風の赤い筋を入れた雄鶏ヘアの女性——は、明らかにぼくの動きに苛立っていた。彼女は列車に乗っているあいだ、ずっとぼくをにらみつけていたが、隣でいちゃいちゃしている若いカップルのことは徹底的に無視していた。もう少し長く乗っていれば、ひょっとしたらぼくはチェコ人の新たな命が生まれる瞬間に立ち会えたかもしれない。

フラッチャンスカ駅のホームにヴェラが現われた。ぼくも列車を降りると、彼女はまっすぐこちらへ向かって歩き出した。見つかった。ぼくがあとをつけていたのを知っていて、対決しようとしているのだ。まさにこの地下鉄のホームで人目をはばからずに、警察が来てぼくを連行するまで、おそらく〝ストーカー！〟とか、もっとひどい言葉をチェコ語で叫ぶつもりなのだ。ところが、彼女はまだぼくに気づいていなかった。誰もがこちらのほうへ歩いてくる。唯一の出口がぼくの後ろにあった。柱の陰に隠れてヴェラの背後に回るのは危険だと判断し、ぼくはくるりと向きを変えて、彼女と一定の距離を置くべくエスカレーターのほうへ急いだ。

上りのエスカレーターは、いまにも止まってしまいそうなほどゆっくりだった。ようやく地上階に着くと、ぼくはほとんど駆け出すように先を急いだが、それが間違いだった。出口付近の新聞の売店の横に黒い制服姿の男が三人いたが、そのうちのひとりの注意を引いた。切符の検札官だ。ほかのふたりは、すでに大学生風の若者たちを相手にやりあっている。どちらもバックパックやだぶだぶのズボンのポケットをわざとらしい手つきで探りまわしていた。三人目の検札官がぼくにぴたりと焦点を合わせた。ぼくが通り抜けようとした瞬間、彼は前に進み出て手を上げ、万国共通の〝ちょっと待て〟の合図をした。そのとき、例の紫のブーツを履いた赤い雄鶏頭の女がものすごい勢いで文句を言いはじめて、やっとぼくは検札官の手がぼくに向けられたものではなかったと気づいた。

暗くなりかかった空にトラムの架線が網目模様を描いている。雨はあがり、両わきでみじめな様子の人々がトラムやバスを待っている狭いコンクリートの通りを、車やトラックが水しぶきを跳ねあげながら通り過ぎていく。観光地区の外は奇妙なほど静かで、まったく別の街にいるようだった。ぼくが公衆電話の陰に身をひそめると、すぐにヴェラが現われた。彼女はまたしても携帯の番号を押して耳に当てていたが、しゃべっている様子はない。相手が出ないのか、それとも留守番電話のメッセージをチェックしているだけかもしれない。そのときトラムが停まり、ヴェラは電話をポケットにしまってから列に並んだ。ぼくは後ろの車両を選んで、彼女が降りたときに見えるように窓ぎわの席に座った。ヴルタヴァ川左岸を市の中心部の北へ向かって走る十八番のトラムだったが、それ以上のことはわからなかった。ひょっとしたら、どこか遠くの郊外まで行くのかもしれない。

ヴェラはオジェホフカという停留所で降りた。ほかに降りた乗客は三人だけだったので、紛れることはできない。ぼくはひたすら見つからないように祈るしかなかった。さいわいにも、その日はのんびりと散歩をしてあたりを見まわすといった天気ではなかった。ヴェラはあごを胸もとに埋めるようにして、車の往来が途切れた隙にスチェショヴィツカ通りを渡った。そして、ロメナーという狭い通りに入るのを見届けてから、ぼくは一定の距離を置いてあとに続いた。いま彼女が振り向いても、通りの反対側のぼんやりとした人影にしか見えないだろう。

ヴェラは少しも歩を緩めずに、ロメナー通りをまっすぐ歩いていく。ぼくは帰るときのために、通り過ぎた道の名前を覚えようとした。ザーパドニー、ツクロヴァルニツカ、ナ・オレホヴツェ……。建物がひしめきあい、人通りの多い曲がりくねった古い道は姿を消し、やがて閑散とした歩道と、防犯用の高いコンクリートの壁が現われた。壁の内側には煉瓦《れんが》造りの住宅、広い私有地、木や灌木《かんぼく》の生い茂った、なだらかな青々とした芝に囲まれた邸宅が見える。市の中心部のアパートメントの価格はニューヨークに匹敵すると、どこかで読んだことがある。もしそのとおりなら、ここはさながらコネティカット郊外の高級住宅地といったところだろう。いずれにしても、ルドルフ・コンプリケーションを売りはらった金の四分の一では、この地区に家は買えるはずがない。彼女と弟の取り分を合わせても、おそらく足りないだろう。

まったく馴染みのない都市の不動産市場について考えているうちに、もっと早く思い当たるべきだった考えが、おぼろげながら浮かんだ。時計の窃盗とマルティンコ・クリンガーチの存在を耳にしたときから、ぼくは彼が約束の金を払わずに済むようにポールを殺したものと思いこんでいた。だが、彼がすでに時計を手にしていたとすれば、なぜポールを拷問にかけたりするのか？　クリンガーチは三人目の共犯者の正体を知りたがっていたのかもしれないと考えたものの、その理由はわからなかった。証拠をいっさい残さないため？　彼女が警察へ駆けこまないかどうか見張るため？

ぼくは最も明らかな理由を見落としていた。

ポールは時計を持っていなかった。ヴェラが持っていたのだ。

マルティンコ・クリンガーチが時計の引き渡しを求めたときには、弟はすでにそれをヴェラの手に預けていた。おそらく、きちんと報酬を受け取るための担保として。あるいは、ふたりは最初からクリンガーチを騙すつもりで、時計を盗んでも渡す気はなかったのかもしれない。自分たちで時計を売りさばき、盗みの報酬のみならず、利益も独占しようと考えて。

ヴェラは切妻屋根の連なった白い三階建ての家の前で立ち止まった。家の両側には、二本の松の木がお決まりの赤瓦の屋根の上までそびえている。一台のBMWが通り過ぎ、ヴェラは門の横で、塀に取りつけられたキーパッドに暗証番号を打ちこんだ。一階の大きな窓には琥珀色の明かりが煌々《こうこう》と輝き、ヴェラが錬鉄の門を閉めて玄関へ歩き出すと、窓ガラスの向こうですばやく影が動いたような気がした。ぼくは中の様子をよく見ようと、通りの向かい側へ急いだ。

ヴェラが段を上がると同時に玄関のドアが開いて、子どもが飛び出してきた。五歳か六歳くらい、裸足でパジャマを着ている。ヴェラが高い声で諭《さと》すように話しかけると、子どもはくすくす笑い、ヴェラは彼を抱きあげた。彼女の肩ごしにのぞく子どもの顔は、輝いていた。雨のなか、三十メートルほど離れているにもかかわらず、ぼくは悟った。まったく同じ太い鼻、同じいたずらっぽい笑み。まるで古いポラロイド写真を見ているような錯覚に陥り、その光景に昔の自分もいるのではないかとさえ思った。スナップボタンのシャツにシアーズのタフスキン・デニムのジーンズ姿で、弟の隣に立っている一九七七年ごろの自分が。

ヴェラが男の子を抱いたまま中に入ってドアを閉めると、あたりはしんと静まりかえり、そよ風に揺れる松の木が、まるでひそやかな音楽に合わせて踊っているかのように、重い枝をうねらせるばかりだった。そのとき、一台の車が近づいてきて、水をはねかけてぼくの横に停まった。運転手が窓を開けて顔を突き出す。赤い目をむき、しゃべるのが困難なほど激しく歯ぎしりをしている。だが、しゃべる必要はなかった。ロメナー通りの静かな一角にたたずむ白い家の一階の明かりが消えた。ぼくは歩道を下りて、車のドアを開け、中に乗りこんだ。

・ツークツワンクの無情な幾何学模様——其の二・

一九三八年三月十三日

最愛のクララ

きみは急な出発にもけっして慌てることはなかった。いまわの際でさえ、気まぐれな言葉をいくつか口にしただけだ。昔から感傷的で涙もろい人間をひどく嫌い、より心に響くことを言いたい衝動は抑えるべきだと考えていたきみには、まさにふさわしい別れだった。だが、わたしにとって別離とは、つねに苦悶《くもん》に満ちた長いやりとりであり、この別れが今後ますますつらいものになると覚悟している。

そういうわけで、前回の続きを報告しよう。店の窓のスモークガラスに憔悴《しょうすい》した顔を押しつけながら、わたしはカチャク博士がよろよろと通りを歩いていく姿を見つめている。いまにも彼の気が変わって踵《きびす》を返し、足の不自由な蜘蛛のような足取りで店に戻ってくるのではないかと恐れつつ。だが、安心してほしい。彼はついに角を曲がって、わたしは窓から離れた。そして、ベルベットの布で時計をくるむと、ぎしぎし軋む裏階段をそっと下りて、工房兼物置、そしてわたしの安らぎの場所でもある地下室へ向かう。ここの散らかり具合ときたら、一階がきちんと整理整頓された模範的な店に思えるくらいだ。

地下室には、じめじめした石壁に沿って壊れそうな棚が並び、忘れられた本には白カビがびっしり生え、隅という隅には蜘蛛の巣が張りめぐらされている（どういうわけか、ここでは蜘蛛も蠅も見かけたことがない——おそらくアメリカにいる蜘蛛や蠅の親戚のもとへ逃れたのだろう）。床にはそこかしこに腐りかけた木の箱が置かれ、中には丸められた地図、ケースに入った古い蓄音機のレコード、使わなくなった楽譜、自動ピアノの巻紙など、いろいろなものがごちゃ混ぜに詰めこまれている。壁に取りつけられた鉤《かぎ》にかかっているのは、十八世紀の珍しいスペイン式火打ち石銃。壊れた蓄音機、エッジのないスケート靴、欠けたマイセンの小像、真鍮《しんちゅう》の枝付き燭台、豚の胎児のホルマリン漬けが入った瓶、箱いっぱいのネズミ取り器、箱いっぱいの本格的なネズミ取り器――これは、幾度となく徹底的に駆除することを誓ったからだ。でないと、奴らは交配して増殖しはじめる。だが、いまやここに残るのは奴らで、わたしが駆除されることになりそうだ。

とにかく、書きたいことが山のようにあってきりがない。

カチャク博士が時計を取り出したときに、あの精巧に彫りこまれた白い獅子が最初にわたしの注意を促した。否《いな》、わたしの襟《えり》をつかみ、全身を揺さぶり、大声で叫んだのだ――目を覚ませ！　警報を鳴らして番兵を起こせ。わたしはありきたりの時計ではない！　いま、こうして地下室にいるわたしは、誰にも邪魔されずに、こみあげる興奮を隠しきれないのではないかと案ずることもなく、好きなだけ調べることができる。

何よりも、この時計の形が、本物であることの証だ。太鼓型のシリンダーは十六世紀後半に作られた時計の特徴である。かといって、その作りに古臭さはいっさい見当たらない――分針はなく、均力車に巻きあげられるのは小さなドライブチェーンではなくガットだ。脱進機はアンクルや直進式、レバー式ではなくバージで、初期のてん輪が使用されているが、ヒゲぜんまいは見当たらない。合金は用いられておらず、精巧な歯車はすべて手彫りで、部品はどれもねじではなく針と鋲《びょう》で留められている。ケースの蓋を閉めて裏返すと、裏面には黒曜石による文様《もんよう》が埋めこまれており、わたしはとっさに、見たことを後悔した。

みずからの尾をのみこむ蛇、ウロボロス。

わたしはふたたび時計を布でくるみ、赤ん坊を寝かせるように、そっと作業台に置いた。これ以上、証拠は必要なかったものの、それでも本棚に駆け寄って、埃をかぶった革やひび割れたベラムの背表紙に目を走らせ、『中世後期の稀有《けう》な時計』を見つけた。黄ばんだ紙をめくりはじめるなり、ふとページ中程の説明に目がとまる。

〝……だが、多くの者は時計の蓋に彫りこまれた象牙色の獅子がルドルフ二世にとって特別な意味を持つと信じている。宮廷天文学者ティコ・ブラーエは、ルドルフの運命は彼が大事に飼っている獅子、すなわちトルコのスルタンから贈られ、爪を引き抜かれて歯を折られた獣の運命と密接に関わることになると予言した。一五九五年に完成した美術収集室の目録には、〝ウロボロス〟の埋めこまれたケースに関する記述もある。〝ウロボロス〟とは、みずからの尾をのみこんで円環をなす蛇のギリシア語の名前で、錬金術師は無限と原初の統一体を表わすのに用いた。

宮廷で悪事の限りを尽くしたペテン師、エドワード・ケリーとの関係が取りざたされる以外は、ルドルフ・コンプリケーションの起源も製作者も謎に包まれたままである。一五二五年に均力車を発明したヤコブ・ゼフは、おそらく製作には無関係だが、彼の優秀な弟子を除外することはできない。ヨスト・ビュルギの名もしばしば挙げられるが、ルドルフ・コンプリケーションは、この天才時計職人にしてアルゴリズムの発明者がプラハへやってくる数年前に作られている。こんにちに伝わる説明が事実であるとすれば、ルドルフ・コンプリケーションは時計の小型化において、ルドルフと同時代の高名なクリストフ・マルグラフの作品を凌《しの》ぐ逸品《いっぴん》でもある。

その末路については、ますます謎に包まれている。一六一二年のルドルフの死後、百五十年間のうちに、〝秘宝の飾り棚〟を成していた芸術品、珍品、自然物の無類のコレクションはひとつ残らず持ち去られた。対立していた弟のマティアスが皇帝に就任すると、彼は多くの宝をハプスブルク帝国の新たな首都ウィーンへ運んだ。白山の戦いの結果、バイエルンの征服者がさらに荷馬車千五百台分もの貴重な品を奪い去った。三十年戦争中には、ルドルフの美術収集室の年老いた管理人ディオニシオ・ミセローニが拷問にかけられ、一六四八年にスウェーデンの占領軍に鍵を引き渡した。スウェーデン軍が残したわずかな品は、一七八一年に皇帝ヨーゼフ二世の命令で競売に出された。売れ残ったものは、フラッチャニの丘の下を流れるヴルタヴァ川に無造作に投げこまれ、それ以降、おそらくその数でも種類でも世界に類を見ない美術品コレクションを収蔵していた場所は、火薬や砲弾の倉庫として使われた。

このようにルドルフの財宝は膨大であるため、ルドルフ・コンプリケーションの所在は現在に至るまで明らかになっていない。残念ながら、この名品は歴史にのみこまれたと考えざるをえないだろう〟

反対側のページから皇帝ルドルフ二世が見つめている。腫れぼったいまぶた、首を囲む白いフリルから突き出たハプスブルク家特有の四角いあご、そして金の鎖の先に重たげにぶら下がるきらびやかな時計。抜け目のない者なら、この肖像画を見て、いまわたしの目の前にある時計を偽造することもできただろうが、ケースの裏面の黒い蛇のことを知っていたとしたら、相当の詐欺師だと言わざるをえない。

わたしは本を閉じる。ウロボロスがあろうとなかろうと、カチャク博士の時計が本物のコンプリケーションだと証明する最終的かつ確実な方法は、時計の裏側をこじ開けて、わたしの店からほんの数ブロック先にあるユダヤ人地区集会所を飾るヘブライの時計のごとく、時間が逆に進む文字盤が隠されているかどうかを確かめることだ。

さいわいにも、わたしは時計に傷をつけることなく、隠された文字盤上で針を逆向きに回すよう設計された巧妙な仕組みを発見した。この時代の時計には通常、機械の部分のどこかに製作者の名前が入れられているが、さすがに出所不明であるだけに署名は刻印されていない。おそらく製作者には自衛の才覚があったのだろう。何しろ、この時計は永遠の命を与えるという触れ込みでルドルフ二世に献呈されたのだ。いずれルドルフが、自分が年を取っていくことに、体が弱っていくことに気づいたときには、誰かが罰を受けるはめになっただろう。

カチャク博士が心棒の穴に差したままにしてあった巻き鍵に、ごく小さな印がふたつ彫りこまれている。一見、ヘブライの記号のようだが、この自称ユダヤ人の目にはエジプトのヒエログリフにも見える。おそらく祖父のワイルなら――わたしの民族の曖昧《あいまい》さの根源――この見慣れない記号を字訳できただろうが、わたしには手に負えない。しかし大事なのは、鍵がここにあるということだ――わたしが修理中に時計を止めて、修理を終えてから巻くことをカチャク博士が本気で阻止するつもりなら、この鍵を抜いておけばいいだけの話だ。

わたしは時計の前面を開け、内部の機構の通常の方向に回る部分を調べた。問題はすぐにわかった――均力車に巻かれるガットが擦り切れていて、主ぜんまいと脱進機を連動させるばかりか、時計の歩度を調整するのに必要な張力を維持することもできなくなっていた。ガットを外す前に、わたしはあちこちの箱や引出しを引っかきまわして、ちょうどよい修理材料を探した。針金で代用すれば簡単だが、コンプリケーションを海外に持ち出した場合に転売価格が下がる恐れがある（アメリカの骨董商の眼識を実際よりも高く評価しているのかもしれないが）。結局、わたしは古いリュートの弦を使うことにする。理想的とは言えないものの、幅も張力も申し分ないように思えた。

ところが、主ぜんまいのガットを解こうとしても、どうしても解けない。やむをえずカチャク博士のばかげた指示を無視し、時計が止まるのを承知で主ぜんまい自体を取り外す。そして均力車を調べ、螺旋《らせん》状の溝の幅を測っているときに（時計の修理の細かい話を聞いても、きみが死ぬほど退屈するのはわかっているが――すでに死んでいなければの話だが――自分があくまで通常の作業をしただけだということを示すために、あえて詳細を記している）通常では考えられないことが起きているのに気づいた。

脱進機が動きつづけているのだ。

コンプリケーションの一連の小さな歯車は回転している。しばらくのあいだ、わたしはなかば解体された時計の刻む音を聞きながら、あらわになった機械部分を黙って見つめ、どこかに隠された機構がないかどうかを探した。どういう仕組みかはわからないが、第二の逆回転の主ぜんまいが、どこかに隠された脱進機によって通常の機構も動かしているのだろうか。だが、たとえ遊星歯車機構を用いたとしても――いや、結論だけを述べよう。

それでも時計は動くはずがない。

だが、現実には動いている。

〝チク〟と鳴るたび、〝タク〟と響くたび、わたしの職人としての経験を侮蔑《ぶべつ》している。

物理法則をあざ笑っている。

まさに時計の奇跡だ。

そう思った瞬間、わたしの脳裏に〝神の奇跡〟がよみがえり、彼の夕食をすっかり忘れていたことに気づいた。彼は三階で目を覚まして、〝夜に食べ物を持ってきてくれる人〟はどうしたんだろうと思うにちがいない。そのうちに階段を下りてきて、わたしが許さないのを知っているにもかかわらず工房に入ってくるだろう。そのために、これまでどれだけ手を煩《わずら》わされてきたことか。

しかたなく、わたしは動くはずもないのに動いている時計をその場に残して階段を上る。戻ってきて新たな目で見れば、そのからくりが明らかになるにちがいないと思いながら。この建物に越してきて以来、数えきれないほど階段を上った。曲がりくねった階段を上って部屋へ行き、曲がりくねった階段を下りて店に戻り、さらに螺旋階段を下りて地下室へ行き、ぐるぐる回りながらふたたび部屋へ向かううちに、わたしの世界はだんだんと風通しの悪い螺旋状の垂直の領域に狭まる。これがきみの夫の現在の日常だ。上っては下り、上っては下り、いつまでもよろよろした無口な給仕係として彼に仕えている。

ところが、上階にフランツはいなかった。つまり、まだ通りを歩きまわっているということだ。彼が時間の感覚を失うのは、いまに限った話ではない。わたしはまたしても彼を捜しにいくはめになった。外に出ると、風が泣き叫ぶような音を立て、街灯は縁の部分だけがぼんやり浮きあがっている。通りの家々のカーテンの奥にはまばらな明かりがぼんやりと見える。ほとんどの住民は窓から灯火管制の紙を剝がしていない。降伏よりも防御を重視し、ドイツ空軍から街そのものを覆い隠そうとしていたころの作戦だ。もっとも、いまでは灯火管制の紙はそれぞれの家の主人による、いわば無言の訴えと化している――国を占領したいのなら好きにしろ、だが黒い窓と重いドアの奥ではわれわれが眠るのを邪魔しないでくれ。家の中では自由にさせてほしい。歴史の構築がすっかり終わってから起こしてくれ。

少しずつ範囲を広げながら四十分近く歩きまわっても、フランツは見つからず、やがてわたしはツェフルフ橋の近くの川岸に出た。そこで、ようやく小さな女の子と一緒にいる彼を見つけた。ふたりとも、若くて脳の機能が不完全な者にしか理解できない理由でヒステリックに笑っていたが、わたしが近づくと、少女はふいに笑うのをやめる。見たところ七歳か八歳、虫の食った赤いワンピースを着て、汚れた指に汚れた髪を巻きつけている少女の表情は妙に大人びている。チョビ髭男がわれわれに押しつけた新たな亡命者のひとりにちがいない。そして、どこから逃げてきたにせよ、間違いなく荒れ果てた場所だろう。コートはもちろんのこと、この哀れな少女は靴も履いていない。彼女がにっこりすると、わたしは思わず後ずさりをした。少女には歯がなかった。

両親はどこにいるのか尋ねる前に、彼女はすでに行ってしまった。まるで銀行の支配人との約束に遅れているとでもいうように、何か気がかりな様子で通りを歩いていく。家に戻る途中、フランツはずっと笑っていた。その声に、木にとまっていたスズメたちが驚いて飛び立つ。

ようやく帰ってきたときには、夕食の時刻はとっくに過ぎていた。フランツがテーブルで待っているあいだに、わたしはロールパンと簡単なスープを用意する。ところが仕度ができて振り向くと、〝神の奇跡〟は顔を伏せ、小さな食卓に腕を広げている。いつもは前かがみの体がまっすぐになり、肩の緊張がほぐれ、ゆったりと手足を伸ばした姿は、起きているときよりも心なしか大きく見える。だが、その心安らかな光景も、修理不能な機械の騒音のようないつものいびきで夢と消える。

フランツが眠っているあいだに、わたしは去年の五月のことを思い出す。連隊長が部屋のドアを叩いて、再動員のためフランツ・ムルツェク一等兵はただちに駐屯地へ出頭するよう命じた。わたしが思わず連隊長の顔に唾を吐きかけようとしたとき、ぼろぼろの軍服姿のフランツが、肉のかたまりのような手のひらを騒々しく叩きながら、どたどたと部屋に入ってきた。無表情の連隊長は瞬時に状況を察し、とつぜんの訪問を詫びて、これほど軍人としての栄誉に値する息子を持っていることを祝福してから階段を下りていった。

フランツの汚れきった上着には、あいかわらず手当たり次第に勲章がつけられている。もともとの持ち主は、〈トワイス・スロータード・ラム〉で二杯も飲まないうちにそれらの勲章を手放した。第一次世界大戦が終わってから二十年間で、わたしは十字章、記念十字章、革命メダル、ジシュカ・メダル、スラブ体操協会勲章、それにチェコで最も栄誉ある白獅子勲章までフランツに与え、われわれの息子を間違いなくチェコスロヴァキアで最も勲章を授けられた兵士とした。フランツはそれらがちりんちりんと鳴る音や、光があたってきらきらする様子が気に入っているようだ。

わたしはパイプを嚙んで、窓の外を見つめる。

やがてフランツのいびきに混じって、別のかすかな音に気づく。押し殺した鼓動のような、低く、鈍い、速い音。その音の出どころを突きとめようとしたが、この部屋のどこかから聞こえてくるようには思えない。壁に手を当てて耳を澄ましてみる。揺るぎないリズムが大きくなる。フランツの肩につけられた白獅子のメダルがランプの光にきらめいて、その瞬間、カチャク博士の時計に彫りこまれた象牙色の紋章が脳裏をよぎり、わたしは音の正体に気づく。

そうだ、ルドルフ二世の時計だ。

カチャク博士の時計。わたしの時計。

ムルツェク・コンプリケーション。

部屋の向こうでフランツがはっと目を覚まし、勢いよく立ちあがって、警戒するように目を見ひらきながらきょろきょろ見まわす。わたしを見つけると、彼はにやりとして、あごのよだれを拭う。たとえ感傷屋と言われようと、あいかわらずフランツがわたしの存在に安心するとわかって胸が熱くなる。この年齢の父親で、いまでも息子に必要とされている人はどれだけいるのか。わたしの世代で、どれだけの人間が世の中に必要とされているのか。

「ベッドへ出頭せよ、一等兵」わたしは命じる。

つねに訓練された兵士であるフランツは、音は無視して、命令どおり背筋を伸ばして廊下を行進し、自分の部屋の前で直角に曲がり、ブーツを脱がずにベッドに倒れこむ。われわれ独り者の男は、クララ、きみがいないあいだに、習慣も身なりもすっかり常軌《じょうき》を逸してしまった。世間の連中は厳しく管理された見せかけの秩序と進歩に固執するがいい。彼らの行く末を、とくと見守ってやろうではないか。わたしはパイプをポケットに入れ、廊下の奥まで行って、〝神の奇跡〟の部屋のドアをそっと閉める。

時計の音はあいかわらずはっきり聞こえてくる。もう一度パイプに火をつけようとするが、その音が家じゅうに反響するせいで集中できない。いまや〝神の奇跡〟が新たにかきはじめたいびきの音を凌ぐほどだ。だが、やがてそれは時計の音ではないと気づく。

ノックの音だ。

誰かが階下で〈ムルツェク骨董品店〉のドアを叩いている。心臓が喉から飛び出しそうになり、カチャク博士が風に立ち向かいながら銀の髪をたなびかせ、金の熊の頭がついたステッキの握りで、メトロノームのごとく感情を排して正確にドアを叩いている光景がありありと目に浮かぶ。気が変わって、戻ってきたのだ。わたしの意図を察して、コンプリケーションを取り戻しに来た。

わたしは部屋を回って明かりをすべて消し、そっと窓枠から顔を出す。窓のすぐ下に店の日よけがあるせいで、通りはおろか、ドアの外に立っているであろう人物の姿も見えない。わたしは息をこらして手のひらで耳をふさぐが、かえって音が大きくなるだけだ。ノックの主は帰ろうとしない。

最初にカチャク博士を殺そうという考えがどうやって思い浮かんだのか、説明することは不可能だが、ひとたび思いつくと、その考えはずっと前から存在して、見つけてもらうのを待っていたかのようだった。こんなことを打ち明けると、きみがショックを受けるのはわかっている、クララ。だが、わたしは生まれてこのかた、ずっと過酷な運命を背負って生きてきて、土壇場で執行猶予が転がりこんできただけなのだ。希望ほど危険なものはないとは言うが、たぶんそのとおりかもしれない。何しろ、つい昨日までのわたしは望みのない、しかし温和な男だったというのに、やむことのないノックを聞きながら、フランツと自分に残された唯一のチャンスを守るためならどんなことでもする覚悟でいるのだから。

時計を取ってくるあいだ、暖を取ってもらうことにして博士を店に招き入れ、手付金を返す――せっかくの収入をふいにして残念だが、しかたがないという顔で。それなりの凶器で思いきり頭を殴れば、そのまま博士を地下室へ引きずっていくだけで済むし、ほかにいくらでも道具を用いて息の根を止めることができる。

わたしは適当な凶器がないかどうか部屋を見まわし、肉切り包丁と重い鉄の火かき棒を天秤《てんびん》にかける。結局、わたしは火かき棒をつかむと、その重さを手で確かめながら、ドアをどんどん叩く音に合わせて階段を下りる。そばまで来ると、別の音にも気づく。カチャク博士の叩く音にぴたりと重なって、コンプリケーションが時を刻んでいる。風が吹きすさぶなか外にいても、博士も明らかにその音を耳にして、わざわざみずからの宝物とリズムを合わせているにちがいない。そんなふうに考えること自体、ばかげているが、火かき棒を手に、見知らぬ人物を殺すべくこっそり階段を下りていく、その考えの持ち主のほうがどうかしている。

店に入り、じりじりと入口へ向かう暗がりのなかで、剝製の豚の頭にはめこまれたガラスの目がウインクする。背後では、わが右手が火かき棒を握りしめ、胸に打ちつける鼓動は、いまやドアの向こうの大きな音と、地下から聞こえる時計の音の休符を埋めている。わたしは錠を外してドアを開けた。

吹きこんでくる突風に思わず目を細める。一瞬、黒い影しか見えなかった。前かがみになり、戸枠に片手をついていまにも倒れそうな体を支えている男。彼は顔を上げ、暗がりでわたしの目を探し求める。

「ヤンおじさん」男は口を開く。風が吹いていても、酒のにおいが鼻をつく。甥のマックスは自力で身を起こそうとして、後ろによろめく。焦点の合わない目、酒に酔った笑み、夕方に〈ブラック・ラビット〉で別れてから、チェスの勝利を祝っていたにちがいない。

「起こしたか？　できるだけそっとノックをしたんだが。そっと、静かに。フランツを起こしたか？」

手の力が、全身の力が抜ける。

「いったい、どうしたというんだ？」わたしは尋ねながら彼を中に入れる。ドアを閉めるときに、彼はわたしがまだ右手に持っている火かき棒に気づいて笑い声をあげ、わたしの手を払う。

「連中がやってきたら、そんなものじゃ太刀《たち》打ちできないぞ」

「酔っているんだろう。何の用だ？」

「おじさんはなぜ酔っていないんだ？　なぜみんな酔っていない？」困惑気味に眉をひそめて店の品々をながめながら、彼の頭は肩の上でぐらぐらしている。

「どうやら年を取って頭が鈍ったようだな。とにかく頼みに来たんだ。おれと一緒に来てくれ。もう二度と頼まない」

「その必要はない。行くことに決めた」

「言い争うつもりもない」彼は構わず続ける。酒のせいで耳が遠くなっているが、決意はむしろ固まる一方だ。「列車はあさって、ウィルソン駅を出発する。おじさんとフランツの分の切符もある。ホームで待っている。それから列車に乗る。そしておさらばだ」

マックスはわたしの手に封筒を押しつける。

わたしはもう一度説明しようと努める。すでに彼の無謀なアメリカ行きに同行することに決めた、だから酒くさい芝居がかった演説は失敬かつ無用だ、と。だが、彼はわたしの言葉には耳を貸さず、ぎこちなく手を振って店のドアを開ける。「もうひとつ言っておこう」コートの裾を風にはためかせながらつぶやく。「逃げ道はあった」

「何のことだ？」

「今日の午後だ。おれたちの対戦。おじさんはまだ負けていなかった。逃げ道はあった。それに気づかなかっただけだ。なぜだかわかるか？」

わたしは何も言わずにうなずく。いずれせよ彼は説明するのだから。

「なぜなら、おじさんは心のどこかで負けたいと思っているからだ。罰せられたいと願っている。ここに留まれば、おじさんは負ける。何もかも失うだろう」

それだけ言うと、彼は背を向けて、ドアも閉めずに通りをぶらぶら歩き出す。片手に列車の切符、もう片方の手に火かき棒を持って店に突っ立っているわたしを残して。肌を刺すような風にわれに返って、わたしはドアを閉める。

時計の音はほとんど聞こえなかった。

あるいは最初から聞こえなかったのかもしれない。

最初から、始まりも終わりもなかったのかもしれない——どうやら、またしても別れの挨拶を締めくくることができなかったようだ。そもそも、きちんと始めてもいない。まだ話すことはたくさんある。そして話しながら、わたしはひたすら身の破滅へと突き進んでいく。必死に抗《あらが》いながらも。

きみの夫、ヤン

9

元刑事のソロスはニット帽を眉までかぶっていた。バックミラーに映ったニット帽の下の目は充血し、縁が赤くなっている。彼は小型自動車のシュコダで静かな住宅街の通りを勢いよく曲がり、広いストジェショヴィツカーに出た。ぼくはタクシーのように後部座席に座っていた。前の席には紙が散乱していたので、そうするしかなかったのだ。車は彼のオフィス代わりだった。〝神の右手〟の移動捜査本部というわけだ。本来なら、彼が絶妙のタイミングで現われたことに感謝するべきだろう。いまや本格的に雨が降り出し、車の屋根に打ちつける雨音は熱狂的な拍手喝采のようだった。しばらくのあいだソロスは口をきかずに、ずっと口の中で舌を回していた。話を切り出すのに恰好の言葉が、頬と歯茎のあいだのどこかにあるとでもいうように。だが、どうやら見つからなかったようだ。

「おまえはヴェラを尾行した」ソロスは言った。「なぜだ？」

「まったくもってそのとおりだが、あんたには関係のないことだ」

彼はチェコ語で何やらうめくと、ハンドルにもたれかかるようにクラクションを鳴らした。前を走る小型トラックの荷台にむき出しで山積みされた銅管が転がり落ちて、後方に散乱した。まともに当たっていれば、フロントガラスを突き破っていただろう。

「くそったれの泥棒野郎め」ソロスは毒づいた。「あの金属が奴らのものだと思うか？　先月はフレブで橋を盗んだ。橋を丸ごとだぞ――パッとなくなっちまった。目当ては金属さ。あの人でなしどもは、老いぼれた母親の口からも歯を盗みかねない。おまえはなぜヴわずに卑猥《ひわい》な言葉を叫んだ。その姿は、船の舵柄《かじづか》に鎖でつながれた、頭のおかしい船乗りが天に向かって吠えているようだったが、トラックの中の男ふたりは気づいてもいない様子だった。少しして、ソロスは運転席に座り直すと、片手で窓を閉め、反対の手で顔についた雨滴を拭い、しばらく車自身に運転を任せた。だが、そのほうがよかったのかもしれない。何しろ車はベヘロフカを飲んでいないのだから。

「ヴェラはおまえが考えているような女ではない」彼はふたたびハンドルを握った。「おまえには危険が迫っている。大きな危険が。今日、ひとりの男がマラー・ストラナで襲われた。殴られて、窓から投げ出された。警察は手押し車の下で彼を見つけた。自分を殺そうとした奴から隠れていたんだ」

ぼくは安堵のあまり、思わず笑い出しそうになった。館長は生きていた。

「男はいま昏睡状態だ」ソロスは言った。「エラ・スヴォボドヴァを尾行する?」

「ぼくも同じことを訊きたい」ぼくは言いかえした。「それとも、あんたはぼくを尾行しているのか?」

彼はポケットに手を突っこんで瓶を取り出した。

「ベヘロフカ?」ぼくにすすめる。

「何だ? リキュールの一種か?」

「いや、魔法の小便だ。あんたの妹をものにした野郎の。飲むのか、飲まないのか?」

ぼくは飲まないことにした。ソロスはキャップを開け、ぐいと飲んでから、瓶を上着のポケットに戻した。咳止めの薬とエチルアルコールを混ぜたようなにおいだ。ソロスがハンドルを大きく回してアクセルを踏むと、バックミラーにぶら下がっているトゥイーティーの芳香剤が軽やかに踊った。ビールの空き缶がそこらじゅうでからから音を立てる。泥棒とされている男たちを乗せたトラックの横に並ぶと、ソロスは窓を開けて大きく身を乗り出し、顔に雨が叩きつけるのにも構

「絶望的なのか、それとも──」

「ほっときゃ目を覚ます」ソロスは吐き捨てるように言った。「その男はギャラリーで働いている。ヴェラ・スヴォボドヴァだ。彼女には前科がある。犯罪歴。警察の知り合いが教えてくれた。ヤクだ。ヤクの密売。大きな麻薬組織」

「いつのことだ?」

「まずは、おれたちは仲間にならないといけない。彼女のことを話せば、おれたちは仲間だ。話さないなら、とっとと消え失せろ」

「どうやらあんたは違う畑で吠えているようだ」

「畑だと? 何でおれが畑で吠えるんだ?」

「彼女が犯人だとは思えない。今日、彼女は誰かを襲ったりはしていないはずだ」

「襲った人物は」ソロスは低い声でゆっくりと言う。「おまえの弟を殺したくそ野郎だ」昏睡の男が襲われ

たギャラリー? おれは今日知った。そこが五年前に強盗に入られたと。あの洪水のとき、おまえの弟が消える直前だ。芸術品が盗まれた。大物だ。ルドルフ・コンプレックスは知ってるか?」

「コンプリケーション。あのパンフレットをホテルに置いていったのはあんただろう」

「何のパンフレットだ?」

つまり、彼ではないということだ。そしてヴェラでもない。

彼が嘘をついていないかぎり。だが、嘘をつく必要がどこにある?

「そろそろ降ろしてくれ。車に酔った」

「もうボブ・ハンナには会ったのか?」

「いや」ぼくは嘘をついた。会ったと言えば、どんな話をしたのか知りたがるだろう。そうしたら、あの記者がソロスのことをとてもまともではないと考えていて、ぼくも同じ意見だということを白状しなければな

シュティ8、414号室」彼は読みあげた。「行くぞ。とことん話す。とことん打ち解ける」

ソロスはベヘロフカをもうひと口飲むと、肩ごしに瓶を投げた。瓶はぼくの頭から数センチ逸れてヘッドレストに当たり、座席に転がり落ちて、派手な音とともにビールの空き缶の山に墜落した。

「悪い」とソロス。「おまえがそこにいるのを忘れていた」

「車を停めたらどうだ？　雨がやむのを待とう」

彼は首を振った。「ボブ・ハンナに会う。あの昏睡の男、警察が彼のポケットに名刺を見つけた。ボブ・ハンナの名刺だ。おれがおまえに渡したのと同じ。それがどうやって昏睡の男の手に渡ったのか、突きとめる。みんなで仲間みたいに腹を割って話そう」

「それは警察の仕事じゃないのか？」

「おれは警察だ。元警察、つねに警察だ」

前方にトンネルが大きな口を開けている。どうやらない。

「いまからボブ・ハンナに会いにいく」ソロスが言った。「仲間のように話す。住所を教えろ」

「ぼくは知らない」

「おまえに渡した名刺にある」

「持っていない」

彼はバックミラーごしにぼくをぎろりとにらんだ。

「ちくしょう。持っていないだと？」

「ホテルに置いてきた」

またしても彼は口の中で舌を回しはじめた。疑っているのだ。その疑いが一般的な法則に基づくものなのかどうかはわからない。ギャラリーの館長のことについて、彼は警察の知り合いからどこまで話を聞いているのか？

「奴のアパートメントへ行く」ソロスは言って、助手席に散らばった紙を引っかきまわし、折れ曲がった黄色い付箋紙を見つけ出した。「プラハ二区、ナ・ボイ南へ向かっているようだが、定かではない。地下道に入る直前、ズボンのポケットの中で携帯電話がうなりはじめた。ぼくは電話を取り出して発信者を確かめた。

ボブ・ハンナ。

噂をすれば影だ。

ソロスがバックミラーごしにぼくに疑わしげな目を向けている。電話の音が聞こえたのだ。ぼくが出なければ、ますます怪しむだろう。「会社の無能な奴らだ」ぼくはこれ見よがしにつぶやいて、苛立たしげに電話をにらんでみせた。「二、三日、休んだだけで、自分たちで小便もできないときた」まったくぼくらしくない言葉だった。どうやらソロスの悪態がうつったようだ。ぼくは電話を開いて耳に当てた。

「邪魔してすまない」ハンナが言った。

「いや、構わない、ジミー」

「違う、ボブだ。ボブ・ハンナだ。いま話せないか？」

「楽しんでるよ。ここは料理はうまいし、人も親切だ」

「緊急でなければ電話はしない」

「いま、車の中なんだ、ジミー。トンネルに入るところだ」

「こっちはよく聞こえる。おれの声は聞こえるか？」

「もちろんだ。きみなら百パーセント大丈夫だ。車の中なんだ」

彼は考えてから尋ねた。「誰の車だ？」

「ああ、その件についてはさっき話しただろう」

しばし沈黙。「ソロスと一緒なのか？」

「そのとおり、ジミー」

「あいつと何をやっているんだ？」

「とにかくメールを送ってくれ」

「彼に聞かれているのか？」

トンネルに入ると、車の屋根に雨が打ちつける音がやんで妙に静かだった。あまりに静かで、ハンナの言葉がひと言残らずソロスに聞こえてしまうのではないかと不安になる。自分が外国語をしゃべれない場合、みんなが英語を理解するというのは、不都合な面も多い。おそらく弟のクリンゴン語のアイデアも、何か心づもりがあったのだろう。

「とにかくメールを送ってくれ」ぼくは繰りかえした。

「手短に話す」ハンナはぼくの言葉の意図は理解せずに話しはじめた。「さっきの話で気になって、例の記者の友人に訊いてみた。『ムラダー・フロンタ』の。われらが刑事は、あんたの弟の件でクビになったわけではない。具体的にはわからないが、ＳｔＢにいたころの件に絡んで解雇されたんだ。秘密警察だ」

「それは興味深い展開だ」

トンネルの明かりのせいでソロスの顔はくすんだ緑色に見え、容赦ない低速度撮影のモンタージュ写真のごとく、顔全体に広がった網目状の毛細血管が浮きあがっている。ぼくはハンナの言葉に集中するために目をそらさなければならなかった。

「一概にはそう言えない」ハンナは続けた。「警察官の多くはＳｔＢ出身だ。警察官、政治家、芸能人、聖職者――みんなＳｔＢとつながっていた。国民の半分は、残る半分を密告するのに余念がない。だが、われらが刑事は単なる密告者でも、ＳｔＢの下っ端でもない。この国で最も恐れられていた機関の幹部将校だったんだ。具体的にどんなことをしていたのかは不明だが、彼の過去の何かが誰かをひどく脅かした」

元刑事でかつてのＳｔＢは、あいかわらずバックミラーごしにぼくの目を凝視している。ぼくは少しでもハンナの声を消そうと、ほとんど電話を耳の中に押しこんでいた。もしトンネルに入ったときにソロスがワイパーを止めていたら、おそらく丸聞こえだったにちがいない。悲鳴と泣き声をあげながらガラスを擦るワイパーも、耳障りな騒音にひと役買っていたからだ。

「それだけじゃない」とハンナ。「ソロスの解雇はあんたの弟が殺されたとされる事件に関係ないばかりか——そのときには、あんたの弟は行方不明にさえなっていなかった。ソロスが警察を辞めたのは一九九九年のことだ」

「それはよくない知らせだ、ジム」

「まだある」

そしてボブ・ハンナは、元刑事のソロスが約十年前に退職したのち、単に年金を受け取って〝神の右手〟を追いかけてきただけではないと報告した。ソロスは〝黒い保安官〟として働いていたという。「用心棒だ」ハンナは説明した。「大物悪党を守る悪党というわけさ。ボスはスロヴァキアのギャングだった。詐欺、ポルノ、麻薬の密売、売春の斡旋《あっせん》、放火、誘拐、殺人……何でもやる男だ。女性売買、身分証の偽造。そして姿を消した。煙のように。ÚOOZも——FBIのように組織犯罪を摘発する部隊だが——彼らでさえその男の写真を持っていない」

「名前はわかっているのか？」

「マルティンコ・クリンガーチ。偽名だ。意味は——」

「ルンペルシュティルツキン」

その言葉に反応するかのように、ソロスの頭がびくっと動いた。車がトンネルを脱出し、雨が四方八方から叩きつける。ハンナは記者の友人がぼくの興味を引きそうな資料を見つけ出したと言った。取りにくるのであれば、あと二時間は自宅にいると。

彼が住所を言いはじめたときに、StBから警察を経て黒い保安官になった男とぼくは、いままさにそちらへ向かっているところだと、なんとかして警告するべきだった。だから、すぐに逃げたほうがいい。まだプラハ警察が接触してきていなくても、時間の問題だ。昏睡状態のギャラリー館長のポケットから彼の名刺が見つかったのだから。

だが、ぼくはその機会を逸した。

いまやソロスは、無表情な目と縮んだハイフンさながらに結んだ口でなかば振り向いていた。そして、ぼくは彼より先に前方のシルエットに気づいた。道路の真ん中、二十メートルくらい離れたところに、赤い小さな人影。

ぼさぼさの濡れた髪の少女。

ぼくは指を差して叫んだが、ソロスはぼくをにらみつづけ、車は彼女めがけて突進していく。少女は信号を無視して交差点を渡っていたにちがいない。だが、いまやぼくたちの走っている車線の中央に棒立ちになり、ワンピースから水を滴らせ、顔に髪の毛を張りつかせながら、迫りくるヘッドライトに凍りついている。少女が悲鳴をあげようと口を開けると、そこには真っ黒な空間が広がっていた。

ぼくはソロスの肩ごしに手を伸ばして、ハンドルを力いっぱい左に切った。車はがくんと横に傾き、ソロスがハンドルを奪いかえした瞬間に、ぼくはドアの内側に肩を打ちつけ、ほぼ同時に鈍い音とともに頭が窓にぶつかって、体が反対側のドアに投げ出された。

少女を撥《は》ねたかどうかはわからなかった。考える暇もなかった。車は路肩に乗りあげ、ぼくはとっさに身をかがめて頭をおおった。水しぶきがあがる音、悲鳴、急ブレーキ。ふいに体が軽くなって前に放り出される。

そして、すべての音が消えた。時間がゆっくりになる。ぼくは宇宙遊泳さながらに、肩を下げ体を回転させながら後部座席の上に浮かんでいた。ビール缶が周囲を漂っている。『プラハ自由自在』がくるくる回りながら頭の横を通り過ぎ、表紙に打ち出された金文字が光を浴びて輝いて見えた。次の瞬間、背中がフロントガラスに打ちつけられ、時間がぴたりと止まった。

・ツークツワンクの無情な幾何学模様――其の三・

一九三八年三月十四日

最愛のクララ

別れを告げる時が近づくにつれ、その瞬間は遠ざかるようだ。かつてきみが敬愛していた詩人が(ひとりだけではなかったはずだ)一秒一秒は永遠を抱いていると書いていたが、いまになってようやくその意味を理解しはじめている。こうしてさらなる別れを綴りながら、時間はあたかもルドルフ・コンプリケーションに支配されているかのごとく、前後に同時に進んでいるように感じられる。決断の時は刻々と迫りつつも、じれったいほど手の届かないところにある。だが、今度こそ本当の別れとなるだろう。わたしはついに決意した。

言いたいことは山のようにある。これを書いている本人にさえ、奇想天外な出来事、曖昧かつ筋の通らない論理に左右された成り行きに思えるというのに、きみに理解してもらえるかどうかは自信がない。ただ、わたしの身に起きたことをくわしく述べるうちに、ひょっとしたら何らかの秩序が生じるかもしれない。断言はできないが。

さて、今度は地下室から始めるとしよう。マックスが酔っぱらって訪ねてきたせいで、その晩はほとんど眠れなかったものの、目を覚ましたときには、ルドルフ・コンプリケーションを持って逃亡し、自分と〝神の奇跡〟の運命をアメリカに委ねる決意は変わっていなかった。均力車と主ぜんまいを取り外しても、なお時計を動かしつづけている隠された機構を発見するべい。わたしは午後いっぱいかけて、その時計の秘密をさぐろうとした。ばらばらに分解し、それからまた組み立てた。ルーペを目に当てながら、朝からあれこれ調べているが、成果は得られない。

わたしの高級ではない腕時計と聞きくらべると、コンプリケーションの音はいまや少しずつ遅くなっているように思えたが、正確に測定することは不可能だ。何しろこの時計には分針がないのだから。だが、一時間に十分以上遅れているのは疑いようがない。わたしの計算では、今日の夕方ごろには完全に機能が止まる。しかし、だとしたら音も止まっているはずだ。なかば解体した状態では。

わたしはその秘密をちっとも解明できずにいる。それゆえ絶え間ない音を聞きながら、地下室でひたすらいじくりまわし、気を揉んでいる。店を開けようとも思わず、閉まっていても近隣の住民には気づかれないだろうと高をくくる。商売は繁盛しているとは言えなかった。骨董品は人々に過去を思い出させる。こんにち、過去よりも望まれていない唯一のものは未来だ。ガスマスクをつけた子どもたち、公園に掘られる防空壕――これではどんな未来が待ち受けているというのか。もう長いあいだ、人々は眉を縫いつけたような無表情な顔で通りをとぼとぼと歩いている。じきに起こる戦争のこと、終わった戦争のこと、すでに負けた戦争のことだけを考えて。

それでも、わたしは未来について考えている。明日、わたしたちは午前九時の列車でオランダへ向かう。そして海岸沿いの都市フリシンゲンからイギリスのハリッジへ渡り、ニューヨーク行きの貨物船に乗る。マックスはわたしの降伏を大勝利だと、ヨーロッパの将来というぼやけた水晶玉をのぞく彼の優れた能力の証だと受けとめるにちがいない（大西洋を渡るあいだじゅう彼が勝利感に浸ることがないように、チェス盤を持っていかなければならない）。

〝神の奇跡〟とわたし、名もなき男ふたりはアメリカの海岸に上陸するだろう。もちろん、向こうに着いてからコンプリケーションの然るべき買い手を見つけるために助力を仰ぐ必要があるが、けっして不可能ではないと思う。この暗然たる時代においても、かの国は遅れを取っている文化面を金で埋めあわせていると聞く。それに、バンダービルトやカーネギー、ロックフェラーといった自尊心の強い人物たちは、その昔、神聖ローマ帝国の皇帝みずから身につけていた、他に類を見ない十六世紀後半の時計を拒めるはずがない。元来の状態が保たれているばかりか、奇跡的にまったく正常に動いている時計を。たったひとつの幸運な授かりもののおかげで、フランツとわたしは一生、食べるのに困らないだろう。ことによったら、おせっかいな甥のマックスにもいくらか分けてやれるかもしれない。わたしの船は正しい航路を取るのにずいぶん時間を要したが、ようやく神の御心へと進みはじめているようだ。

あるいは、そう信じていた。午前十時、頭上の忌まわしい音によって思考を沈黙に追いやられるまでは。

ドン！ドン！ドン！誰かが店のドアを叩いている。しかも、酔っぱらった甥の規則的なノックではない。わたしのやましい良心は、それが誰なのかわかっていた。誰であるべきなのか。ドンドンドン。わたしは外套をはおって軋む階段を上り、この見知らないふうを装った愛想笑いを無理やり浮かべつつ店を横切り、ドアを開ける。

カチャク博士の影が戸枠に伸びている。痩せた体は垂直に立てられた棺のようだ。冷たい風が博士と不快きわまりないにおいを運び入れ、彼は足を引きずりながらわたしの横を通り過ぎて、どうにか店の中央にたどり着いてから、ようやく口を開く。

「予定変更だ」彼は告げる。「思っていたよりも早く出発することになった。明日の朝九時の列車で国を離れる」

わたしの列車が出発するのと同じ時刻。

だが、さまざまな方面へ向かうさまざまな列車があるはずだ。とはいうものの、もし彼が国を脱出するのであれば、フランツとマックスとわたしが出発を予定しているウィルソン駅から出る列車にちがいない。映画の場面が次々と脳裏に浮かぶ。シルクハットをかぶった長い銀髪の博士、ホームで三者三様の一行を見つけ、怒りで目を燃えたぎらせて、咎《とが》めるようにわれわれを指さす。スクリーンには〝泥棒!!!〟のキャプション。笛を吹く口ひげの警官のふくらんだ頬。悪役のわたし、慌てふためいてあたりを見まわす。〝逃げるな!!!〟の文字がスクリーンに躍る。にやりとするフランク、警棒を頭上に振りあげ、人ごみをかき分けて駆けつける警官の様子にどこか興奮している。悲劇のヒーロー、マックス、ふいに自分も巻きこまれそうだと気づく。計画がすべて台無しだと。〝おれの計画――台無し!〟

「朝九時?」わたしは弱々しく問いかえす。

「修理は今日の夕方までに終わらせてほしい」

「それは無理です」

博士は電光石火の動きで前に躍り出て、ステッキを大きく振りまわす。わたしは避けようとしたが、手遅れだった。一撃を覚悟して目をぎゅっとつぶり、歯を食いしばる。ところが、何ごとも起こらなかった。目を開けると、磨かれた金の熊の握りが、わたしの頭蓋骨の数センチ先で光を放っている。カチャク博士のくぼんだ険しい目が、朝の灰色の光にきらめいていた。

「それならば、時計を返してもらいたい」博士は冷静に言って、腕を下ろし、ステッキで義足を叩いてひと呼吸置いた。「支払った代金とともに。これまでに要した時間の分は差し引いてもらって構わない。わたしは話のわからない男ではない。もちろん修理が完了するに越したことはないが。もし金の問題なら――そうだ、金の問題に決まっている。きみたちの場合はいつもそうだ」

「わたしたち？」

「きみはユダヤ人だろう？」

「あいにくそれは誤解です」

「ユダヤ人に関して、わたしが誤解することはけっしてない」そう言うが早いか、彼はシルクハットを脱いで中に手を突っこみ、分厚い封筒を取り出すと、わたしのズボンのウエストバンドにすばやく押しこんだ。彼の目は数センチの距離まで近づき、これほど間近で悪臭を嗅がされて、わたしは思わず吐きそうになる。

「これだけあれば作業がはかどるはずだ」

口の中に舌が絡みついて動かない。

「今夜、取りにくる」博士は告げて、これ見よがしにシルクハットをかぶり直す。「午後八時までに修理を終わらせるんだ。わたしをがっかりさせないでくれ」

カチャク博士はくるりと背を向けると、足を引きずりながらドアから出ていく。ふと火かき棒が目にとまる。昨晩、マックスが押しかけてきたあと、壁に立てかけたままだった。わたしは長いあいだそれを見つめる。やがて、博士の金を数えずに机の引出しに押しこんだ。

またしてもフランツは、暗く肌寒い午後を外で過ごした。出かける前に、昨日一緒にいたあの風変わりな少女とは遊んでほしくないと告げた。彼女はどこか病的に見える。ひょっとしたら恐ろしい病原菌を持っているかもしれない。心配なのは、〝神の奇跡〟が鍵を首にかけていることで（それでもしばしば紛失する）、あの少女は彼を騙して雑草の束や死んだネズミと交換に鍵を手に入れてもおかしくないほど、盗み癖のありそうな切羽詰まった顔をしていた。

彼の混乱した頭にわたしの警告が届いたのかどうかはわからない。たとえ理解したとしても、一時間もすればきれいさっぱり忘れてしまうだろう。それに、泥棒に入られたところで、わたしは何を持っていかれよ

う と構わない。コンプリケーションと何着かの服、パイプ、チェス盤、それからきみの写真のほかは、すべて残していくつもりだ。いずれにしても、わたしのささやかな美術収集室は征服軍によって略奪されるだろう。

地下室に戻って、時計が動いているからくりを見つけようと苦心するが、その努力は一向に報われない。神経はすり減り、集中力が途切れがちになる――やり残していることはたくさんあった。荷物を詰め、銀行口座のわずかな貯金を引き出し、カチャク博士を殺す方法を考えなければならない。せめて、あの男の出発日が一日遅かったら。せめて彼の列車がわたしの列車と同じ時刻に発車しなければ……。わたしが知るかぎり、彼は同じ列車の同じ車両に乗るだろう。それではあまりにも危険だ。しかも、今朝のようにステッキを軽々振りまわすのであれば、火かき棒で目的を果たすのは難しい。義足とはいえ、カチャク博士は敏捷《びんしょう》だ。

間違いなくわたしよりも強く、どこか対決に不慣れではないと思わせる物腰だった。むしろ好んで対決するだろうと。彼に対して、なぜこれほど不安な気持ちになるのかはうまく説明できない。古い痣のように黄ばんだ皮膚のせいか、あの目に浮かんだ、けっして譲らない頑固な表情のせいか、それともかすかな、しかしまぎれもない、腐った肉を思わせるあの悪臭のせいなのか。あるいは、身体的な特徴とはまったく無関係かもしれない。どこか欠けているように感じる、彼の本質的な部分のせいかもしれない。

その間にも時計は速度を緩め、いまや八秒から十秒に一回音を立てるのみだ。カチャク博士の命令にそむきたくないというよりは、苦労して手に入れるものがアメリカに着いてからもきちんと動いていることを確かめたくて、わたしは巻き鍵を回すことにする。

ところが驚いたことに、鍵は動かない。

いったん鍵を抜いて、もう一度穴に差しこんでみるが、溶接されているかのようにびくともしない。わたしは途方に暮れて、鍵の両側に小さく彫りこまれた奇妙な記号をじっくりながめる。ひょっとしたら、ただの装飾ではなく、何かの指示のような意味合いがあるのか？　警告かもしれない。一方が〝用心〟で、もう一方が〝泥棒〟とか？

そこで、わたしは本棚へ行って、ヘブライ語、アラム語、サンスクリット語、中国語、アラビア語など、考えつくかぎりあらゆる言葉に関する本を引っ張り出した――この謎の記号は現代も古代も含めて、どの言語に属していてもおかしくはない。一冊を投げ捨てると同時に次の一冊をぱらぱらめくるという具合に、わたしは部屋じゅうを引っかきまわしていたが、その一方で、ほとんど学問に近い分野の深淵《しんえん》をやみくもに泳ぎまわっても、貴重な時間を無駄にするだけなのは痛いほどわかっていた。いまや時計のリズムは明らかに不規則となり、音が鳴り響くたび、わたしはどきりとした。

二時間がむなしく過ぎたころ、一篇の注釈付きの叙事詩が目にとまる。神聖ローマ皇帝がプラハに創設したカール・フェルディナンド大学の神秘学および瞑想《めいそう》芸術学部によって、一八八一年に出版された雑誌に掲載されているもので、あちこちに虫食いの跡が見られる。題名は『エドワード・ケリーの物語』、著者はかの狂気の詩人、オットー・レントナー――きみのお気に入りのひとりだが、いま思うと、きみの好きな詩人はみな狂っていた。

わたしは次の秒の音が鳴り響くのを待つ。

そして、何世紀も前にプラハへやってきた、見下げ果てたアイルランド人ケリーを描いた詩の世界に没入するが――彼の物語は、ひとりの移民の物語でもあり、わたしが戒《いまし》めの教訓を見出してもおかしくはない――最も関心を払ったのは〝エノク語の鍵〟、すなわちマディミと呼ばれる精霊によってたびたびケリーとディーに伝えられた文字体系だった。この精霊は六千歳とも言われていたが、少女の姿をしてふたりの前に現われては、アダムの堕落以前に天上で使われていたこの言葉を解き明かした。ここに巻き鍵の記号の手がかりがあるかもしれない。わたしの努力は実を結ぶ。判明しているエノク語の文字一覧表が巻末に載っている。鼓動が速まるのを感じながらすばやくページをめくると、はたして目当ての記号が目に飛びこんできた。もう一度、巻き鍵と照らしあわせて確かめる。間違いない。

鍵の一方は〝TELOAH〟。

死。

もう一方は〝AZIEN〟。

手。

死の手？　死の腕？　死の指？　死のこぶし？　発見の興奮で体が震えるが、この意味不明の古代の言葉が、わたしを極度の不安に陥れているふたつの謎を解くのにまったく役立たないと気づいて、すぐに冷静になる。理解できない時計の音と、動かない巻き鍵。

気がつくと、わたしは物語に戻っていた。どういうわけか、この詩の中ですべてが明らかにされていると確信して。だが、腕時計に目をやると、とても最後まで読んでいる時間はないことに気づく。じきにカチャク博士がルドルフ・コンプリケーションを取り戻しにやってくる。そう思って、わたしはふいに愕然《がくぜん》とする。コンプリケーションはすでに一時間以上も音を立てていない。ところが、その考えが伝わったかのように時計がカチッと鳴る。その鈍い音が部屋じゅうに響きわたる。

続いて、頭上で地響きのような音。

誰かがドアを叩いている。

言うまでもなく、彼だ。

不意打ちを食らわせようと、早く来たのだ。明らかにわたしは信用されていない。そして、沈んだ気分で現実を認める。何時間たとうが、何日たとうが、わたしはするべきことに対して何の用意もできないままであると。本気で博士を殺すつもりだったら、とっくに忘れ去られたジョン・ディーとエドワード・ケリーの伝説に夢中になるのではなく、計画を実行するための最善の方法を考えていたはずではないのか。

階上の男は何やら叫んでいる。たぶんわたしの名前だろう。罵っているのだ。だが、わたしの耳には低いうめき声にしか聞こえず、言葉そのものは風に運び去られていく。わたしは作業台にどっかり腰を下ろし、耳を澄ませて待つ。一階へ行く気にはなれない。あのにおい、黄ばんだ皮膚。依然としてあらゆる物理の法則に反して回っているルドルフ・コンプリケーションの歯車を見つめる。そのうち彼は行ってしまうだろう。修理に必要な部品を探しに店を留守にすることもありうるはずだ。それからしばらくノックは続き、やがてふいにぴたりと静まった。

わたしには博士を殺すことなどできない。かといって明日、列車の駅で遭遇する危険を冒すわけにもいかない。今夜、フランツとふたりで出発して、行先は問わずに来た列車にこっそり乗りこんだらどうか。どうにかしてマックスに伝言を伝え、アメリカへ向かう前にオランダかイギリスで落ちあえばいい。それならうまくいきそうだ――ただし金があれば。だが、カチャク博士の多額の前金を合わせても、宿代とふたり分の大陸横断列車の切符代を出すことはできない。わたしの財産はすべてこの店、つまりわたしの埋葬場所に投資しているのだ。

どれくらい時間がたったのか、カチャク博士が戻ってきて、たった一撃でドアを蹴破った。大音響とともにドアが頭上の床に倒れるのが聞こえ、天井から埃が降ってくる。わたしは跳びあがって、時計をベルベットの布にくるむ。頭の上で店をどすんどすん歩く足音が響く。

彼がものすごい勢いで階段を下りはじめると同時に、わたしは階段に続くドアを閉める。震える手で何とか錠を下ろしたのもつかの間、彼が砲弾のごとくドアに体当たりする。わたしはよろけて後ずさりしつつも、どうにか尻もちをつかないよう踏ん張る。またもカチャク博士が体をぶつけ、ノブががたがた鳴って、木の板が軋みながらたわむ。あと二、三回もぶつかれば、ドアは裂け、博士はわたしに襲いかかってくるだろう。

わたしは地下室をすばやく見まわし、忘れていた窓や奇跡的に現われた出口がないかどうか探す。またしてもドアに衝撃が走り、壁が震え、宙に埃が舞いあがる。ふと、壁の鉤《かぎ》からぶら下がった古いスペインの銃が目に入る。カチャク博士の息遣いは動物のうなり声のようだ。

どこかに火薬と弾丸が三発入った革の弾薬入れがあったはずだ。一瞬、わたしはパニックのあまり場所を思い出せなかったが、やがて作業台の下に傷だらけの金属の小型トランクがしまってあるのが目に留まる。フランツが子どものころに遊んだおもちゃを詰めこんだものだ。わたしは壁の銃をつかみ、トランクめがけて駆け出す。金属の輪っか、鞭ゴマ、藁《わら》の人形、縄ばしご……それらを引っかきまわして、縮《ちぢ》れ毛の黒い顔をした片目の人形の下にやっと弾薬入れを見つけた。

またしてもドアが突撃を受け、部屋が震動する。

わたしは銃口に黒い粉を入れ、布に包まれた弾を詰めこみ、銃身の下側から細いつっかえ棒を取り外す。弾を詰めるのは簡単だが、火皿に火薬を入れるのには手こずる。トランクの中から、ぎこちない笑みを浮かべたバヤヤ王子の人形がわたしを見あげている。銃の装填完了。

ふたたびすさまじい音が響き、ドアの破片が床に飛び散る。わたしは武器を手に慌てて立ちあがる。慌てすぎて足がよろけ、周囲のものが動いて見える。わたしは壁に手をついて体を支えながら、埃が舞うなか、おぼつかない足取りでドアへ向かう。

向こう側から低いうめき声が絶え間なく聞こえる。わたしは階段の目の前、ドアから二メートルほど離れたところで足を止める。ドアにできた七、八センチの細い割れ目から、何かが動くのが見える。彼はまたも体当たりしようとしている。わたしは撃鉄を起こし、深く息を吸いこんで銃を構える。この距離なら的は外しようがない。

突撃とともにドアが大破して開き、わたしは目をつぶって、男が部屋に飛びこんでくると同時に引き金を引く。爆発音ともうもうとした黒煙が部屋に満ちる。反動でわたしの腕は肩関節にめりこみ、男の体は宙に跳ねあがって恐ろしい叫び声が響く。彼はわたしの足もとにどさりと落ちて、それきり動かなくなった。

火薬のにおいが鼻を刺す。耳鳴りがやまない。足もとを見て、立ちこめる煙のなか、きらめく小さな獅子が目に飛びこんできたとき、わたしはとっさに何かの間違いだと思った。白獅子勲章。その横には記念十字章、革命メダル、ジシュカ・メダル、スラブ体操協会勲章、どれも虫の食った軍服の上着の上で鈍い光を放っている。〝神の奇跡〟は両手をくの字に曲げて横たわり、開いた目でじっと虚空を見つめていた。

いまごろ彼はきみと一緒にいることだろう、クララ。きみが知っているころのように、幸せで健《すこ》やかな様子で。もうじきわたしもこの別れの手紙を書きあげ、きみたちのところへ行く。じつを言うと、この決意はいままで何度も心に浮かんだが、そのたびにわたしは突っぱねてきた。だが、もはやこの世に未練はない。

この手紙を書くことで、いったい何が起きたのか、もう少し理解できると期待していた。だが、理解などできるはずがない。わたしはフランツの息が絶えるまで、子どものころによくそうしたように彼を抱きしめていた。最初、絶望に打ちひしがれながらも出血を止めようとしたときに、彼が首に鍵をかけていないことに気づいた。鍵をなくして、それでノックをしていたのだ。だが、いつまでもわたしが出てこないので、パニックに陥ってドアを壊した。ひょっとしたら、彼は混乱した頭の中で、わたしが危険な目にあっているとさえ考えて、助けに来たのかもしれない。いつの日か、彼はわたしたちに一部始終を話してくれるかもしれない。あるいは、まったく覚えていないかもしれない。もしこの世よりもすばらしい世界があれば、彼は最後の二十数年間のことは忘れてしまうだろう。

もうじき朝の九時だ。甥のマックスはウィルソン駅で待っているだろう。フランツとわたしが現われなければ、あるいはここまで呼びに来るかもしれない。この手紙と、ほかにも何通かを、彼の目に触れるように作業台に置いておく。マックス、もしおまえがいまこの手紙を読んでいるのなら、最後におまえが正しかったと言わせてほしい。おそらく、わたしは心のどこかですべてを失うことを望んでいたのだ。そして、すでにこれだけのものを失ってきたのだから、今度こそ勝利を手に入れられると信じている。わが内なる戦いはとうの昔に終わり、いつのまにか世間並みに勝ちたいと願うようになっていた。

だが、あるいはマックスは来ないかもしれない。最後にもう一度だけ時計を見て、頑固な叔父に悪態をつき、かぶりを振って、しぶしぶオランダ行きの列車に乗り、アメリカへ渡って二度と帰ってこないかもしれない。わたしはそうなるよう願っている。

だとすれば、カチャク博士がわたしを発見することになるだろう。彼はまだあのいまいましい時計を取りに来ておらず、おそらく旅の予定を変更したにちがいない。いまごろウィルソン駅のプラットホームに立って、コンプリケーションを置いて旅立とうとしているとは考えにくい。彼とあの邪悪な時計は、ある意味ではわたしの破滅を共謀したとも言えるが、わたしはむしろ解放を促してくれたことに感謝したい。いままでの中途半端な人生を終わらせてくれたことに。わたしはいつしか琥珀に閉じこめられた蝿と化していた。少年のころに、かつてのヨゼフシュタットで物を売り歩いていた行商人のように。

近ごろはすっかり外の世界と隔絶して過ごしていたため、ひょっとしたらチョビ髭男はすでに到達しているのかもしれない。ことによったら、いまごろわたしたちの街には石畳を闊歩《かっぽ》する重いブーツの規則的なリズムが響きわたり、カレル橋の聖人たちは川を渡るドイツ軍の戦車の列を見下ろしているかもしれない。だとしたら、これでチョビ髭男が気を揉むユダヤ人がひとり減ることになる。

わたしの唯一の望みは、次に古いスペインの銃から発射される弾が、前と同じく的に命中することだ。誰にせよ、この手紙を読むのが気の弱い者だとしたら、これ以上、部屋の様子は見ずに警察を呼んでほしい。そして、ルドルフ・コンプリケーションの音に耳をかたむけるように伝えてほしい。顔じゅうに蝿のたかったわたしの死体が部屋の隅で見つかるだろう。

きみの夫、ヤン

III

III

10

時間はすぐさま動き出した。

ぼくは流れる雲の下方をきょときょと見まわし、雨に目を瞬いた。車の排気ガスのにおい、手には歩道の感触、車のドアが次々と開いて閉じる音。頭を動かしてみると、目と鼻の先にばらばらに壊れた携帯電話が見えた。そこから遠くないところに、『プラハ自由自在』が開いて伏せた状態で落ちており、背表紙に張りついた破砕防止ガラスの粒状の破片が宝石のようにきらめいているのに対して、革の表紙は死んだ魚のごとくつやのない灰色に見える。気がつくと、黒い傘をさした大柄な女性がぼくをのぞきこんで、理解できない言葉で話しかけていた。彼女が履いている大きなゴムのオーバーシューズは、ぼくがこれまで見たどんなものよりも赤かった。

しばらく彼女にしゃべらせておいてから、ぼくは上半身を起こした。彼女は頭がおかしくなったように首を振りはじめ、それまでよりも二倍速く、二倍大きな声で話し出した。「わたしのオーバーシューズを見て！　こんなに赤いのよ！」といった具合に。もっとも、実際にそんなことを言うはずはなく、おそらく寝てなさい、動かないで、もうすぐ救急車が来るわといったところだろう。上半身は耐えがたいほど痛く、脳みそは警官のバリケードに突進する暴徒のごとく頭蓋骨にぶち当たっている。全身ずぶ濡れで、上着の肩の部分はずたずた、シャツの袖から袖口にかけては血まみれだった。だが、少なくとも腕の感触はある。脚の感触も。どこからも骨は飛び出ていなかった。ぼくは首を回し、ほんの一メートルほど先のヘッドライトに目がくらんで顔をしかめる。どうにか立ちあがると、女性は後ずさりしながらも、訴えるような目つきで、厚ぼったい唇を分速一・五キロで動かしつづけた。その声は、まるで水中にいるかのようにくぐもって聞こえた。頬に触れると、手にべっとり血がついた。オーバーシューズの色と同じ赤。左耳の上がざっくり切れている。女性はハンドバッグを引っかきまわして携帯電話を取り出し、漂白した人参のしっぽみたいな親指で番号を押して、何やら甲高い声でわめきはじめた。

元刑事のシュコダは縁石を乗り越え、めちゃめちゃに壊れたバス停の待合所のわきに停まっていたが、そのおかげで建物に突っこまずに済んだ。フロントガラスの真ん中に大きな穴が開いていて、ぼくはそこから投げ出されたにちがいない。車のボンネットに当たって跳ねかえり、雨ですべりやすくなった歩道をさらに三、四メートル転がったのだろう。もう少しスピードを出していたら、もう少し遠くまで投げ出されていたら、数メートル先の壁に激突して頭がへこんでいたかもしれない。もっとも、いまも頭の骨が無傷だという保証はないが。

ソロスも生きていて、運転席に座っていたが、ふくらんだエアバッグの両側でくるくる回っている腕しか見えず、その光景はさながら巨大なマシュマロに攻撃されているかのようだった。フロントガラスからビール缶がいくつか飛び出して、歩道に散らばっている。

ぼくが覚えているのは、道路の真ん中の誰かあるいは何かを避けようとしてソロスがハンドルを切ったことだけだったが、その誰かあるいは何かの形跡はまったく残っていなかった。交通は遮断され、通りの反対側に野次馬が集まりはじめていた。ぼくはふらつく足で車のほうに数歩近づくと、『プラハ自由自在』と壊れた携帯電話を拾いあげた。その横には〝プラハ二区ナ・ボイシュティ8　#414〟と書かれた黄色い付箋紙が落ちていた。何だかはわからなかったものの、それも拾うべきだと直感がささやいた。そのときサイレンが聞こえて、ぼくは一目散に逃げ出した。一目散といっても、実際には野次馬とは反対の方向へよろよろと歩いていくのが精いっぱいだった。

携帯電話でしゃべっていた大柄な女性がイルカ語でわめきたて、それればかりか半ブロックほど追いかけてきたが、気がつくと姿は見えなくなっていた。通りはどこがどこやらさっぱりわからず、言うまでもなく、アクセントや鉤みたいな記号のついた発音できない文字のかたまりが記された標識は読む気にもなれなかった。やがて広い公園のような場所に出た。ほの暗い街灯に照らされた小道を行くと、そこかしこに木や奇妙な像のある空間が現われる。まったく、この街は像だらけで、どこを見まわしても死んだ誰かの顔が〝どこかでお会いしませんでしたっけ？〟といった表情で見つめかえしてくる。

五分後か二時間後かわからないが、ぼくは不格好な形の木のわきにあるベンチの前で足を止めた。ほとんど幹はなく、何らかの力で押さえつけられたみたいに、上よりも外に向かって伸びている。近くには荒れ果てた庭があり、地面に突き立てられた看板には〝ペットお断わり〟と英語訳が記されている。ぼくは『プラハ自由自在』の表紙からガラスの破片を取り除いて芝生に払い落した。目を閉じると、世界がぐるぐる回っているようだ。やがて、胃の中のものが逆流しはじめた。今度は、ヴァーツラフ広場のソーセージはそれほどおいしくなかった。ぼくは濡れた上着の袖で口を拭い、ついでに頬についた血もこすった。そして足を上げてベンチに寝そべった。木は逆さまのタコのように見える。頭を地面に埋められた真っ白いタコ。とにかく体力を回復して、次にするべきことを考えなければならない。木がどんなふうに見えるかといったことで頭を悩ませるのはやめて。二、三分したら起きあがろう。

少しして目を覚ますと、ぼくの頭の中で大がかりな採掘作業が始まった。トラック、削岩機、ドリルとつるはしとスコップを持った大柄な労働者たちが、ぼくの考えの灰色の部分を掘り進めていく。雨はやんでいた。十五メートルほど向こうでは、がらの悪い男が五、六人、ラージサイズの缶ビールを飲んでいる。彼らの煙草のオレンジ色の火が、スローテンポの酔っぱらったワルツを踊る蛍《ほたる》のごとく暗がりに揺れていた。

ぼくは靴を片方しか履いていないことに気づいた。左だけ。

あの男たちがもう片方を持ち去ったのかとも思ったが、いったい片割れの靴で何をしようというのか。靴下の汚れ具合から判断して、どうやら靴は事故のときになくしたようだった。ぼくはすぐさまもう片方の靴も脱いだ。街中で靴を履いていない男を見かけても、風変わりな人がいるものだ、で済ますこともできるが、片方だけだと、ただの頭のおかしな奴になる。ぼくは靴下も脱いだ。

そして、もう一度眠りに落ちた。

ふたたび目を覚ましたときには霧雨が降っていて、公園のごろつき連中はとっくに姿が見えなくなっていた。ポケットに〝プラハ二区ナ・ボイシュティ8#414〟と書かれた黄色い付箋紙が入っている。これは何を意味するのかを考えながら、ぼくは長いことじっと見つめた。そして、ふいに思い出した。ボブ・ハンナの住所だ。彼はぼくが見るべき資料があると言っていた。ぼくはソロス刑事がそちらへ向かっていると警告するべきだった。

だが、いまはとにかくホテルに戻ることが先決だ。ルーム熱いシャワーを浴びて、バスローブをはおる。ルームサービスを頼んで、スーツを特別コースのドライクリーニングに出し、コンシェルジュにまともな靴を買える店とCTスキャンを受けられる場所を尋ねる。ところが、ぼくはホテルの名前を思い出せなかった。建物はピンク色だった。オレンジに近いかもしれない。オレンジがかったピンク。あれは何だったか――灰色熊が食べる魚のような。場所を思い出して、近くまで行けば何とかなるだろう。カルリン、いまのぼくが向かうべき場所はそこだ。ホテルは特徴的な外観だから、すぐにわかるにちがいない。

そう考えたとたん、広場の端に同じ派手なサーモンピンクに塗られた大きな建物があるのに気づいた。もちろん、ぼくの泊まっているホテルではなかったが、小道にできた水たまりの水を跳ねあげながら、とにかくそちらのほうへ向かった。

壁の銅板に〝ファウストの家〟と記されている。歴史的建造物。これで少なくとも現在位置がわかるだろう。

だが、『プラハ自由自在』で調べるのは困難だった――ページは風でぱらぱらめくれ、とうとう地面に押さえつけて見るはめになった。本を固定すると、次の説明を読むことができた。

このカレル広場のバロック様式の邸宅は、伝説のファウスト博士――十四世紀の学者で、知識と引き換えに悪魔に魂を売り渡したことで知られる人物――が住んでいた場所だと言われている。天井に焼け残った穴は、悪魔が死の宣告を受けた博士を地獄へ連れ去るときに開いたものだとこんにちまで言い伝えられているが、実際には魔王《ベルゼブブ》のもとへ向かう入口ではなく、錬金術の実験に失敗して爆発を起こしたときにできた穴だ。この実験を行なったのは、邸宅のもともとの所有者で錬金術師、オパヴァのヴァーツラフ王子でもなければ、のちの住人であるソロピスキのフェルディナンド・アントニン・ムラドタや天文学者ヤクブ・クルツィネク――この家に隠された財宝をめぐって、彼の次男は兄を殺した――でもなく、敷地内に実用的な絞首台の建設を依頼し、木の棺の中で眠り、自分の向かう場所を見るためにうつ伏せで埋葬するよう遺言書に指示した（あなたにも心当たりがあるはずだ）十九世紀の奇人、カール・イェーニヒでもない。この穴を作ったのはエドワード・ケリーという人物だが——偽造、姦通《かんつう》、決闘、ときに降霊術、ペテン、借金、巧妙な嘘で悪名高い——これだけの資質があるにもかかわらず、芸術家としては無名だった。

前住人エドワード・ケリーのプラハでの不遇の晩年については、本書に収録された『ケリーおよびかつてのケリーの数奇な伝説』を参照してほしい。

現在、〈ファウストの家〉は一般公開されていないが、あなたのためなら喜んで開けてくれるはずだ、ワスカリー・ワビット。

いくら『プラハ自由自在』とはいえ、ぼくは困惑せずにはいられず、どこまでが実際の文章で、どこまでが脳震盪《のうしんとう》を起こしたぼくの頭のせいなのか判断がつきかねた。街灯の散乱光のもとで、もう一度読み直そうとしたが、文章は静止しておらず、言葉は半分に切ってもどんどん増殖する虫みたいにページいっぱいにのたくっている。そして、誰かが気まぐれにそれぞれの節にピンクや緑や黄色のマーカーで線を引いたように背景に色が現われ、あちこちの言葉が次々と故障したネオンサインみたいにちかちか明滅しはじめる。耐えきれずに顔をそむけ、〈ファウストの家〉や雲におおわれた月に目を向けてから、ふたたび本を見ると、文章は正常な状態に戻っていた。少なくともしばらくは。次の吐き気がこみあげてくるまで。

やっとのことで〈ファウストの家〉を見あげたとき、最上階の窓のひとつに明かりが灯っているのに気がついた。そこにひとりの人間のシルエットが浮かびあがり、身動きせずにじっとぼくを見下ろしている。黒っぽい服、長い髪、あごひげのようなもの。何者にせよ、見られているのに気づいていると示すために、軽く手を振った。けれども反応はなかった。もう一度手を振る。今度は両手を頭上に上げて。やはり応じない。彼がぼくの一挙一動を見つめているのは火を見るより明らかなのに、見ていないふりをしていることにふいに腹が立って、ぼくは腕を振りまわしながらぴょんぴょん飛びはねはじめた。しばらくそうしているうちに、窓の男に気づかない人が見たら、とても正気の沙汰には思えないことに気づいた。ぼくはどうにか気持ちを落ち着かせ、だんだんと怒りがおさまるにつれて、〈ファウストの家〉から、この誰もいない広場からできるだけ離れたいという抑えがたい衝動にかられた。

ぼくはガイドブックの巻末の地図でナ・ボイシュティ通りを探した。ボブ・ハンナのアパートメントはほんの数ブロック先で、通りすがりにぼくの素足に気づいて振りかえる人もほとんどいなかった。その建物は、通りに建ち並ぶ他のオスマン様式のアパートメントと見分けがつかなかった。どれもブロック全体を占めた四階建ての建物で、入口は昔のガス灯を模したほの暗いランプに照らされている。古びた金属ブザーの横の居住者表示板にハンナの名前はなかったが、ぼくは414号室のブザーを押して待った。少ししてロボットのガチョウみたいな声が聞こえて、ドアが開いた。格子状の旧式の鉄扉がついたエレベーターは、おおよそ電話ボックスほどの大きさだった。がくんと揺れ、いきなり上昇しはじめる様子に、どういうわけか、地下にいる背中の曲がった男が擦り切れたロープを引っ張っている光景が思い浮かぶ。ひょっとしたら、ハンナのアパートメントで警察が待ち構えているかもしれない。それならそれで構わない。少なくとも、新しい服一式を与えてくれるだろうから。紙のスリッパと、ことによったら新品の拘束服も。

四階の廊下はキャベツと古くなった紅茶のにおいがして、ひと気はなく、ときおり閉まったドアの奥からかすかにテレビの音が聞こえるほかは静まりかえっていた。何しろ真夜中だ。ほとんどの住人は眠っているにちがいない。四一四号室に着くと、ドアがわずかに開いており、中から薄暗い明かりが廊下とぼくの足に漏れていた。

ノックをする。

続いてハンナの名前を呼んだ。

それでも返事がないので、ぼくはドアを押し開けて中に入った。玄関には黒のドレスシューズが一足置いてある。硬材の床はあちこちに穴や傷があり、裸足にひんやり冷たい。廊下の角を曲がらないうちに、吹きこんでくる風を感じた。薄っぺらいカーテンが内側にふくらみ、両開きの窓は通りに張り出したジュリエット風のバルコニーに向かって開け放たれていた。一瞬、ぼくはギャラリーの館長の飛び降りを思い出して吐き気を覚えたが、リビングに入ってみると、ボブ・ハンナがキッチンテーブルに座っているのが見えた。テーブルの上には、書類の入ったアコーディオンファイルのほかは何もない。ハンナはぼくに背を向けていた。肩を落として前かがみに座っている。体を丸め、手足を黒いスーツの中に引っこめて眠っている姿は、心なしか実際よりも小柄に見えた。

「こんばんは」ぼくは声をかけた。「ドアが開いていたんだ」

返事がなかったので、近づいて彼の肩をそっと揺すろうとしたとき、何か温かくてべとべとしたものが足に触れた。慌てて避けようとした拍子にバランスを崩し、とっさにハンナの椅子をつかもうと手を伸ばす。だが、そううまくはいかなかった。ぼくは転んで、椅子は後ろに倒れ、ボブ・ハンナは転げ落ちて、鈍い音とともにぼくの横に倒れこんだ。ぼくたちは数センチの至近距離で顔を突きあわせているはずだった。ところが、ボブ・ハンナに、もはや顔はなかった。

ボブ・ハンナに、もはや頭はなかった。

ぼくは彼の頭があったはずの空間をじっと見つめていた。自分の目には何もかもおかしく見えるにちがいない、これは遠近法のトリックか何かだと思いながら。まわりの床に広がる黒っぽい形は血ではなく影だと。

四つん這いのまま後ろに下がろうとしたとき、つぶやきとうなり声の中間のような低い声が聞こえた。やがてその声は悲鳴となり、ぼくは声の主を探すべく部屋を見まわしたが、それがほかならぬ自分だったことに気づく。どこもかしこも血だらけだった。上着も、ズボンも、『プラハ自由自在』も、足の裏も。触ると、まだべとべとしていて温かかった。誰が殺したにせよ、それほど時間はたっていないはずだ。

つまり、殺人者はまだこのアパートメントにいる。

ぼくは玄関へ向かい、ドアノブに手をかけてから、はたと立ち止まった。まだ犯人がここにいて、ぼくを殺すつもりだったのなら、ぼくが最初に部屋に入ったときか、あるいは血だまりに足を取られていたときがチャンスだったはずだ。

だが、犯人はすでに立ち去ったとふいに気づいたのは、それが理由ではなかった。

床にケーキがあった。靴の隣に。

サクランボの入ったスポンジケーキで、半分ほどなくなっている。ブブラニナ、たしかハンナはそう呼んでいた。

ケーキの箱はどこにも見当たらなかった。

意識的に考える前に、ぼくはすべてを理解した。殺人者はロックを解除してぼくを中に入れ、ぼくがエレベーターで上がるあいだに階段から逃げた。いまごろはケーキの箱を抱え、何食わぬ顔で通りのどこかを歩いている。ボブ・ハンナの頭はもはやアパートメントにはない――あのケーキの箱の中だ。

〝それにしても、ケーキの隣に座っていると、ひどく腹が減るものだな〟

ぼくはドアのそばに置いてある靴を履いた。そうすれば血の足跡を残さずに済むだろう。もっとも、すでに指紋はそこらじゅうにつけているが。そして万が一、殺人者がまだ立ち去っていない場合に備え、キッチンへ行ってナイフか何か武器になるものを探したが、引出しも食器棚もすべて空っぽだった。リビングの小さな暖炉のわきに頑丈な火かき棒が立てかけられているのを見つけ、それを手にして、重さを量りながらアパートメントの中を調べてまわる。ひと通り見てまわるのに、それほど時間はかからなかった。キッチンとリビングのほかは、寝室と小さなバスルームがあるだけだった。ボブ・ハンナは控えめに言っても質素に暮らしていたようだ。テレビもステレオもなく、枕もとには十二時二十一分を示した小さなデジタルの目覚まし時計があるばかり。しかもちゃんとしたベッドではなく、粘着テープで破れ目を補修した、軍の払い下げ品のナイロンの寝袋と枕だった。壁紙もなければ、写真立てもなく、冷蔵庫の扉には何もマグネットで留められておらず、キッチンカウンターに手紙が積みあげられていることもなかった。バスルームには、洗面台に石鹸がひとつ、棚にハンドタオルが一枚、ホルダーにはほとんど使われていないトイレットペーパー。バスタオルも、シャンプーも、歯ブラシもない。修道士でさえ、これほど質素な生活は送っていないはずだ。

このアパートメントには、どこか違和感がある。

テーブルに置いてある茶色のアコーディオンファイルには、太いマーカーで誰かの右手の形が描かれていた。中のふくらんだポケットは、よくわからない奇妙な見出しが記されたインデックスタブで分類されている——ドン・ユリウスへの復讐と嫌悪すべき情熱の堕落……ヤーンスキー・ヴルシェクの骸骨……鏡の迷路の中で……満開のサンザシにおおわれた死……ムルツェク骨董品店……エドワード・ケリー年代記。そうした仕切りが十五から二十ほどあったが、エドワード・ケリーの名前以外は、ぼくにとってはちんぷんかんぷんだった。殺人者がマルティンコ・クリンガーチか、彼の手下だとしたら、なぜこれを残していったのか？　おそらくアパートメントの中は徹底的に調べ、必要なものは見つけているはずだ。それにしても、なぜわざわざ時間をかけてファイルの中身をチェックするのか？　なぜファイルごと持ち去らなかったのか？

納得のいかないことばかりだった。

そのとき、急ブレーキに続いてドアをばたんと閉める音が聞こえ、おもての歩道を駆ける足音が響いた。開いた窓から下をのぞくと、警官が五人、この建物に駆けこんでくるのが見えた。六人目もいたが、おそらく体重が百二十キロを超えた時点で走るのをやめたようだ。

ぼくはアコーディオンファイルをズボンのウエストの前に押しこんだ。『プラハ自由自在』は後ろに押しこんだが、残っていたソロスの車のフロントガラスの破片が肌に擦れる。ぼくは上着を脱いで、腰にはさんだものが落ちないように巻きつけると、バルコニーのカーテンを開けた。通りの真ん中に緑と白のパトロールカーがさまざまな角度で停められ、屋根の回転灯が光っているが、どの車にも警官の姿は見えない。

ぼくは形だけのバルコニーに出た。奥行はおよそ三十センチ、腰の高さほどの細い鉄の柵が張りめぐらされている。下を見ると、階下のアパートメントにも同じバルコニーが張り出していた。腰にファイルやら本やらを巻きつけているせいで、柵を乗り越える動作はぎこちなかったが、数秒後には柵の外側に降り立った。ぼくはできるだけ低く身をかがめると、床を蹴ってバルコニーにぶら下がった。精いっぱい体を伸ばしても、階下のバルコニーまで二メートルほどある。こうなったら、そこから二階下の通りまで飛び降りなければならない。警察がハンナのアパートメントのドアを叩きはじめた。そして何度か叫んでから、ドアを蹴破って、砲弾のごとく部屋に飛びこんできた。ぼくは目をつぶり、手を放して飛び降りた。

ケリーおよびかつてのケリーの数奇なる伝説

真夜中の黒い天空にじっと留まる青緑色の月が、五人の男、ひとりの女、そして性別のわからないひとりの子どもの屍《しかばね》を照らし出す。彼らの亡骸《なきがら》は無造作に積みあげられ、モスト村の門の外に掘られた穴の底には石灰が撒かれている。地面は霜で凍りつき、形ばかりの土が彼らをおおっていた。疫病が村を襲い、仕事を途中で投げ出した墓掘りは、この時刻には前後不覚に酔っぱらって、仮の墓地の端の掘ったて小屋の中で、なめしていない羊の皮をかぶって眠っている。

この夜の凍てつく闇のなかに、大地の叫びのごとく墓穴から幻影のような白い姿が現われ、地面に突っ伏したまま、まだ最初の息も吸っていない赤ん坊のように身を震わせていた。男の衣服や短く刈られた髪は石灰まみれで、月明かりに白く輝いている。しばらくして、男が膝をついて起きあがり、体から石灰を払い落とすと、みずからの遺灰のなかに消えていくかのごとく、あたりに白塵《はくじん》が立ちこめる。

男は二日前に死んだ。

かつてはエドワード・ケリーと名乗っていた自殺者だ。

片方の脚は膝から下が木でできており、もう一方は足首の上の三箇所が砕けたばかりだ。まわりの肉は黒ずんで腫れあがっているが、その下のぼろぼろになった骨は、みずからの力でふたたび接合しはじめていた。ほかにも肋骨が二本折れ、顔の左側はアルカリ熱傷で焼けただれている。耳があったはずの場所は、紫色の縮んだ巻貝のようだった。

いまの彼は、まだ名前を手に入れていない。

さしあたって、かつてのケリーと呼ぶことにする。

男は岩や湿った落ち葉、倒れた木の上を這っていく。シダや凍った泥の上を、森の暗闇の中を這い、やがて馬車がすれ違えないほど狭い、日が暮れてからは人通りもない街道の端にたどり着く。疲れきった男は、寒さのなか地面に倒れこむ。それまで味わったことのない、それでいて永遠に、昼も夜も、日向でも日陰でも骨の髄《ずい》まで染みこむ寒さのなか。じっと留まる青緑色の月のもと、彼は神を冒瀆《ぼうとく》する祈りのごとく、うわごとのようにある名前をつぶやいている。

マディミ、マディミ、マディミ。

八十キロの彼方で、プラハが待っている。八十キロの彼方で、彼のルドルフ・コンプリケーションが取り戻されるのを。かつてのケリーは頭上で遠のく星を見つめる。道を、森を見つめ、マディミからの合図を待つ。故郷から彼を追ってきた小さな精霊、彼に莫大な富を手に入れさせて失わせ、彼の出世と没落を企て、彼の救いと同時に破滅のみなもととなった精霊。マデイミ、マディミ、マディミ。いまや彼の主人である少女。

はじめて彼女を目にしたのはいつだったか思い出せない。十五年ほど前に、ジョン・ディー博士の透視石を見ていたときだった――スペイン人がアステカ族から略奪した、残忍な由来を持つ磨かれた凸状の黒曜石の板だ。ほかの精霊も呼び出すことができた――ウリエル、カマラ王、ラスキー王子の守護天使ユヴァンラデック、メディチーナ、ガルヴァー、ガブリエルとナルヴァージュ、ザドキエル――が、最も頻繁に現われたのはマディミだった。彼女は六歳の少女の姿をしていたが、地球上のあらゆる言語と、とうの昔に廃《すた》れた言語を話すことのできる六千歳の天使だと自称していた。かつてのケリーは、もはやマディミに見せられた息をのむような幻影を覚えてはいない――壮大で強固な四つの砦、そこからトランペットが三度、響きわたる。旗を掲げた三人の旗手、それぞれの旗には、いにしえの神の名が記されている。あふれ出したばかりの血のごとく真っ赤な東門、竜の皮膚のような緑の西門。贅沢な喪服に身を包んだ十一人の貴族。頭を垂れた七十二本の白百合、炎に包まれた上半身裸の男、黒い蠟と死人の手を入れた鉄の箱を持ったイタリアの司教。

やがて、ケリーはマディミが天使ではないことに気づいた。

それでも、マディミが自分とディーに対して、エリザベス女王の宮廷人たちははかりごとを巡らす虫けらにほかならず、魔術を使った罪でふたりを捕らえようとしていると警告すると、ケリーはイギリスからの脱出を促すその言葉に耳をかたむけた。いまやかつてのケリーと呼ばれる息を吹きこまれた死体には記憶力が欠けており、宮廷内の陰謀の話を聞いて激怒した群衆がモートレイクを襲撃した晩のことを思い出せない。透視者たちが逃げたと知るや、彼らがジョン・ディーの占いの道具に怒りの矛先を向け、錬金術の実験室や天文観測の器材を破壊し、彼の図書室を燃やした記憶を呼び起こすことができない。

ブレーメンへ、リューベックへ、ラスクへ、クラクフへ、彼らは逃げた。厳寒の冬のせいで、二十五人もの人夫を雇って氷に閉ざされた道を掘り起こしながら進まなければならなかった。旅の途中、マディミは透視石に、顔を殴られてペチコート姿で息絶えたディー夫人や、溺れかけてプールから引きあげられる女中のメアリーの姿を映し出してみせた。そしてディーの死産の赤ん坊たちを呼び出して、彼らをマリオネットに仕立てあげ、奇抜でみだらなダンスを踊らせた。ディーはさまざまな自然科学を統合するべく、何としてでも神秘主義の謎を解き明かしたいと考えて、そうした恐怖に耐えた。自分たちに助言を与えたこの精霊が神の使者であると、ひたすら信じて。

プラハに着いたふたりは、顔色の悪い無慈悲な王に賢者の石を贈ると約束して、王の恩寵《おんちょう》を得た。賢者の石を作ることに失敗すると、ディーは急いで廃墟と化したモートレイクへ逃げ帰ったが、透視者のケリーはソビェスラフの宿で捕らえられ、クシヴォクラート城に幽閉されて、足枷《あしかせ》をかけられ、壁のこぶし大の穴から押しこまれた馬の肉を食べさせられつつ、悪名高い処刑人ヤン・ミドラージュの尋問を待つ日々を送った。

蘇《よみがえ》ったかつてのケリーに救いがあるとすれば、おそらく処刑人との三日間を覚えていないことだろう。横たえられた台の装置に絡みつかないように髪を刈られる。熱い火かき棒で突かれ、激しい苦痛に悶えるあいだにも、台に取りつけられた滑車が地獄の時計の歯車のごとく少しずつ回転する。かつてのケリーは、その後、延々と暗い地下牢で過ごしたあの孤独でひもじい回復期間のことを思い出せない。それから半年後、彼は処刑人とその恐るべき道具に再会することになる。

それを知ったケリーは、城の高い塔から脱出を図り、ほとんどぼろ布と化した服を引きちぎって、およそ四メートルの長さの粗末なロープを作り、地面までの二十メートルを下りようとした。しかしロープは途中で切れ、ケリーは墜落して大けがをした。その惨事を目撃したのは、塔の下に積まれた廃棄物を漁《あさ》っているネズミだけだった。ケリーの左脚は体の下敷きとなり、あらゆるところから血が噴き出した。もれた尿の浅い溜まりを月明かりが照らす。エドワード・ケリーは祈りはじめた。

マディミ、マディミ、マディミ。

その呼びかけに彼女は応えた。彼女はケリーにある幻影を見せた。王の恩寵を取り戻し、彼の不運な人生を長引かせるための計画を。まだ助かる可能性はあるが、それ相応の犠牲を払う必要があると告げた。身につけた者に永遠の命を与える不思議な時計を世に送りこむのを手伝ってほしい、マディミはそう命じた。こうして、血と、きらめく尿に彩られた幻影のなか、ルドルフ・コンプリケーションが考え出される。

翌朝、横たわったケリーの姿を見た番兵たちは、彼が死んでいると思ったが、城の医師は左脚以外は大きな損傷を受けていないと診断した。ただし、左脚の骨があまりにも複雑に折れているために皮膚が壊死《えし》し、ただちに切断する必要があった。左脚は切り落とされ、焼灼《しょうしゃく》され、木の義足が取りつけられた。半年後、ケリーはふたたび死刑台にくくりつけられることになるが、このとき縛られたのは片方の脚だけで済んだ。処刑人が尋問を始めると、わたしは賢者の石の秘密を知らないとケリーは告白した。でも、たぶん閣下の興味を引く時計を作ることができるだろう。

朝になり、雪をかぶった木々におおわれた、なだらかな丘陵の上に、ぼんやりと霞《かす》んだ太陽が昇る。蘇ったかつてのケリーは震えながら横たわり、マディミの合図を待っている。それはほどなくやってきた。灰色の皮でかろうじて骨がおおわれた一頭の瘦せ衰えた馬に引かれたジプシーの幌《ほろ》馬車が、狭い街道を大きく揺れながら近づいてくる。馬車はのろのろと森を進んでいたが、御者が骸骨のような老いぼれ馬に鞭を当てたり、脅したり、懇願したりする様子はない。凍った道に当たる蹄の音は、うっすら積もった雪にかき消され、あたり一帯、ほかに物音は聞こえない。ふいに馬が立ち止まり、急に停まった馬車はギシギシと音を立てる。馬は突如、道に現われた障害物を前に考えこみ、鼻の穴から冬の冷たい空気に蒸気を吐き出している。

かつてのケリーは老いぼれ馬の灰色のあごの下を見あげる。馬車と、その上の御者に気づく。身じろぎひとつしない御者は、端切れを縫いあわせたダマスク織で頭をおおい、虫の食った深紅の分厚い布を体に巻きつけている。霜で白くなった苔のような黒いあごひげのほかは、顔立ちはよくわからない。見えるのは手だけで、片方の手首には手綱《たづな》が結ばれ、ヤギの目ほどの大きさの指輪をいくつもはめた反対側の手には、干からびた黒パンが握られている。

かつてのケリーがよろよろと立ちあがりながら馬を撫でると、老いぼれ馬はヘビに嚙まれたかのようにびくっとしていななく。かつてのケリーはなだめようとするが、馬は後ろ脚で立ち、前脚を空に向けてくるくる回す。馬が脚を下ろすと、その拍子に手綱が引っ張られ、ジプシーが御者台から転げ落ちる。彼はぶざまな格好で地面にうずくまったが、悲鳴をあげることも、体を動かすこともしない。片目は空を見あげているが、もう一方の目はすでに腐敗が進んでいる。ひげにおおわれた男の顔はふくれあがり、首は腫れもので黒ずんでいる。疫病にやられているのだ。馬車の中の乗客たちも同じように静かで身動きせず、かつてのケリーは彼らが何時間も、あるいは何日も死んだままこの道を旅してきたことを悟る。マディミが彼らをここに連れてきたと。自分と同じく、彼らもマディミのしもべとなったのだ。

かつてのケリーは男の衣服を探り、腰に結びつけた鹿の角の柄がついた短刀と、首にかけた豚の耳の硬貨入れを見つける。どちらも自分のものにすると、馬車の大きな車輪につかまりながら、彼はよろめく脚で立ちあがる。馬車の中をのぞきこむと、女が三人乗っていたが、三人ともすっかりしなびているうえに、異様に鮮やかな装いで、まるでよその星からやってきて地球に住み着いた生物のように見える。それぞれの死体は、混沌とした色合いのきらびやかな布にくるまれ、死んだ時刻の順に並べられたかのように、ひとり目よりもふたり目、ふたり目よりも三人目のほうがより生気のない顔をしている。かつてのケリーは馬車の扉を開けると、旅の仲間たちの向かいの席に乗りこんで長旅の態勢を整える。白っぽい太陽がゆっくりと位置を変えるなか、灰色の老いぼれ馬が鼻を鳴らし、馬車はがくんと揺れて動き出す。八十キロの彼方で、プラハが待っている。

11

弟は十七歳のときに脚を骨折した。足首の上の腓骨《ひこつ》が折れたのだ。ポールが言うには、友だちとアメフトをやっていて、パスをキャッチしようと走っていたときに転んだということだった。十二月下旬の土曜の夜、クリスマス休暇中のことで、地面には十五センチほど雪が積もっていた。ふわふわの雪ではなくて、カチカチに凍って風が彫刻をほどこした一週間前の雪だった。正気の者ならアメフトなどしようとは思わない雪。弟の友人は正気とは思えないことも多かったものの、よりによって十二月に、誰かの家の地下室にこもって、〈サウンドガーデン〉の曲を聴きながらマリファナの水パイプを回し吸いすることもできるというのに、わざわざ好きこのんで豚の革のボールを投げあうような真似をするはずがない。

アメフトの話はでたらめだったが、実際に何があったにせよ、ポールは怯えていた。クリスマス休暇が終わってからも、一カ月くらいは部屋に引きこもって、ろくに口もきかなかった。その年のクリスマスの写真にポールの姿はほとんど見当たらなかったが、たまに写っていると、脚は露光過度でぼんやりと白く光って見えた。彼は誰にも脚を見せようとはせず、つねに片方だけ靴下を伸ばして履いていた。だが、病院でギプスを取り外したときに、ぼくはゴミ箱に捨てられた半分の石膏《せっこう》に何かが書いてあるのに気づいた。マジックではっきり書かれていたのは、次の言葉だった。

〝深淵もまた汝《なんじ》を見入るのである〟

ぼくは、ポールが頭の後ろで手を組み、クッションに足をのせてベッドに寝そべり、ヘッドホンで音楽を聴きながら天井を見つめたり、その年に夢中だった映画『リバース・エッジ』を観たりする合間にその言葉について考えているところを思い浮かべた。彼にとって、その言葉が何を意味するのかは理解できなかったし、そうした話を弟にどうやって切り出していいものかもわからなかった。その二年後、大学で哲学の講義を受けているときに、ニーチェの授業でその引用に出くわした。弟がニーチェを読んでいたとは思えない。ポールはどこでその言葉を目にしたのか、彼にとってどんな意味があったのか、そして本当はなぜ骨折したのか、それらは人生で山ほどある不可解な謎のほんの一部にすぎない。

人間は多種多様である、という言葉もある。われわれは所詮、見知らぬ者どうしの集まりなのだ。

さいわい、ぼく自身はどこの骨を折ることもなく、どうにかボブ・ハンナのアパートメントの前の通りに下り立った。足首をくじいただけで、たいしたことはなかったが、アメリカに帰ってからも数日は足を引きずることになるのはわかっていた。

なぜなら、そうするつもりだったから。このまま空港へ直行して、できるかぎり早い飛行機に乗る。ついに最近会った四人のうち、ふたりが死んだか昏睡状態に陥ったことを考えると、アコーディオンファイルの中身はシカゴに持ち帰ったほうがいいだろう。何か役立つものがあれば、いつでもまたプラハへ来て、然るべき手段で調べることもできる。もう探偵ごっこはごめんだ。

だが、ひとつ問題があった。ホテル・ダリボルの金庫にパスポートを入れっぱなしだった。かろうじてタクシー代くらいは持ちあわせていたので、ぼくはムーステク駅の近くでタクシーを拾った。ホテルに着くと、運転手に代金を支払ったが、すぐに戻るから待っているように念を押した。運転手はうなずいて、おざなりに笑みを浮かべたが、ぼくがホテルの入口にさえたどり着かないうちに走り去った。ぼくは足を引きずりながらロビーを突っ切り、フロントでタクシーを呼んでほしいと頼もうとしたが、フロント係は小規模の侵略ができそうなほどのスーツケースを抱えた見るからにいらいらしたカップルのチェックインの手続きで手一杯だったので、ぼくはあきらめてエレベーターへと向かった。

エレベーターの中には鏡が張りめぐらされ、どれもぼくのありのままの姿を容赦なく映し出していた。一瞬、ぼくは何階の部屋に泊まっていたかを忘れたが、すぐに思い出して、三階のボタンを押した。ドアが閉まりかけたとき、誰かの手が割りこんできた。ふたたびドアが開くと、たちまちエレベーターの中に酒と煙草のにおいが充満する。新たな乗客はボタンを押しもせずに、奥の壁にどさりともたれかかった。ぼくはすり足で横に動いて距離を置き、自分の靴を見下ろした。正確には父の靴を。いや、待てよ――ボブ・ハンナの靴だ。自分がその時々に誰の靴を履いているかを覚えているのは、案外難しいものだ。

「あれは誰だったの？」隣の人物が話しかけてきた。

ヴェラは口を歪め、なかば閉じた目をきらめかせている。頬は赤く染まり、奥の鏡張りの壁にもたれてぼくの答えを待つあいだに頭がぐらぐら揺れていた。ホテルのバーで入口を見張っていたにちがいない。

「誰のことだ？」ぼくは問いかえした。

「あなたはわたしのあとをつけていた。そして、男の車に乗りこんだ。あの男は誰？」

「きみが知りたくない人物だ」

ただし、彼女がすでに知っているのでなければ。ぼくはドアの上で順に光る数字に目を向けた。表示ランプが三で止まり、ドアが開いて、ぼくはエレベーターを降りた。ヴェラはよろめきながらぼくのあとについてくる。足首の状態は思ったよりも悪かった。廊下を半分ほど進んだところで、ヴェラが叫びはじめた。

「嘘つき!」

「そろそろみんな眠る時間だ」ぼくは小声で注意した。

「約束したじゃない!」彼女はぼくの肩をつかみ、上着を握りしめてぼくを振り向かせようとした拍子に生地が裂けた。無理もない——運河に飛びこみ、フロントガラスを突き破り、滝のような雨を浴び、帯代わりに使われて、父の形見の黒いスーツにとっては、さぞ耐え難い夜だっただろう。ヴェラは声を落とした。

「あなたは誰にも話さないと言った。約束したでしょう」

「それは、いくつかの事実が明らかになる前の話だ」

「あら、そう? いったいどんなことを知ってるつもり?」

ぼくは彼女を振りきって廊下を進みつづける。

「彼は警官なのね?」

「元、だ」ぼくは答えた。「いまは違う」

「見たことがあるわ。〈ブラック・ラビット〉で。何《イエ》てこと《ジシュ・マリア》、やっぱり警官だったのね」

「やましいことがあると、誰でも彼でも警官に見えるものだ」

「どういうこと?」

「きみは過去に法に引っかかったことがあるだろう?」

「引っかかる? あの警官から何を聞いたの?」

「いまさらそれが重要なことなのか?」ぼくたちは部屋の前まで来た。ぼくはアコーディオンファイルと『プラハ自由自在』をわきに抱え、ポケットのカードキーを探した。

「何を聞いたの?」

「きみが麻薬組織に関わっていたと」

「麻薬組織? とんでもない。若いころに悪い友だちと付きあってただけよ。それを麻薬組織だなんて、ばかばかしい。ほかには?」

カードキーを挿入口に差しこむと、ドアが開いて、ぼくは中に入った。本当なら、ヴェラの目の前でドアをぴしゃりと閉めてやりたかった。ポールが死んで五年。ぼくは事故死としてどうにか心の整理をつけた。〈ブラック・ラビット〉やルドルフ・コンプリケーションや〝神の右手〟やマルティンコ・クリンガーチのことを知らなくても、いままでやってこられた。もちろん、そうした事情を教えてくれたヴェラには感謝しているが、彼女と会わなくても、とくに不都合はなかったはずだ。

電気のスイッチを探して、ぼくの手が蛾《が》のように壁すれすれに飛びまわっているあいだに、ヴェラも部屋に入ってきた。彼女はぼくのわきを通り過ぎて部屋の奥へ行くと、カーテンを開けて、月明かりと、屋根の上から排水管を通って通りに流れ出る水の辛気くさい音を部屋に導き入れた。おそらく、ぼくが警官に尾行されていないかどうか確かめているのだろう。あるいは、下にいる誰かに合図しているのか。

十分後に上ってきて。ケーキの空き箱を持って。

窓に彼女のシルエットが浮かびあがる。あまりにも細くて、幻《まぼろし》でも見ているようだ。やっと壁のスイッチを見つけて電気をつけると、ヴェラはその明かりに辱《はずか》しめられたかのように顔をしかめた。だが、実際にはそんなことはなかった。たとえ投光照明を浴びていても、あるいは感覚遮断室の中にいても、彼女はじゅうぶん魅力的に見えるだろう。そう考えると、よけいに腹が立った。ぼくはパスポートと貴重品を入れた金属製の金庫のところへ行ったが、ダイヤル錠の番号を思い出せなかった。

「知りたい？　その……その麻薬組織のことを？」

「別に」左に一、二……右に〇、七だったか？

「大学生のときに、彼がオランダでエクスタシーを買ってきたの。五、六人でフリンブルクへキャンプに行く予定だった。週末を湖のほとりで楽しく過ごすつもりで」


左に〇、九、右に二、七……左に七、一？　だめだ。違う。数字の組み合わせを設定する際には、いつも誕生日を使っていたが――自分やポールや父の――ヴェラがしゃべっているせいで、頭の中で数字を並べることができなかった。

「だけど、出発の直前に雨が降り出した。予報では週末はずっと雨だったから、街に留まることにした。それで、かわりに五人でクラブへ繰り出したの」

「きみは雨に関してはめぐり合わせが悪いようだな」

ヴェラは傷ついたような表情を見せた。「何が言いたいの？」

「何でもない。それで、クラブで何があったんだ？」

「そのときの彼が、ヨセフって言うんだけど、彼がハイだったの。みんなハイだったけど、彼は本当にどうかしていた。それで、薬を売ったらおもしろいにちがいないって言い出して。麻薬の密売人のふりをしようって。もちろん冗談よ。ただの遊び。だけど、あのときはおもしろかった。どうしてかはわからないけど」

「きみも薬を飲んでいたから？」

「かもしれないわ」ヴェラは認めた。「そんなわけで、彼はトイレで若い男にエクスタシーを売った。それで、次に売ろうとした相手が警官だった。麻薬組織はあえなく解散というわけ」ヴェラは抑揚のない笑いで話を締めくくった。「まったく、ヨセフはばかな男だった」


どの番号が正しかったのかはわからないが、とつぜん金庫が開いた。〝ばかばかしい〟、〝冗談〟。弟の時計強奪計画を説明するときも、彼女は同じような言葉を使った。にもかかわらず、自分も計画に参加していたが。ヴェラがぼくに、あるいは単に自分自身に嘘をついているのかどうかはわからなかった。それとも、本人が言うように本当にいつのまにか被害者的共犯者になっていたのか。だが、もはやどうでもよかった。

財布の中身は無事だったようだ。父のクレジットカードは全部あるし、アメリカの二百ドルもチェコのおよそ二千コルナもちゃんと入っている。ぼくはパスポートも財布も『ルドルフの秘宝』展のパンフレットも『プラハ自由自在』も、いまやスーツケース代わりのアコーディオンファイルにすべて押しこんだ。

そのとき、カチッという音が聞こえて、ぼくははっと振りかえった。ヴェラは片手に火のついた煙草、もう一方の手にガンメタルカラーのライターを持っていた。そして、開け放った窓から夜の闇に向かって煙を吐き出していた。風になびいたカーテンが巻きついても、彼女は身じろぎひとつせず、その姿はまるで彫刻のようだった。

「窓を閉めろ」

ぼくの口調にヴェラは驚いた。ぼく自身も驚いた。

「だけど煙が――」

「窓が開いていると、ろくなことがない」

「わかったわよ。閉めればいいんでしょう」

「いずれにしても、この部屋は禁煙だ」

「だったら警官を呼んで、わたしを逮捕させれば？」

「五年もたてば、計画がばれることはないと？」

「何のこと？」

「ぼくはきみが住んでいるところを知っている、ヴェラ。きみの家を見た。立派な家、立派なガレージに立派な車。子どもが遊べる立派な広い庭。最後の仕事が五年前のギャラリーのパートタイムの学芸員にしては、ずいぶん〝立派〟が並んでいる」

「それが言いたかったわけ？　わたしの家？」

「頼むから、窓を閉めてもらえないか？」

「あなたは何もわかっていない」

「ぼくは伯父だ。それはわかっている」

ヴェラは押し黙った。ぼくは床を踏み鳴らして部屋を横切った。一歩ごとに足首から痛みが広がる。よほど鬼気《きき》迫った表情だったにちがいない。ぼくが近づくにつれ、ヴェラは後ずさり、片時もぼくから目を離さずにわきに移動した。ぼくは勢いよく窓を閉めて、掛け金を下ろした。ぼくが窓から離れると、ヴェラは両手に顔を埋めてかぶりを振りはじめ、何やらチェコ語で何度も繰りかえしつぶやいていた。あるいはクリンゴン語だったのかもしれない。

「名前はリーというの」ようやく彼女が言った。

ぼくは振り向いた。

「わたしの息子。四歳で、名前はリー」

「冗談だろう」

「ミドルネームよ。ファーストネームはトマーシュ、わたしの祖父に因んでつけたの。トマーシェクとか、トミークとか呼ばれているわ。小さなトマーシュといった意味よ。でも、あの子のミドルネームは、あなたのお父さんの名前をつけたのよ。チェコでは、ミドルネームを持った子どもはほとんどいないから。知ってるでしょう？」

知らなかった。この街に来てからというもの、どうも知らないことを知っていると思われてばかりだ。

「だけど、ポールは言ってたわ。もし子どもが生まれたらリーと名づけるって」ヴェラは続けた。「このごろは、トマーシュはトマーシュと呼ばれるのを嫌がるの。同じクラスにトマーシュって名前の子がほかにふたりもいるから。だから、わたしたちはリーと呼んでるわ。ポールが死んだとき、妊娠二カ月だった。彼は知らなかった。夢にも思わなかったはずよ」

何と言えばいいのかわからなかった。だから、ぼくはバスルームへひげ剃り道具を取りにいった。ヴェラもあとからついてきた。ぼくはひげ剃り道具を持ってきていなかったことに気づき、洗面台にかがみこんで顔に水をかけた。鏡に映ったぼくの濡れた顔は、見るに堪えない風刺画のようだった。

「どうしてそんなに怒ってるの？」ヴェラが尋ねた。

「怒ってなんかいない」

「本来なら、怒るのはわたしのほうよ」

「それなら怒ればいい。ぼくは帰るから」

「アメリカへ？　もうすぐ午前二時よ。もう飛行機はないわ。空港だって開いているとは思えない」

「もちろん開いているさ。空港だぞ」

「シャツに血がついてるわ」

そういえば、そうだった。あらためて見ると、思っていたよりもひどい。

「何があったの？」ヴェラは尋ねた。「何が起きているの？」

ぼくは彼女を押しのけるように部屋に戻り、荷物を手にした。そして、壁の絵に目を向けた。『ツークツワンクの無情な幾何学模様、一九三八年』――パイプを吸っている無愛想な老人、傲慢《ごうまん》な若いチェスの対戦相手、煙の立ちこめるカフェの顔のない常連客たち。

ふいに空港のセキュリティ・チェックの列に並ぶ自分の姿が思い浮かぶ。ひげが伸び、髪はぼさぼさ、目の下はたるみ、左耳の上に切り傷、スーツの上着には裂け目。シャツの襟と袖には乾いた血。ズボンもぼろぼろ。靴を脱ぐ場面に早送りをすると――誰の靴であれ――検査官はぼくが靴下を履いていないのに気づく。足の裏には不審な赤い物質。機内持ちこみの荷物は、ガラスの埋めこまれたよれよれの本と、表紙に黒い手の絵が描かれた大きなファイルだけ。飛行機に乗るよりも、ドラキュラ伯爵のモデルになったワラキア公国の王に就く可能性のほうがはるかに高い。

かといって、このままここにいてソロスが現われるのを待つつもりはなかった。それに、ヴェラと一緒にいるかぎり、通りでぼくを殺そうとしたり、殺人の濡れ衣を着せようと目論んだりする人間がひとり減る。

〝友は近くに置いておけ、だが敵はもっと近くに置いておけ〟という諺《ことわざ》もある。最初にその言葉を考えた人がうらやましい。友と敵の区別がついたのだから。

「行こう」ぼくは言った。

「行く？　どこへ？」

「わからない。だが、ここは安全ではない」

「何が起きているのか話してくれないかぎり、どこにも行かないわ」

「タクシーの中で話す」

　ヴェラは長いこと考えていた。彼女はいわゆる表情が豊かなタイプではないが、さまざまな落胆の表情を経て、まさにぼくがはじめて彼女を見たときの顔に戻った。〈ブラック・ラビット〉の奥まったテーブルに、美しいけれども疲れきった、そして次に何が起ころうと、すでに起きたことより悪いはずがないとあきらめきった様子で座っていたときの。彼女は自分を見つめかえしている何かを見つめ、互いに相手が瞬きをするのを待っていた。

12

　タクシーの代わりに、ぼくたちはヴェラの車に乗った。八年くらい前の型のＢＭＷで、ホテル・ダリボルの向かいの三台分の駐車スペースに停めてあった。後部座席にはチャイルドシートが取りつけられ、エンジンをかけると、甲高いアニメの登場人物風の声が、ボーイスカウトでよく歌われる〝ジョン・ジェイコブ・ジンゲルハイマー・シュミット〟をチェコ語で歌いはじめた。ヴェラはステレオのスイッチを切ると、駐車場から車を出しながら携帯電話を取り出した。

「何をするんだ？」ぼくは尋ねた。

「今夜は帰らないと連絡するのよ」

「誰に？」

「少し落ち着いたら?」

「ぼくたちの行先は誰にも言うな」

「落ち着いて。言うべきことはちゃんと言わないと」

「ぼくは落ち着いている。いずれにしても、どこへ向かっているんだ?」


「言うなって言ったでしょう」皮肉っぽい笑み。気に入らなかった。かといって、どうすればいいのか? 別のホテルにチェックインするわけにはいかない。クレジットカードを使えば、ソロスと彼の警察の元同僚あるいはマルティンコ・クリンガーチ・ファンクラブの新たな友人がぼくの居場所を突きとめるだろう。ヴェラに部屋を取るよう頼むこともできるが、奴らは彼女のことも知っている。ヴェラが押し殺した声で留守番電話らしきものを相手に話しているあいだ、同じような状況らしシカゴにいたら、ぼくはどうしていたか考えてみた。ローレンス通りのあの二十四時間営業の韓国料理店へ行く? ガソリンがなくなるまで、ひと晩

じゅうミルウォーキー・アベニューを走る? だが、いくら考えても意味はなかった。ここはシカゴでもなければ、ぼくに次の行動を決める権利もない。〈ブラック・ラビット〉に足を踏み入れて以来、ずっとそうだった。

 外国に来て困ることのひとつに、文化的な記号表現を見失うということがある。自分の国にいれば、女性の話し方や服装で、おおよその職業や教育レベル、支持政党、好きそうなテレビ番組の見当がつく。ところがヴェラの場合、まったくわからない。彼女がBMWを運転しているということは何を意味するのだろうとして逮捕されたこと、クラブでエクスタシーを売ル大学に通っていたこと、マルボロ・レッドを吸っていること、あるいは英語を流暢にしゃべることは、何を意味しているのか。ぼくの知るかぎり、働いていないことは? オジェホフカに住んでいるということは? いったい何を意味するのか。彼女は金を持って

いるが――少なくともそれは明らかだ――それは古い金なのか、新しい金なのか、稼いだ金なのか、盗んだ金なのか？　弟とのあいだに生まれた子どもをひとりで育てているのは、どういう意味なのか。この国では眉をひそめられることなのか、それともごくふつうの、とりたてて騒ぐことではないのか。彼女がアメリカ人なら、だいたいのところを判断して、とくに意識的に考えなくても、こうした疑問にすべて答えることができただろう。たとえ、そうした固定観念や憶測に基づいた答えが間違っていて、本の表紙だけを見て中身を早合点するような誤解だったとしても、少なくとも何らかの手がかりにはなる。

ヴェラは最後にチェコ語で何やら意味ありげな言葉を口にすると、安心したような表情で電話を切った。

窓の外では、狭い通りや誰もいない教会、流れが止まっているような川と、そこに渡された低い石橋が夜の帳《とばり》にすっぽりとおおわれている。ヴェラが南へ向けて車を走らせるにつれて、アドレナリンは体から消え、筋肉は緊張を失い、まるで宙を漂っているような感覚だった。

気がついたときには、車は草深い土手沿いの木々が天蓋のようにおおいかぶさった通りに停まっていた。そこは川を渡った西側の地区で、おそらく川岸から三十メートルほどしか離れていなかった。

「起きて、起きて」ヴェラが単調に繰りかえす。

彼女は車を降りて、ドアをばたんと閉めた。ぼくもあとに続いた。ぼくたちは売り物のビデオよりも店の装飾が目を引く〈エロチック・ワールド〉というポルノショップを通り過ぎて、角の建物の入口の前で立ち止まった。ヴェラの白い手がキーリングから鍵を選び出す。その指はあまりにも細く、紙で切ったら骨まで達しそうなほどだ。彼女がドアを開け、ぼくたちは古ぼけた階段を上る。暗闇のトンネルを抜けると、三階の絨毯敷きの廊下に出た。ヴェラは数メートル先にいて、先ほどとは別の鍵を錠に押しこんでいた。ぼくは無意識のうちに彼女のうなじを見つめていた。真珠のネックレスを引き伸ばしたような脊椎《せきつい》が肌に浮き出ている。

そのとき、廊下の奥から黒いスーツ姿の男が足を引きずって歩いてくるのが見えた。ぼくが見ているのに気づくと、男は足を止めた。しばらくのあいだ、ぼくたちはその場に突っ立ったまま互いに相手の様子をうかがっていた。徐々に不安がこみあげて、ぼくは照明の光に目を瞬かせながら男の顔に焦点を合わせようとした。すると男も目を瞬かせた。その瞬間、ぼくは自分が鏡を見つめていることに気づいた。廊下の突き当たりの、造花を活けた花瓶が置かれた小さなテーブルの上に、枠付きの鏡がかけられている。怪しい男だと思ったのも無理はない。それほどみじめな風貌だった。

ヴェラがぼくのひじを取って部屋に引き入れ、明かりをつけた。そして靴を脱いで、ぼくにも脱ぐように身振りで示す。ぼくは血まみれの足を間近で見られないように、彼女がリビングへ行くまで待った。どういうわけか、靴を脱ぐという行為に鳥肌が立ったものの、その感覚をはっきりとした言葉にすることはできなかった。しばらく靴を見つめたが、無駄だった。神経細胞が疲労でやられてしまっている。

リビングにはほとんど家具はなく、一方の隅に小さなテレビと、壁ぎわにベージュのソファが置いてある。本棚の低いところには子ども向けのものがぎっしり並んでいた——塗り絵、DVD、ビデオテープ。そのそばにある赤いプラスチックの収納ボックスは、ぬいぐるみ、電車、スパイダーマンのアクションフィギュアなどであふれかえっている。

「ヴィーターメ・ヴァース」ヴェラはそう言って、両手を大げさに広げてみせてからわきに下ろした。

「〝ようこそ〟という意味よ。何か飲む？」

「ここはきみの家なのか？」

「ええ、いまのところ」

「それなら、午後に行ったあの家は?」

「あそこは両親の家よ。毎週金曜の晩、トマーシュを連れて夕食に行くの。あの子はそのまま週末を向こうで過ごすこともしょっちゅうよ」

「リーと呼んでいるんじゃなかったのか」

「トマーシュ、トマーシェク、リー」いら立ったように肩をすくめる。「あなたはあの家にひどく興味があるようだから、説明しておくわ。あそこはわたしの祖父が一九三〇年代の後半に買ったの。その後、祖父はチェコでいちばん大きい繊維工場を所有するようになった。だけど共産党が政権を握ると、彼らは工場を取りあげたばかりか、祖父の一家をあの家から追い出して国有財産とした。当時、わたしの母は一歳だった。その二十一年後、母は共産党員でのちに農業大臣となる父と結婚した。それで、農業大臣にどんな家が割り当てられたと思う? そんなわけで、母はもう一度幼少時代の家に住むことになった。ところが一九八九年に共産主義政権が崩壊すると、わたしたちはまたしてもあの家を失った。そして、二年近くあちこちを転々としているあいだに、母はあの家の共産党時代より前の正当な持ち主だと証明することができたというわけ。つまり、母は同じ家に三度、三つの異なる政権の時代に暮らしていることになるわ。わたしの居住形態について、ほかに質問は?」

ぼくが首を振ると、ヴェラはくるりと背を向けてキッチンへ向かった。なぜあれが両親の家だと思い当たらなかったのか不思議だったが、よく考えてみれば無理もない。彼女は両親がいることさえ想像がつかないような女性だ。だが、たとえヴェラがルドルフ・コンプリケーションから得た金でオジェホフカの邸宅を買ったのではないにしても、それで彼女の疑いが晴れるわけではない。もっとも、ほかに信用できる人物もいないが。ボブ・ハンナは死んだ。ソロスはマルティンコ・クリンガーチの下で黒い保安官だった。それなら、自分は信じられるのか？　それは明らかに利益相反に思えた。

部屋の反対側には大きな窓があり、ヴルタヴァ川と、そこに架かる橋が見える。あの洪水のときに、ヴェラはまさにここに座って、ポールが乗っているかもしれないと期待しながら、次々と通り過ぎていくトラムをながめていたにちがいない。そうした思い出を胸に、ここで暮らしつづけるのは、どんなにつらいことだろう。笑顔までそっくりな、そのままポールを小さくしたような子どもと一緒に暮らすのは、どこにいてもつらいはずだ。ぼくの場合は、弟が死んで以来、ほんの数える程度だが、彼のことをすっかり忘れている日もある。一度も思い出さない日も。だが、ヴェラはそういうわけにもいくまい。

彼女は自分用に透明な液体を注いだ氷入りのグラスを、ぼくにはビールを持って現われた。いまはおよそ酒が飲みたい気分ではなかったが、そもそもこれまでの人生でビールを欲したことなどなかった。ヴェラはぼくの腕を取ってリビングへ連れていき、トマーシュ・リー・スヴォボダの童話の本を一冊床に落として座るための場所を空けた。ぼくたちはしばらくソファで飲み物を飲んでいた。ようやくヴェラが口を開いたとき、その声色はどこか慎重だった。

「その足」彼女が尋ねる。「それは血？」

ぼくは血だらけの足を見てうなずいた。

「あなたの？」

ぼくは首を振った。「誰かの血だ」

「その誰かは……生きてるの？」

ぼくは両手を上げて言葉を濁した。ヴェラはすばやく目をそらし、ふたたびグラスに口をつけながら、ぼくの足と、そこについた物質の出でころについて考えた。「これはポールと関係がある。そして彼を殺した男に。マルティンコ・クリンガーチ」

ぼくはうなずいた。

「あなたが彼を殺したの？」

ぼくは首を振った。

「足が冷えてるでしょう」

少し、とぼくは答えた。

ヴェラはコーヒーテーブルにグラスを置くと、一瞬、ぼくの膝に触れてから、立ちあがって部屋を出ていった。テーブルの上には美術雑誌があり、美術館の白い壁にかかった大きな絵画の写真のページが広げられていた。その絵画には、椅子に腰かけた浅緑色の軍服姿の男が描かれており、彼の目の前のテーブルには角ばったケースのようなものが置かれている。それは超写実主義の絵で、狭く陰鬱な部屋は煤《すす》けた感じまで正確に描写されているが、軍服の男の頭があるべき場所には、ただ緑色の絵の具が塗り広げられているだけだった。タイトルは『尋問』とあり、かつての共産党政権時代における精神科病院の入院患者による作品を取りあげて議論の的となった回顧展の出展作だった。そのとき、雑誌の上に丸められた靴下が放り投げられた。それは男物の白い靴下だ。ぼくはヴェラに礼を言って、それを履いた。かなり擦り切れていたが、誰の足が履き古したのかは訊きたくなかった。ヴェラが隣にそっと腰を下ろす。先ほどよりも近くに。彼女はゆったりと上半身を包む長いグレーのTシャツに着替えていて、体の線はおおい隠されていた——突き出した鎖骨と小さくとがった乳首のほかは。むき出しの脚がまぶしかった。

「少しはましになった？」彼女は尋ねた。

「足に代わって感謝するよ」

「本当にそっくりね、ポールに。外見だけじゃなくて。動き方とか。物腰も。怒った顔なんか、瓜ふたつだわ」

ぼくは心もとなく肩をすくめた。いったい、彼女は何を言おうとしているのか。

「やっぱり明日、行ってしまうの？　シカゴに帰るの？」

「どうかな。たぶん」

「帰るべきよ。そもそも来るべきではなかった。あの手紙はあなたに宛てたものじゃなかったから。誤解しないでね。責めてるわけじゃない。ただ、わたしはポールのお父さんに宛てて手紙を書いたの。あなたの存在を知っていたら、来てほしいとは言わなかった。兄弟の場合、事情が違うもの」

「どういうことだ？」

「兄弟って、何かにつけて張りあうでしょう。子どもがおもちゃの取り合いをするみたいに。いつでも相手が持っているものを欲しがって、そのせいでばかげたことをする」

「弟とぼくは競争相手だったというのか？」

「違うと言うには、あまりにも似すぎているわ」

「ポールが何かそんなふうなことを言っていたのか？」

「彼は何も言う必要はなかった。あなたと同じように。あなたがわたしをどんな目で見ているかはお見通しよ」

「ぼくがきみを？」

「怒らないで」

「怒ってないさ。さっきからそればかりだ」

「たぶん兄弟のあいだには、よくあることだわ。だから、あなたの思っていることはちっとも不自然じゃない」

「ぼくの思っていること？」

「わたしと寝たいんでしょう」

ぼくは唇の内側を噛んで、彼女の落ち着きはらった表情に綻《ほころ》びがないかどうかを探しながら、ごまかしたり、妙に悠然としているようには聞こえない答えを探した。列車の時刻表について話していると言わんばかりの、彼女の事務的な言い方に対抗できる答えを。けれども口を開くと、言葉は出てこないうちにばらばらになった。心の奥底では、ヴェラの言うとおりだとわかっていた。彼女と寝たいということだけでなく――男なら誰でもそう願うはずだ――弟に関しても。ただ、彼女がそこまで理解していることに驚いているだけだ。

「今夜、きみにそういう印象を与えたのなら――」

「今夜だけじゃない。いつもよ」

「どんな印象にせよ、今夜でも、あるいはこれまででも、どうやらぼくたちのサインは行き違いになってしまったようだ。つまり、ぼくはきみにそんな印象を与えるつもりはまったくなかった」

ヴェラはほほ笑んだ。「あなたにそのつもりがあったとは言っていないわ」

「ぼくがいま関心があるのは、弟を殺した犯人を捜すことだけだ」

「犯人はマルティンコ・クリンガーチよ。そう言ったでしょう」

「ああ。だが、なぜだ？　どうやって？　その男は誰なんだ？」

ヴェラはグラスを置いた。「どうしてそれが大事なの？」

「ぼくの弟だからだ、ヴェラ。ポールは殺された。きみがそう言ったんだろう。ほかでもない、きみの子どもの父親だ。大事に決まっている」

「子どもの話は持ち出さないで」

「なぜ手紙を書いた、ヴェラ？　何もしたくないのなら。何も明らかにしたくないのなら。どうでもいいことなら。矛盾している」

「魔がさしたのよ」ヴェラは言った。「ポールは戻ってこないわ。あなたがどんなことを知っても、何をしても、彼は二度と生きかえらない。それに、あなた自身はどうなの？　ぼろぼろの服で、靴下も履かずに逃げまわって。シャツも足も血だらけで。すべての秘密が入っていると思いこんでいるファイルを抱えて。そんなことをしてもポールは帰ってこない。でも、あなたにはわかっている。本当は彼のためじゃないから。みんな自分のためなのよ」

「きみは自分が何を言っているのかわかっていない」

「怒っているのは図星だからよ。あなたこそ、自分がどんな声だかわかってるの？」

「ポールにそっくりか？　そう言いたいのか？」

「ええ、彼にそっくり」ヴェラの口調はますます速く、声もますます大きくなり、彼女は次第に落ち着きを失っていた。「あなたには何も話すべきではなかった。だけど、しくじったのはあなたよ。あなたは約束を破った。他人に話した。いま、どんな状況にあろうと、すべてはあなたのせいよ。原因は、あなたのしたことにある。わたしの書いた手紙のせいじゃない」

「そのとおり。五年前にきみがしたこと、あるいはしなかったこととは無関係だ。すべてはぼくから始まった。ここに来て、まだ四十八時間にもならないが」

「嘘をつくのはやめて」

「何が嘘なんだ？　ぼくがきみにどんな嘘をついたというんだ、ヴェラ？」

彼女は目を閉じて、両手を前に広げた。「わたしがいつも言っているのは、マルティンコ・クリンガーチのような相手には勝ち目がないということ。あなたが痛い目にあうだけだわ。あるいは殺されるか。だから、生きているうちに帰りなさい」

「いつも言っている？　ということは、マルティンコ・クリンガーチのことをポールに警告したのか？」

ヴェラは表情を変えずにすばやくグラスに口をつける。

「彼の正体を知らないのに？」ぼくはたたみかけた。「前にそう言っただろう？　きみはマルティンコ・クリンガーチが誰だかわからないと。ポールが会った謎の人物だと。髪に光沢があって、おとぎ話の名前で、禿げた人間を恐れている男だと。それ以外のことがわからなくて、ヴェラ、きみはどうポールに警告できたというんだ？　ルンペルシュティルツキンのことをまったく知らないというのに？」

「本当に知らなかったのよ。ただギャングということだけ。でも、これは誰でも知っていること。少し眠ったほうがいいわ。わたしも眠りたい。こんな話、意味がないもの」

「ぼくは答えが聞きたい」ぼくは言った。「きみの話は納得できないんだ。これまで聞いたことは、何もかも納得できない。ぼくの考えていることを教えてやろうか？　きみと、そのマルティンコ・クリンガーチは知り合いだった。弟がこのきみたちのすばらしい街に足を踏み入れる以前から。そしてきみはポール・ホロウェイに出会って、自分たちが探していたカモがいると教えた。あの耳の大きな、にやにやしたアメリカ人は、飛んで火に入る夏の虫だと」

彼女ははっと顔をこわばらせ、肩をすぼめた。ついさっきまでは、ばらばらになってうまく出てこなかった言葉が、いまはたがが外れたように飛び出してくる。

ぼくはヴェラを非難した。きみはルドルフ・コンプリケーションを手に入れるためにポールを利用した。うまく盗み出せたら、最初から彼を裏切るつもりだった。時計を売って得た金をマルティンコ・クリンガーチと山分けして、ポールは見捨てるつもりだった。まさにぼくが〈ブラック・ラビット〉を訪れた晩に、なぜ黒い保安官のソロスがたまたま居あわせたのか？　『ルドルフの秘宝』展のパンフレットが、なぜたまたまぼくのホテルの部屋に置いてあったのか？　ぼくがきみをヴァーツラフ広場のカフェから尾行したときに、きみの両親の家の外でたまたまソロスが待っていたのはなぜなのか？　辻褄の合わないことがあまりにも多すぎる。そして、それらのすべてにきみが関わっている。

弟が姿を消した五年前に遡って。

ぼくが部屋を歩きまわっているあいだ、ヴェラはソファに座って、ただじっと耳をかたむけていた。その表情からは何も読みとれなかった。ぼくは自分が言ったことの半分も確信がなかった。それでも、言わずにはいられなかった。そして、ぼくがついに言葉を残らず吐き出すと、ヴェラは空のグラスをコーヒーテーブルに置いて、ソファに座ったまま、互いの顔が数センチの距離となるまでにじり寄った。彼女の口から、ささやくような声がもれる。

「つまり」とヴェラ。「わたしが彼を殺すのに手を貸したと？」

「言い方は悪いが、そのとおりだ。その可能性は否めない」

「その可能性は否めない。自分の子の父親を？」

「子どもの話は持ち出すな」

ヴェラは視線をそらし、涙ぐんだ目を瞬いた。そして、腕を大きく後ろに引いたかと思うと、思いきりぼくを引っぱたいた。狙いはわずかにそれて、彼女はぼくの顔をたたき損ね、手のひらは側頭部に当たった。あるいは、はじめからそこを狙っていたのかもしれない。手が当たったのはちょうど耳の上で、ソロスのフロントガラスを突き破ったときに切った箇所だった。

だが、それで終わらなかった。ヴェラはまたもやぼくを叩いた。同じところを、さらに強く。ぼくはたじろいで、頭を後ろに引いた。次の一撃は血のついた手で、しかもこぶしが握られていた。ぼくはとっさに彼女の腕をつかんで食い止めた。するとヴェラはもう片方の手でテーブルのグラスを取りあげて、ぼくの頭をめがけて振りまわしたが、ぼくはひょいとかわした。おかげでグラスは勢い余って彼女の手を離れ、壁に当たり、床に落ちて粉々に砕けた。ぼくは彼女の手首を離すと、手のひらの付け根で彼女の胸を突いてソファに押し倒した。そして、彼女が驚いている隙にアコーディオンファイルを持ってドアへ向かった。

その声は泣きそうだった。「行かないで、ポール」

ぼくが耳を疑って立ち止まるなり、ヴェラがコーヒーテーブルから飛びかかってくる。そしてぼくの背中に飛びつくと、片腕を首に回し、もう一方の手で髪を引っつかんだ。彼女の脚が腰に巻きつき、ぼくが振り落とそうとして振り向くと、ますます強く締めつける。ぼくはよろめいてファイルを落とし、中身を床一面にぶちまけた。そのとき、足の裏にガラスの破片が刺さった。ぼくは思わずわきに身をよけ、バランスを失ったヴェラは落ちながらもシャツの左袖をつかみ、シャツはびりっと裂けて、ふたりとも前につんのめった。

次の瞬間、ぼくたちは床に倒れこみ、彼女は引きちぎれたシャツの袖を握ったまま転がった。ぼくを見あげる彼女は鼻の穴をふくらませ、ぼくの顔からむき出しになった腕、そしてふたたび顔に視線を走らせた。

「どうして……」ヴェラはつぶやいた。

そして一瞬の沈黙ののち、唇が震え出し、顔は歪み、彼女はまたしても飛びかかってきた。ぼくの上に馬乗りになり、膝を脚のあいだに割りこませ、胸もとが大きくはだけたシャツを引き裂く。その拍子に彼女の髪が頭からずれてすべり落ち、つるりとした頭皮があらわになった。透けるような青い色の皮膚に、汗がにじんでいる。ぼくは驚きのあまり、思わず呆然と見つめていたが、すぐにわれに返って彼女の手を払いのけ、床を転がって逃れた。だが、立ちあがろうとすると、彼女にウエストをつかまれてズボンが腿《もも》までずり落ち、ぼくはまたも仰向けに倒れた。すかさず彼女が乗りかかる。涙で濡れた顔を紅潮させ、大声でわめきながら爪を立てる。ぼくが手首をつかんで両わきに下ろさせると、彼女は身をよじって足をばたつかせ、熱い顔をぼくの首に押しつけて泣いた。

ぼくは顔を横に向け、一メートルほど先に、息絶えた動物のごとくこんもり盛りあがったかつらを見つめた。

じっと彼女を抱きしめるうちに、少しずつ泣き声はおさまってきたが、涙は止まらなかった。しばらくしてヴェラは顔を上げ、みずからの口でぼくの口を探り当て、体をぴたりと押しつけた。かと思いきや、ぼくの手を振りほどいて、ボクサーパンツのスリットに手をすべりこませる。ぼくの手が彼女のTシャツの下を這いまわり、背骨のでっぱりを撫でるあいだ、彼女はショーツを横にずらして熱くなった自分自身をさらけ出し、そのまま一気におおいかぶさって、ぼくを迎え入れた。

ケリーおよびかつてのケリーの数奇なる伝説（続き）

ジプシーの死体を載せた馬車は、プラハの十三の入口のうちの最も仰々しい門から迎え入れられたが、かつてのケリーは完成したばかりの黒々とした巨大な楼門にも、その周囲に山積みになった、口を大きく開けた罪人の頭にも驚きはしない。マディミの全面的な導きがなければ、この痩せ衰えた老いぼれ馬に引かれた身の毛もよだつ馬車は、たとえ夜明け前の時刻でも、番兵の前を通り抜けることはできなかっただろう。マディミの導きがなければ、かつてのケリーは存在せず、聖別されていない石炭の撒かれた穴の底に捨てられた骨の山に過ぎなかっただろう。マディミがいなければ、彼が取り戻すために来たルドルフ・コンプリケーションも存在しなかった。

馬車が止まり、かつてのケリーは街まで付き添ってくれた三人の干からびた女に向かってうなずくが、彼女たちは足を引きずって馬車を降りる彼を、口を開けたままの目がない顔で見つめかえすばかりだ。彼は老いぼれ馬を撫でるが、馬は彼の手をよけるように、馬車を引いてよろよろと立ち去る。やがて馬車と、その腐りかけた荷物は、旧市街広場で発見されてプラハの市民を恐怖におとしいれることになる。街じゅうに死と病気を広めるために、トロイの木馬のごとく現われた馬車。そして馬は殺され、街の門の外で焼かれるだろう。

日が昇るころには、でこぼこの通りは商人の叫び声や羊の鳴き声、石畳に響く蹄の音で活気づく。なかば目を閉じた状態でも、そのにおいだけで、かつてのケリーには自分がプラハにいることがわかる。鼻を刺すような煙と腐った肉の強烈な悪臭を感じて、通りの端まで来ると、倒れた仔牛を囲むように少年たちの輪ができている。彼らは甲高い声をあげ、死んだ牛の口を蹴りあげては、どこかの占い師に幸運をもたらすと教えてもらったかのように、ひとりずつ血まみれの歯を引っこ抜いている。寄り集まった少年たちの向こうには、名匠ハヌシュの時計が据えつけられた市庁舎や、魔術師の集会のごとく黒っぽい尖塔がそびえるティーン教会が見える。それらを見ても、かつてのケリーは何も思い出さない。川の向こうには、フラッチャニの丘にプラハ城がそびえ立つが、彼は日が昇る東、骨の髄まで染みる冷気には無力の太陽に目を向ける。左右の釣り合いがとれない足でぎこちなく歩いていると、世界全体が傾いて見える。彼が通り過ぎると、犬は鼻を鳴らすか、歯をむき出してうなり、猫は彼の影を見ただけですばやく逃げる。母親たちは不安な目で見やり、足を引きずった耳のない恐ろしげな男の通り道から慌ててわが子を引き離す。この青ざめた世捨て人は、太陽の光に錯乱しつつも、マディミが待っているはずの〈黒ウサギ亭〉を目指してひたすら歩いていく。マディミは彼をルドルフ・コンプリケーションのもとへと導くだろう。その後、あの呪われた時計が動くかどうかは、かつてのケリーの力にかかっている。

かつてのケリーには、ルドルフ・コンプリケーションを作った記憶がない。さんざん悩んだ末に王が彼を釈放したのち、狭い書斎の窓ぎわに寄せた机で、黒曜石の鏡の代わりに浅い銀の鋺に水を張り、月明かりがその表面に降り注ぐのをひたすら待ちわびていた孤独な日々を思い出すことができない。マディミは夜な夜な現われては、時間をかけてコンプリケーションの作り方を説明した。やがて水の鏡と月光は必要なくなり、絵画を通じて、街の看板を通じて、壁の落書きを通じて、マディミは彼に語りかけた。最も多く用いられた媒体は本である。棚からどの本を出して開こうが、ケリーはそこに書かれたマディミの言葉を見つけることができた。そのころにはマディミはつねに彼の傍らにいたために、もはや精霊とは言えなかったものの、かといって肉体を有しているわけでもなかった。かつてのケリーは、来る日も来る日も片手でノートに注釈や図を熱心に書きこみ、もう片方の手で漫然と木の義足のとげをむしりながら、マディミの言葉に夢中になっていた日々を思い出すことはない。

設計図が完成すると、みずから考案した仕組みが口外されることを恐れ、ケリーは三人の時計職人に作業を依頼した——ひとり目は通常の方向に回る機構、ふたり目は逆回りの機構、三人目はウロボロスと獅子の紋章を彫りこんだ時計枠の製作。この三人目の職人は、マディミがはるか昔のディー博士との交感の際に授けたエノク語の文字を彫った巻き鍵も作った。ケリーはそれらの文字の意味について問う好奇心を欠き、のちに死ぬまで後悔することとなる。皇帝がユダヤ教の神秘思想やヘブライの世界に心を奪われていることを知っていたため、ケリーは高名なラビ、レーヴの協力を求めた。だが、この高貴な生まれの学識豊かな人物は、名うてのペテン師でいかがわしい降霊術師の男に関わろうとはしなかった。そこで登場したのが、黒いラビとして知られるイタリア人のヤコブ・エリエゼルである。〈黒ウサギ亭〉でひそかに会った際に、この人物はケリーに対して、ユダヤ教神秘思想の奥義によって、時計の刻む音を通常の機構上の限界をはるかに超えて引き延ばすことができるかもしれないと語った。

　クシヴォクラート城から釈放されたのち、三年近い年月を経て、精根尽き果て金も耳も片方の脚もないエドワード・ケリーは、ついにルドルフ・コンプリケーションを完成させた。いよいよ時計を皇帝に献上する前夜、ケリーは書斎でこの特別な仕掛けを動かすための最後のテストを行なった。ところが、あろうことか鍵を穴に差しこんでも、どちらの方向にも動かないことがわかった。巻くことのできない時計は時を刻まない。時を刻まない時計は間違いなく王を激怒させ、たとえ街じゅう引きまわされて四つ裂きにされる刑は免れたとしても、またしても収監され拷問にかけられることは避けられない。縄で縛られ、勢いよく走り出す馬に体を引き裂かれる場面を想像して、ケリーは卒倒した。だが、汗をにじませ歯ぎしりをしながら、彼は天井に描かれた黒い落書きに気づいた。ルドルフ・コンプリケーションの三つの法則を伝えるためにマディミが選んだ手段だった。

一、ルドルフ・コンプリケーションの針がふたつの文字盤で逆方向に回るかぎり、時計を身につける者は時の経過による衰えから免れる。

二、生が死を拠《よ》りどころとしているように、ルドルフ・コンプリケーションも生きている人間の手で巻くことはできない。一年に一度、巻き鍵は死んだばかりで魂に審判が下されるのを待っている人物の切り落とされた右手で回されなければならない。三、ルドルフ・コンプリケーションの針が止まったときは、それを所有する者の心臓も止まるときである。

時計は本当に年に一度、死者の右手で巻かなければならないのか？　ケリーは叫んだ。しかも、切り落とされた右手で？　この忌まわしい三つの法則について、なぜマディミはいままでいっさい触れなかったのか？　この恐ろしい状況を、どうやって皇帝に説明すればよいのか？　人を殺すことによって動く、死体を冒瀆することで永続性を保つとんでもない機械を、どうして陛下に献上することができよう。永遠の命が死と断罪をもたらす機械を。

マディミは答えを授けなかった。だが、ケリーは気づいた。

マディミは天使ではなかったと。

数日後、ケリーは闇にまぎれて城へ呼び出された。彼が美術収集室に着くなり、番兵は立ち去り、窓はすべてふさがれて松明《たいまつ》は消され、果てしなく続く棚のあちこちで揺らめく蠟燭のみで照らされた、とてつもなく広く、陰気でおどろおどろしい部屋にひとり取り残された。数えきれないほどの絵画の生気のない顔や、剝製の動物の頭が見下ろすなか、ケリーは王の姿を探して〝秘宝の飾り棚〟をさまよい歩いた。しばらくして、背後でかすかな音が聞こえて振りかえると、暗がりのなかでふたつの大きな目が鈍い輝きを放っていた。その動物は剝製ではなかった――かのルドルフの獅子だ。三メートルも離れていないところから、形ばかりの好奇心でケリーの動きをながめている。ケリーはルドルフの手飼いの獅子の噂を聞いていた。歯のない年老いた獣だと。だが、この動物は年老いてもいなければ、歯が欠けているわけでもなかった。また爪も抜かれておらず、巨大な前脚は鋭く新月刀のように曲がった武器を収めていた。ケリーは呼吸も瞬きもできぬまま、その場に凍りついていたが、やがて獅子は尾をぴくっと動かしたかと思うと、ふたたび闇に姿を消した。

少しして、青白い肌に黒い服をまとったルドルフが、どんよりと濁った目とともに、はるかに小さな姿を現わした。その震える手には枝付き燭台が握られ、短くなった蠟燭が二本挿されているばかりだ。ルドルフが隣に立つと、蠟燭の明かりで、ケリーは王とその臣下の姿が黒っぽく映し出された大きな鏡に気づいた。

この鏡はボヘミア一のガラス工房に大金を支払って作らせたものだ、と王はほとんど抑揚をつけずに言った。ところがほどなくして、欠陥を目の当たりにするのを恐れてながめなくなった。鏡そのものか、あるいはそこに映し出されるものか——それはおまえの考えに任せよう。それにしても、なぜさっきから黙っている？ おまえは亡霊か？ ここにはすでに亡霊が寄り集まっている。いや、違う。おまえはイギリス人か。あの耳のない。これ以上、わたしの時間を無駄にするな。例のものを見せてくれ。時計だったな？ ここには時計も集まっている。

ケリーは深く息を吸いこむと、ゆっくりとベルベットの布を開いて、白獅子の紋章の面が上になった時計を見せた。とたんにルドルフの目がらんらんと輝く。彼は無言で時計をつかんで首にかけた。だが、その表情は翳《かげ》った。

音が聞こえない、王は言った。動いていない。

ケリーはぎざぎざの歯を見せて笑い、皇帝をなだめようとした。この時計は——彼は説明する。まだ始動させていません。最初に、魔法の言葉を彫った特別な鍵で巻く必要があります——。

では巻け、ルドルフが命じる。巻くんだ。

そのときケリーは最後の賭けに出た。王がコンプリケーションの恐ろしい仕組みに気づく前に、ボヘミアを脱出する資金を確保したい一心で。あいにくいまは巻き鍵を持っていません、とケリーは言った。ですが、ご安心ください。鍵は安全な場所に保管してあり、すぐにでもお届けにあがります。ただし、この時計を作るのに莫大な借金をこしらえたため、手放してしまう前に、努力に見合うだけの報酬の支払いを確約していただきたい。

オタカールを見なかったか？　王はケリーを遮った。わが獅子、オタカールを？　この部屋のどこかにいるはずだ。あれは隠れるのが好きだが、わたしには鼓動が聞こえる。王は唇に指を当て、ケリーに黙るよう命じた。あの獅子の心臓が脈打っているのが聞こえるか？　ケリーには何も聞こえなかった。少しして皇帝ルドルフが呟きこみはじめるまでは。発作がおさまると、王は外套のポケットに手を入れて小さな振鈴を取り出し、銀色のきらめきで暗がりを切り裂いた。わずかに手首を動かすと、鋭い音が続けざまに二度鳴り響き、ルドルフが首にかけた時計のことは忘れてくるりと背を向けても、なお重なりあった音が部屋じゅうに響きわたっていた。番兵があたかも闇から出てきたように現われ、ケリーに飛びかかった。彼らはケリーを床に組み敷き、手枷をかけて、頭から布をかぶせた。ケリーは、ある意味では安心した。あの鈴が獅子を呼んだのではないかと恐れていたのだ。

ケリーはまたしても——今度ははるか遠くのモスト村のジェヴィン城に——幽閉された。表向きは借金の返済が不可能だという理由だったが、彼の家は王の軍隊によって徹底的に捜索され、中のものはひとつ残らず引っくりかえされたにもかかわらず、兵士たちは巻き鍵を発見することはできなかった。この世の数少ないケリーの知り合いは帝国警察に呼び出され、互いに理解できない難解な時計に関する質問に答えさせられた。彼らの家も、同じように隅々まで捜された。ケリーは髪を剃られ、裸にされて、看守の手であらゆる部分を調べられた。だが、巻き鍵は見つからなかった。

ケリーは悪名高き処刑人ヤン・ミドラージュが現われるのを戦々恐々として待っていた。

ところが一年が過ぎても処刑人は呼ばれず、そのときになってケリーはようやくミドラージュの不在の意味に気づいた。ルドルフはコンプリケーションをあきらめたのだ。おもしろいが、役に立たない子どものおもちゃだと、すでに数えきれないほど持っているもののひとつに過ぎないと片づけてしまった。エドワード・ケリーは、もはや拷問台や苦悶の梨（先端が洋梨のようにふくらんだ金属製の棒で、口などに挿入してネジを回転させると徐々にふくらんだ部分が開いて耐えがたい苦痛を与える）、熱した火かき棒を使うだけの価値もなかった。あるいは絞首台にくくりつけたり、馬に引っ張らせて四つ裂きにしたりするまでも。ルドルフは彼を少しずつ餓死に追いこむ方法を選んだのだ。

二度目に幽閉されてから二年近くが過ぎたころ、ケリーは自殺を試みた。クシヴォクラート城での悲惨な飛び降りを繰りかえすように、彼はまたしても塔の窓から脱出しようとした。この高さから飛び降りれば確実に死ぬと計算してのことだったが、あいにく彼には計算の才能がなかった。ケリーは肋骨を二本折り、二度の愚かな行為を締めくくるかのように、もう片方の脚を粉々に砕いた。

マディミ、マディミ、マディミ。

ケリーはすぐに死神を連れてくるよう懇願したが、マディミはまだルドルフ・コンプリケーションとその製作者を利用できると考えた。ルドルフの薄暗い宝の保管庫で埃をかぶっているのを見るよりは、混乱と憎悪を引き起こすものとして世の中に解き放つほうがおもしろくはあるまいか。

マディミはある条件を提示し、それと引き換えにケリーがジェヴィン城から脱出するのに手を貸すと約束した――ルドルフ・コンプリケーションは、かならずやプラハでおまえが戻ってくるのを待っている。あの時計はおまえのものとなり、ルドルフ・コンプリケーションの三つの法則のもとに魔法の力を発揮しつづけるだろう。ただし、誰が所有しているかにかかわらず、動きを止めることがあれば、わたしが地上に送られて、おまえの命を手に入れる。時間が残されているかぎり、おまえはわたしの僕《しもべ》となる。しくじりを犯すまでは、あらゆる試みを手助けしよう。だが、ひとたび失敗すれば懲罰を覚悟するといい。この世で身を破滅させるべく、おまえの魂を奪いに来る。それは時計が止まった直後かもしれないし、あるいは一年後、二年後、五年後、十年後かもしれない。わたしが支配できるのは時間だけだ。だが、正しく使いこなせば、時間そのものが拷問の道具となりうるだろう。

かつてのケリーは宿屋〈黒ウサギ亭〉の酒場にたどり着いた。生前、黒いラビことヤコブ・エリエゼルと密会を重ねた場所だ。あのイタリア系ユダヤ人は、隔絶された第五居住区をこっそり抜け出してきては、ケリーにヘブライ文字の数秘術の手ほどきをした。酒場はあのころと同じく、粘土の壁に松明が灯された陰鬱な地下室だった。ふたつの大きなビール樽、長いテーブルが三つに長椅子が六つ並び、土の床にはたえず酒がこぼれ、主人は在りし日と同じ唇の裂けた田舎者だ。この時刻には、客は四人しか入っていない。ふたりはどうやら終わりも目的もないトランプゲームに興じ、賭け金も言葉もなくひたすらカードとにらめっこをしている。残るふたりは、まるで殺人や儲け話をたくらんでいるかのごとく、何やら低い声で熱心に話しあっていた。ふいに、ひとりがすさまじい悪臭に気づいて大声をあげ、そのもとを突きとめるべく振り向いて、隅のテーブルにひとり座っているかつてのケリーに気づく。共謀者たちもトランプをしている男たちも黙りこみ、そそくさと酒場を出ることにする。少しして、主人もあとを追い、太った体でつまずきながら階段を上って、入口にたどり着くまで悲鳴をあげつづけた。

かつてのケリーは、死んだジプシーから取りあげた牡鹿の角の短刀を手にしている。

かつてのケリーは待っている。

ついに彼の前に、流れるような赤いぼろぼろの衣服をまとった小柄な人物が現われる。長さがまちまちの絡みあった黒髪が額に張りついている。彼は肉体を有したマディミを見たことがなかった。つねに黒曜石の鏡か揺らめく水面ごしに対面していた。現実離れした声か、本や文字を通して語りかけてくるのを耳にしたことしかなかった。だが、真っ黒な虫食い穴のような口に浮かんだ、退廃的で強欲な笑みを見て、かつてのケリーはすぐさま悟る。この赤い服を着た小柄な人物こそ、マディミが具現化した悪魔にほかならないと。

13

目を開く前から、すでにヴェラはいないことに気づいていた。ぎざぎざの地平線から寒々しい青空に昇った太陽が、容赦なく窓から注ぎこむ光に、ぼくは目を瞬きながら起きあがった。窓の下では、川が靄《もや》に包まれている。ぼくは裸でソファに寝ていて、死体にかぶせるようなごわごわの白いシーツをかけられていた。その日の朝のぼくは、まさに〝死体のような〟という表現がぴったりだった。眠っているあいだに、ヴェラは床のガラスの破片を掃きとって、アコーディオンファイルから散らばった紙を集めておいたようだ。ぼくの服の残骸はコーヒーテーブルの上にきれいに畳まれ、その横には淡いブルーのバスタオルが置いてあった。

ぼくはキッチンで水を二杯飲んだ。オーブンのデジタル時計は午前七時四十七分を示している。冷蔵庫に貼ってあるのは、いびつなサッカーボールを蹴るストライプのシャツを着た人物のクレヨン画。トマーシェクの作品だろう。ポールはサッカーが嫌いで、自分の子どもにはやらせないと断言していたので、ぼくは思わずにやりとした。冷蔵庫の中には少しばかりの野菜とヨーグルト、それにグラーシュみたいにどろどろしたシチューのようなものが入っていた。ぼくは空腹だったが、あまり時間はなかった。

バスルームに行き、シャワーの湯をできるかぎり熱くして、目を閉じるたびに、そして閉じなくても脳裏によみがえるヴェラの姿を振りはらおうとする。湯がかかると耳の上の切り傷がひどく痛み、足の細かい傷から乾いた血が渦を巻いて流れていった。何度となく石鹸を力いっぱい泡立てて洗い流しても、ヴェラのにおいは消えなかった。ゆうべの出来事がぼくにとって、あるいは彼女にとってどんな意味があるのか、そして次はどうするべきなのかは考えたくなかった。夜明けに出ていったということは、彼女もまた、この結果について頭を悩ませたくなかったのだろう。見知らぬ場所で目覚めて、こっそり裏の階段から出ていくのならまだしも、自分のアパートメントに見知らぬ男を置き去りにするのは黒帯レベルの逃避行為だ。ただし、ぼくはまったく見知らぬ男というわけではないが。

ぼくはシャワーから出て体を拭き、カミソリを探した。バスルームの引出しには、化粧品やスタイリングジェル、ローション、石鹸など女性用のものがごちゃまぜに入っていた。鏡の後ろは戸棚になっていて、処方薬の瓶がずらりと並んでいる。ラベルはすべてチェコ語で印刷されていたが、十五から二十種類もの錠剤、カプセル、液体薬があると思われる。日付はどれも最近のもので、〝レーカルナ・ウ・アンジェラ〟という薬局のスタンプが押されていた。おそらく、これらの薬は彼女のかつらと無関係ではあるまい。あるいは、それ以外の多くのことにも。

ぼくはカミソリをあきらめて、リビングに戻った。せっかくシャワーを浴びたあとで、汚い服を着るほど気が滅入ることはない。ヴェラの部屋に行って、クローゼットに男物の服がないかどうか探してみようかとも思ったが――何しろ靴下があったくらいだから――薬の棚を見たことですでに後ろめたさを感じていた。それに、ひょっとしたらヴェラはコーヒーを切らしただけで、すぐに戻ってくるかもしれない。もっとも、それはありえないと直感的にわかっていた。たとえここで明日になるまで待っていたとしても、二度と彼女には会えないだろう。

まさに潮時だ。いったんシカゴに帰ったら、ここへ戻ってくることはあるまい。あと数時間もすれば、ぼくは飛行機の中で、さらに数時間後には家に着いて、いままでのことはすべて熱に浮かされた夢となるだろう。高いところから転落して、地面に叩きつけられる寸前に目覚めた悪夢と。数千キロ離れれば、もはやマルティンコ・クリンガーチはおとぎ話の名前に過ぎない。黒い保安官ソロスも、死んだ記者ボブ・ハンナも、昏睡状態の館長グスタフも、みんなきれいさっぱり忘れるだろう。〝神の右手〟もルドルフ・コンプリケーションも然り。〈ブラック・ラビット〉、ホテル・ダリボル、ガレリア・チェルトフカ。ヴルタヴァ川、チェルトフカ運河。聖ヤコブ教会、天文時計、ファウストの家、これらがみな明日焼け落ちたとしても、ぼくの人生にはこれっぽっちも影響はない。エドワード・ケリー、ジョン・ディー、ルドルフ二世と彼の美術収集室、『プラハ自由自在』、その不可解かつ非常識な解説――どれひとつとして、ぼくの将来に関わることはないだろう。

ただし、少なくともアコーディオンファイルの中身には目を通さないといけない。それがボブ・ハンナに対するぼくの義務だ。あの記者を殺したのが誰にせよ、犯人はまんまと逃げおおせたにちがいないが、ひょっとしたら何らかの足跡を残しているかもしれない。いまの時点でぼくが把握していることといえば、信用できない相手から聞いたあれこればかり。必要なのは確かな証拠だ。ファイルを調べてみて、とくに注目すべきことがなければ、このまま空港へ向かって、時間と距離が忘却の魔法をかけるに任せよう。

ところが、そうはいかなかった。アコーディオンファイルは消えていた。

その事実をきっかけに、忘れようと思っていたヴェラにまつわるごたまぜの疑念や答えられない疑問がすべてよみがえった。頭の中でふたたび猜疑心モードのスイッチが入り、筋肉は張りつめ、あごはこわばり、毛穴は大きく開き、まさに八時間前、十二時間前、あるいは二十四時間前の自分に逆戻りした。

けれども、ぼくは疲れきって、魂の抜けたような状態だった。口が開いて、顔の力が抜ける。

ポールの身に何が起きたにせよ、ぼくの知ったことではない。

マラー・ストラナとも、昔風のパステルカラーの家々ともおさらばだ。洪水の跡が残ったカルリンの建物も、厳《いか》めしいオジェホフカも、川岸のスミーホフも、カレル広場の幻想的な月光の世界も二度と見たくない。このプラハの街も、ヴェラの手紙を取っておいて、航空券を買って、勝手に死んだ父もくそくらえだ。そもそもあんな手紙を書いたヴェラが悪い。弟と付きあって、ミドルネームがリーのトマーシェク少年を産んだ彼女が。そして、短くて意味のない人生を送ったポールも。

だが、何よりも腹が立つのは自分だった。

なぜなら、ズボンの尻ポケットに手を入れても、出てきたのはボブ・ハンナにもらった書き込みの入った地図だけだったからだ。慌ててほかのポケットを探ってみても、みんな空っぽだった。そのときになって、ぼくはやっと思い出した。あっという間にぼろぼろになりつつあるスーツのポケットに入れるよりも安全だと考えて、財布もパスポートもアコーディオンファイルにしまったのだ。

だから、誰よりもくそったれなのはリー・ホロウェイだ。ことごとく状況を読み違え、ことごとく誤った判断をした、救いようのないばか者。帰るなどとんでもない。この街はまだぼくを放さない。愛すべき母親はぼくに爪を立てている。

携帯電話は過去のものとなり、『プラハ自由自在』はアコーディオンファイルと同じ道をたどり、ボブ・ハンナのくれた地図は折り目や四角で囲んだ数字、網目状の鉛筆書きの線がいっぱいで、たとえ通りの名前やトラムの路線が書いてあったとしてもヴェラの両親の家を見つけるのに役立たなかったが、そもそもそうした記載はなかった。

住所もわからず、タクシー代を払う金もなく、悩んだ末に、トマーシェクの部屋で見つけた小銭の入った瓶から電車賃をくすねることとなった。そこはあまりにもきちんと整頓《せいとん》されていて、とても四歳児の部屋には見えず、ましてや弟の血を引く子どものものとは思えなかった。

ぼくは川を越えてムーステク駅まで歩き、そこから地下鉄でふたたび川を渡ってフラッチャンスカへ行き、十八番のトラムに乗って、オジェホフカで降り、広いきれいな通りを抜けてロメナー通りに入った。ヴェラのあとをつけたときと同じ道順だ。雲ひとつない空がどこまでも広がり、朝陽に包まれた一帯は前よりもさらに好ましく見える。そこはかとなく威厳を漂わせ、いかにも家具のカタログに載っているような飾り気のない生活を送れる、人目につかない控えめな場所に。

ぼくは煉瓦の小道を進み、きれいに刈りこまれ、昨晩の雨にきらめく芝を横目に、玄関の両側に植えられた木のひんやりした木陰にたどり着いた。呼び鈴を押して、松葉のにおいを吸いこみながらその場で待つ。しばらくしてドアが開いたが、出てきたのはヴェラではなく、彼女にそっくりの年配の女性で、白髪交じりの髪を頭のてっぺんで無造作に巻きあげ、いぶかしげな表情を浮かべていた。ぼくを見るなり、彼女ははっきり聞こえるほど息をのみ、片手で胸を押さえ、口にしわを寄せてすぼめた。女性はトマーシェクの父親を見ていた。本人はそう信じていたはずだ。

ぼくはヴェラがいるかどうか尋ねた。女性はあいかわらず魚のように口を小さく丸めていたが、ふいに肩ごしに大声で何やら叫んだ。家の奥のほうから叫びかえす声が聞こえる。スヴォボドヴァ夫人はまたしても叫んだ。今度はさらに大きな声で、はるかに長い言葉を。すると、少しして分厚い眼鏡をかけた小柄な老人がよろめきながら角から姿を現わした。グレーのセーターを着て、途方に暮れた表情が顔に張りついているようだ。ヴェラの母親がまくしたてる横で、彼はぼくを上から下まで見まわして、それでも判断がつきかねている様子だった。妻の話が終わると、彼はぼくに話しかけた。

「何の用かね？」チェコ語訛りの強い口調だった。

「とつぜん押しかけてすみません。ヴェラに会いたいんです」

「ここにはいない」

「どこにいるのか、ご存じですか？」

答えないうちに、妻がふたたび弾丸のような言葉を浴びせはじめ、ひと息つくごとに彼はため息をついたり、肩をすくめたり、短く反論したりしたが、攻撃の手は一向に緩められなかった。永遠とも思えるあいだ、ふたりはそんな調子で、互いに目を合わせることもなく、議論の的となっている無精ひげの男をじっと見つめていた。やがて、だしぬけにふたりが交互に同じことを言いはじめた。ぼくはそれが自分に向けられた言葉だと気づいた。

「オナ・イェ・ヴ・パルク・ストロモフカ」夫がつぶやく。

「ストロモフカ・サディ」妻が繰りかえす。

「ストロモフカ公園」夫が言い直した。「場所はわかるか？」

「探してみます」ぼくは答えた。「ありがとうございました」

ぼくが煉瓦の小道を引きかえすと、背後でふたりがふたたび言い争いを始めた。やがてどちらかがドアをばたんと閉めたが、それで口論が終わるようには思えない。スヴォボドヴァ夫人がヴェラと幼い息子を五年間も自分たちのもとに置き去りにしていたトマーシェクの父親を殴りたかったのか、それともやっと親子三人で暮らすことになったのかもしれないと思って興奮していたのかはわからない。あわよくば、五年分の養育費の小切手をもらえると期待していたのかもしれない。ヴェラはポールについては何も話していないと言った。この五年間、両親は子どもの父親が誰なのか、さぞ気を揉んでいたにちがいない。ぼくがチェコ語を話せなくて残念だ。もし話せれば、一緒に紅茶やコーヒーを飲みながら、互いに知らないヴェラとポールの関係について、あれこれ意見を交わすこともできただろうに。

三十五分後、ぼくは木々の生い茂る静かなストロモフカ公園にたどり着いた。広い上り坂の道がはるか遠くまで続き、あたかもここで街が終わって、その先には未開の荒野が広がっているようだ。だが、そんな幻想はたちまち消え失せた。一歩公園の中に入ると、雨でぬかるんだ砂利道を歩く手をつないだカップルや、犬を散歩させる人々、ベビーカーを押す母親といった、ありふれた日曜の朝に文明国の人間が繰り広げる光景があちこちに見られた。それでも、古い石に少しずつ歴史が刻まれた古い街の古い地区に身を置いたあとでは、どこか違和感を覚えた。

しばらく歩きまわってから、ぼくはこの公園がとてつもなく広いことに気づきはじめた。中心部を見てまわるのはもとより、一周するだけで何時間もかかるだろう。地図を取り出してみて納得した。ストロモフカ公園は旧市街よりも広い。偶然ヴェラとトマーシェクと出くわす可能性は、ふいにルドルフ・コンプリケーションがぼくの首にかかっているのを見つけるのと同じくらい低いだろう。樺《かば》の木の森とパッチワークのような芝の坂道のほかに公園の見どころがないかどうか、ちょっぴり期待しながら地図を見たが、記されているのは中央にある池のようなものだけだった。ソロスの地図の黄色い四角を見ると、一九九〇年に〝神の右手〟の犠牲者のひとりが発見された場所はここから遠くなかった。この地図に対するハンナの解釈が正しければ。そして、その黄色い四角を見ているうちに、ふいにぼくは縦横に交差した線の意味を理解した。ソロスは何らかのパターンを探していたが、見つけられなかった。ところが、彼の引いた線の上に方向を示す矢印を書き加えると、それらの線は一九八八年から二〇〇六年まで、死体が発見された場所を年代順に結んでいることがわかった。

どこまでも続く線は、街を切り裂きながら古い順に犠牲者をつなげていく。もしこれらの印が実際の犯行と一致しているのなら——ボブ・ハンナは少なくとも一部は一致していると考えていたようだ——ソロスはこれをハンナに見せてどうするつもりだったのか？彼がマルティンコ・クリンガーチに雇われていたとしたら、なぜ〝神の右手〟の記事を見てハンナに接触したのか？ソロスはポールとルドルフ・コンプリケーションのことで、ぼくとヴェラに興味を示していた。だが、そこにハンナはどう関わっていたのか？

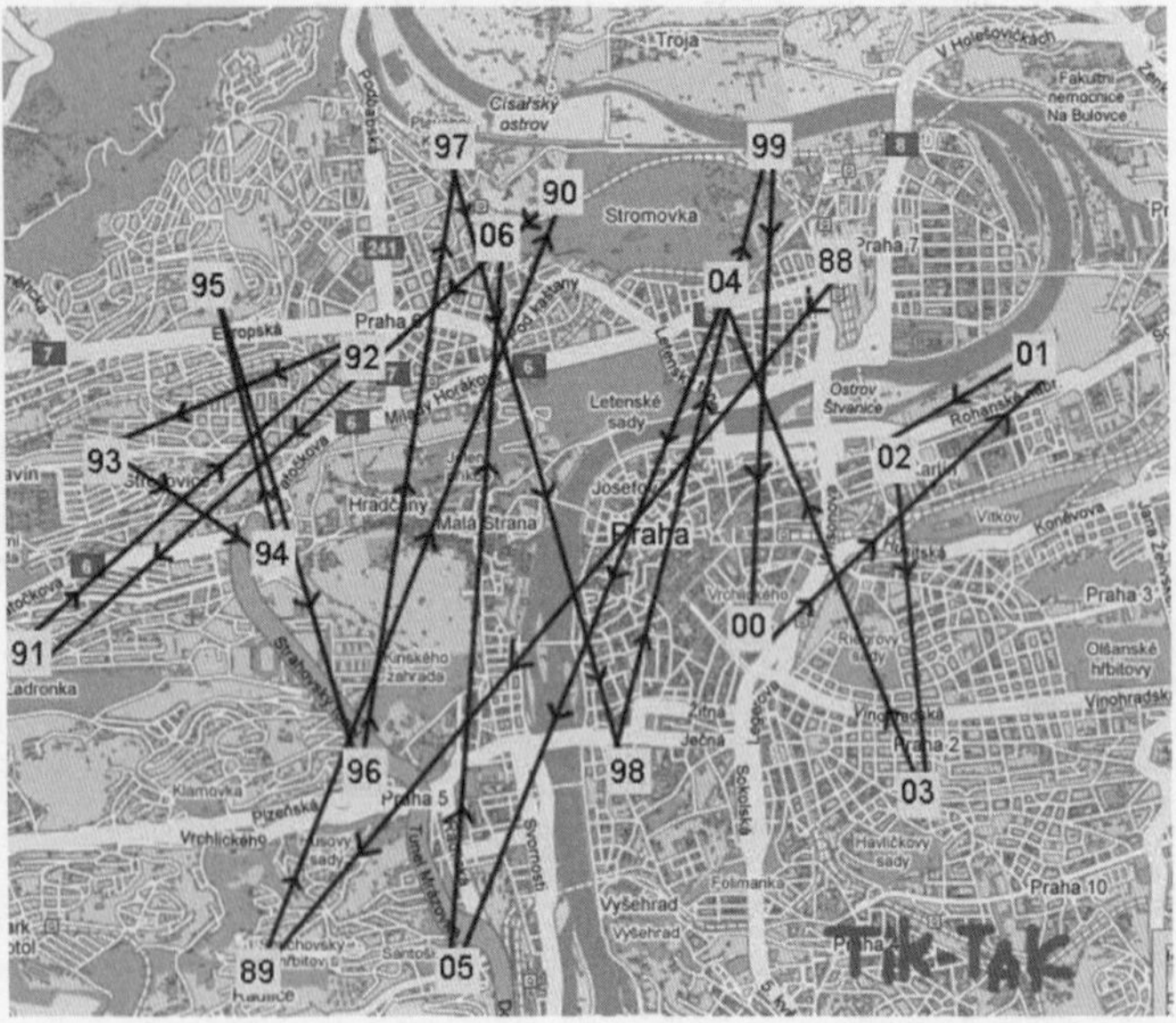

ぼくは地図をポケットに突っこんで、それらの疑問を頭から追い出そうとした。そして、公園のどこを捜せばヴェラに会えるのかさっぱり見当もつかずに、結局は、三十メートルほど先で、二歳くらいの子どもを乗せたベビーカーを押しながら携帯電話でしゃべっている女性のあとについて歩いていた。彼女は子どもを連れている。もしかしたら子どもが集まるような場所へ向かっているかもしれない。その女性と小さな子の行先はわからずじまいだった。というのも、五分ほどして、遠くの小道のそばにヴェラとトマーシェクの姿を見つけたからだ。リーは、人工衛星スプートニクに似た、球体にとげが突き出た古い遊具によじのぼっていた。そこから遠くないベンチにヴェラは座っていて、ぼくに背を向けて魔法瓶の蓋を開けているところだった。頭には紫のスカーフをきっちり巻き、その下にかつらをつけていないせいで、老婦人よりもむしろ海賊のように見える。

彼女はぼくが近づくのに気づかなかった。ぼくは隣に腰を下ろして、魔法瓶から立ちのぼる湯気を見つめた。トマーシェクははしごを上りきって球体の内側に入り、楕円形の穴から外をのぞいている。球体の反対側には、いまにも壊れそうなプラスチック製のすべり台が取りつけられ、ぬかるんだ着地地点の穴にはよどんだ水が数センチほどたまっていた。ベンチのわきのブランコには誰も乗っておらず、背後には消防車のように真っ赤なメリーゴーラウンドがあった。

「ファイルはどこだ?」ぼくは尋ねた。

ヴェラは跳びあがった。コーヒーが袖口にこぼれる。

彼女はぼくを見ようとしなかった。「ここにはないわ」

「それならどこにある?」

「池の中」彼女は魔法瓶の蓋を閉めた。トマーシェクは今度は穴から足を突き出して、黄色いゴムのオーバーシューズをくねくね動かしている。ヴェラはポケットからティッシュを出して、袖にこぼれたコーヒーにそっと押し当てた。スプートニクの中にはほかにも子どもが入っていて、同じ穴から赤い袖の色白の手を出していた。球体の内側にトマーシュの笑い声が響く。

「きみはファイルを池に捨てた。この公園の池か?」

「そのとおり」

頭の中に水面を漂うたくさんの紙が思い浮かぶ。飛びこんで、手当たり次第にかき集めるぼく。だが、すでにチェルトフカ運河でダイビングを経験している。一度の旅行でこれ以上泳ぐのはごめんだった。

「なぜだ?」ぼくは問いつめた。

「あなたが捨てないから」

「パスポートと財布が入っているんだぞ」

ヴェラは肩をすくめた。「どうにかなるわ」

「中身も見ずに捨てたのか?」

ヴェラは顔をそむけ、何も答えなかった。ぼくにはもっともな怒りをかき立てるどころか、ため息ひとつつくだけの力も残っていなかった。彼女の関与を示す証拠がファイルの中にあったのではないかという疑いは封じこめた。そうでないと、激情にかられて収拾がつかなくなりそうだった。もう済んだことだ。いまはとにかく、ここから離れたい。自分の家に帰りたい。だが、そのためにはいまやアメリカ領事館へ行く必要がある——どこにあるのかも知らないが。そこでパスポートと財布をなくしたいきさつをでっちあげなければならない。酒の飲みすぎ、スリの集団、武道の心得がある性転換をした売春婦。どんな嘘をついても、事実よりは信じてもらえるはずだ。

赤いワンピースの女の子がすべり台を滑った。端から飛びあがって、ふわりと宙に浮き、ぼさぼさの髪を広げながら、ちょうど水たまりを越えたところに着地する。トマーシェクもあとに続いた。けれども彼は失敗し、泥を跳ねあげて下り立った。ふたりはくすくす笑いながら、メリーゴーラウンドのほうへ駆けていった。

「よくここに来たわ」ヴェラは口を開いた。「ポールとふたりで。遊び場のほうじゃなくて、公園に。夏にはビールを持ってきて、飲んだり話をしたりしながらシートに寝そべっていた。話さないこともあったわ。陽ざしを浴びながらうとうとして、目が覚めたら月が出ていた。ストロモフカは夜になると星がきれいに見えるの。ある日の午後、ポールが靴を脱いで、起きたら片方がなくなっていたことがあった。暗いなか、あちこち探したけれど、見つからなかった。消えてしまったのよ。おかげで彼は片っぽの靴で帰るはめになったわ」彼女はかすかに笑った。「両親の家を訪ねたの？　だからここがわかったの？」

赤いワンピースの女の子が木陰から飛び出して、トマーシェクは甲高い声をあげながら追いかけるが、ちっとも追いつけない。女の子は花壇の柵をひょいと飛び越え、あとに続いたトマーシェクはもろに花壇に飛びこみ、ふたりしてきれいに植えられたデイジーを踏みつける。ヴェラが怒鳴ると、トマーシェクははっとその場で立ち止まり、ぼくのせいじゃないよ、だから許してと訴えるように笑みを浮かべた。花壇の横には、ゆうべぼくがカレル広場で見かけたのと同じ看板が立っていた。〝ペットお断わり《No Pets step on》〟。前から読んでも後ろから読んでも同じだ。逆さま言葉――こんなことに気づいても何の役にも立たないが。

「ヴェラ、きみに訊きたいことがある」

「あれだけ訊いて、まだ足りないの？」

「きみは病気なんだろう」

一瞬、ぼくを見つめてから、彼女は目をそらした。

「それは質問じゃないわ」

すぐ横の小道に、若者ふたりがマウンテンバイクに乗って近づいてくる。ヴェラはタイヤが砂利道に立てる音が聞こえなくなるまで待った。「癌よ」彼女は言った。「癌にかかったの。英語では何て言うのかしら。頭の腫瘍。ものすごく特殊で珍しいケースだって。最後に治療を受けたのは四カ月前。だけど、思ったような結果が出なかった。もうじき再開する予定よ。それでだめだったら、まあ、そのときはそのときね。生存率は低いから。だけど、この癌にかかるのは、ほとんどが老人なの。あるいはＨＩＶ感染者」彼女は魔法瓶の蓋をゆっくり開けながらぼくの反応をうかがい、弱々しくほほ笑んでみせた。「心配いらないわ。とても特殊で、とても珍しいケースだから。わたしはＨＩＶにも、ほかの感染するような病気にもかかっていない。だから、あなたにはうつってないわ。少なくともわたしからは」

コーヒーは冷めてしまったようだ。彼女はカップになっている蓋に注いで口もとに運んだが、もう湯気は立っていなかった。ぼくは何と言っていいのかわからなかった。

「もし治療がうまくいけば……」おずおずと切り出す。

「癌は消えて回復する」ヴェラが言葉を引きとった。「そうでなければ、余命は数ヵ月。運がよければ、もう少し長く生きられるかもしれない。でも、どっちにしても数ヵ月。数年じゃなくて」

そういうわけだったのか。彼女が手紙を書いた理由と、そのタイミングは。ヴェラは死を間近にして、時計を盗んだことへの良心の呵責《かしゃく》をやわらげたかったのだ。ポールの死に関わったことへの。警察には知らせたくなかった。人生の最後の数ヵ月を警官や弁護士と顔を突きあわせて過ごしたい人間など、どこにいるというのか。それだけでなく、彼女はポールが姿を消したときにあとに残したものを父に知らせたかった。トマーシェクのことを知らせたかった。父を孫に会わせたかったのだ。

「ヴェラ」ぼくの声は木々が風にそよぐ音にかき消されそうだった。「最初の晩、〈ブラック・ラビット〉で会ったときに、なぜトマーシュのことを黙っていたんだ？　あるいは、きみが父に送った手紙で。教えてくれていれば、こんな厄介なことにはならなかったはずだ」

「何をいまさら」彼女はうんざりしたように肩をすくめた。「あとから言うのは簡単よ。どうとでも言えるわ。わたしは何年もあなたの家族に知らせたいと思っていた。いつも〝その時〟が訪れるのを待っていた。だけど、〝その時〟なんてないのよ。わたしたちにあるのは、ただの時間だけ。わかる？」

ぼくにはわかった。その意味は完璧でもなければ、好ましいものでさえない。ヴェラやぼくのような類の人間に残された意味に過ぎなかった。誰かが現われ、姿を消すときに生じる意味。誰かに説明しようとしないかぎり耐えることのできる意味。そもそも、誰に説明するというのか？

「次の治療はいつ始まるんだ？」

「あさって。火曜日に再開するわ」

彼女の手紙には、二ヵ月間、毎日〈ブラック・ラビット〉で待っているとあった。治療の合間の期間、彼女に残された最後の自由な時間。

「怖いだろう？」ぼくは言った。

「たぶん」

ほかにかけるべき言葉は思いつかなかった。

青空の下、老樹の木陰のベンチに座るふたり。ぼくは手を伸ばして、彼女の手に重ねた。ヴェラは拒まなかった。少しして、ぼくの手に指を絡めてくる。彼女が顔をそむけたので、その表情は見えなかった。泣いていたのかどうかはわからない。そんなふうにして、どのくらいそこに座っていたのかもわからない。じっと動かず、口もきかず、視線は互いによそに向け、彼女の膝の上で手を握りあって。測ることのできない時間というものがある。測る必要のない時間が。測りたくない。

気がつくと、先ほどの女の子が目の前に立っていて、体をもぞもぞさせながら、かすかに笑みを浮かべていた。

「チクタク」女の子は言った。

ヴェラはぼくの手を放して顔を上げた。

「チクタク」今度はもっと大きな声で、呪文を唱えるように言う。

ふいにヴェラは口を開け、ぱっと立ちあがって周囲を見まわした。

「トマーシュ？」力なく呼びかける。「トマーシュ？」

女の子がにやりとして、歯のない真っ黒な口を見せたとき、ぼくは彼女に見覚えがあることに気づいた。

ケリーおよびかつてのケリーの数奇なる伝説（続き）

かつてのケリーは、深紅の衣服をまとい、口が腐ったマディミのあとについて酒場を横切り、地下の貯蔵室へ続くすり減った石段を下りる。マディミの姿をもっとよく見るために、彼は地下室の松明を手に取るが、彼女はすでに消えていた。奥に並んだワイン樽の後ろに、大きな南京錠で固定されたかんぬきのかかった扉がある。近づいてみると、錠は外れており、高さ一メートルほど、幅は告白場とたいして変わらない、まったく明かりのない通路が伸びている。十五分も歩くと、もはや立っていることができずに、かつてのケリーは這って進む。右手に松明を掲げているため、体を前に進めているのは片腕と、片側の脚の上半分だけだ。地下道は曲がりくねり、上ったかと思うと急に下る。さらに十五分進むと、空気が薄くなって松明が消える。ネズミが床を走りまわる音。それらが顔をかすめるときに感じる湿った毛のにおい。ネズミは徐々に大胆になり、真っ暗闇の中をじりじりと進むかつてのケリーの腕に爪を立て、顔をかじる。地下道がいよいよ狭くなり、わずかな動きさえも遮られるようになると、大量のネズミが彼の下でのたうちまわり、彼の頭からつま先までを無数の背中にのせて、いくらか離れたところで揺らめく明かりのほうへと運んでいく。近づいてみると、それは鉄の扉の下から漏れている蠟燭の光だった。地下道は広くなり、ネズミたちは逃げていく。通路はそこで終わっていた。かつてのケリーは身を起こし、湿った壁にもたれて耳をかたむけるが、何も聞こえない。みずからの鼓動も、肺が空気を吸いこんで吐き出す音も。この世に蘇ってから、彼の血管に血は流れていなかった。

かつてのケリーは扉を三度叩いて待つ。
大きな音とともに扉が開き、黒い衣をまとって白いひげを生やした、腰の曲がった人物のシルエットが浮かびあがる。まぶしくて目を細めたとき、かつてのケリーはふたり目の姿に気づく。二十歳そこそこの若い男がテーブルの上に横たわり、その一糸まとわぬ肌は濡れてきらめいている。片方の腕がテーブルの端からだらりと垂れ、色白の手の先から水滴がしたたり落ちている。

ずいぶん遅かったな、白いひげの男が言う。その声を聞いて、ようやくかつてのケリーは彼が黒いラビ、ヤコブ・エリエゼルだと気づく。歳月は彼に容赦しなかった。皮膚は薄く染みだらけで、黒い目はさらに深くくぼんでいる。その目はどんよりとして、焦点が定まらない。

第五居住区へようこそ、と黒いラビが言う。
そして、かつてのケリーを立たせる。ここはユダヤ人墓地に隣接する聖なる組織《ヘブラー・カッディーシャー》だ、と彼は説明する。ハラハー規定に基づいて、われわれは埋葬前の遺体を清める。神聖なる場所だ。毎晩、わたしは監視人《ショムリム》として、われわれの健全なる遺体を盗み出そうとする者がいないかどうか見張っている。目の見えない男にふさわしい仕事だ。おまえはまさか遺体を盗むつもりではあるまい。

ラビは笑い、かつてのケリーは部屋の奥の別のテーブルに、さらに三体の遺体が白いシーツをかけられて安置されているのに気づく。隅の旅行鞄には、何巻もの布と重い鉄のハサミ。部屋には石鹸と蠟のにおい、それに腐敗臭が立ちこめている。黒いラビはかつてのケリーのわきを通って、重い鉄の扉を閉める。部屋の内側からは、扉は見えないように隠され、前に煉瓦が積み重ねられている。何年も前、黒いラビがエドワード・ケリーにひそかにヘブライ語の数秘術を教えるために、いかにして壁に囲まれたユダヤ人居住区から出入りしていたかが、ようやく明らかになった。

こんなにおいで申し訳ない、そう言って黒いラビは、傷ついたガチョウのような足取りで、布が積みあげられた大きな旅行鞄のある隅まで歩いていく。いつまでたっても慣れることはないが、これよりもひどい晩もある。彼らはとりわけ入念に準備をしなければならない、そう言いながら旅行鞄の中を引っかきまわして、ラビは見覚えのある黒い布にくるまった包みを取り出す。

かつてのケリーが黒いラビに手渡された包みを開くと、あのコンプリケーションが、その昔、陰鬱な皇帝に献上したときと同じく黄金の輝きを放ち、巻き鍵を除けばすっかり完成した状態で現われた。その時計をしばし見つめてから、かつてのケリーはみずからの首にかけ、泥だらけの服の下にたくしこむ。時計はまるで生き物のごとく彼の冷えきった体を温める。

これを手に入れるのは簡単ではなかった、と黒いラビは言う。太くて白い眉が、向かい風に押しやられる雲のごとく中央に寄りあう。彼は黒服から数字と日付が列挙された紙切れを取り出すが、その請求書を見せられる前に、蘇った自殺者はみずからの支払い方法を示した。

かつてのケリーはジプシーの短刀でラビの喉をひと突きにする。ラビは後ろによろめき、不明瞭な言葉をつぶやく口から、弧を描く噴水のごとく血が噴き出る。白いあごひげが深紅に染まるなか、ラビはテーブルの端につかまろうとしたが、テーブルは傾いて遺体が転がり落ちる。ラビが床に落下した遺体の隣に倒れるまでに時間はかからない。床に横たわったふたりは対照的だった。一方は、まだ若く、服を脱がされて清められた体。年老いたほうは黒服をまとい、血にまみれ、生気が消え失せていくなか身を痙攣させていた。

かつてのケリーは壁にどさりともたれかかる。背中がすべり下り、彼は木の脚と折れた脚を大きく開いて床に座りこむ。苦労して膝の留め金と紐を緩め、義足を取り外す。それを手に持って指を這わせ、裸眼には見えないほど小さな突起を探し当てる。継ぎ目に爪を引っかけて押しあげると、指二本分の幅のくぼみが現われる。巻き鍵――秘密の文字が彫りこまれた純金の鍵、二年前にルドルフが帝国警察を総動員して捜させた、あの長さ八センチの貴金属が隠し場所から転がり出て、鈍い音を立てて床に落ちる。かつてのケリーはそれを時計の穴に差しこむ。ぜんまいは動かない。ルドルフ・コンプリケーションをつかさどる第二の法則に、さらに必要な条件が示されていた。

かつてのケリーは黒いラビの首から短刀を抜き、老人の右の手首に関節が砕けるまで執拗に振り下ろす。だが、短刀は人を殺すには事足りるが、手術ができるほど鋭くはないと判断し、ユダヤ人が遺体に巻く布を切るのに用いていた重い鉄のハサミを手にする。老人の骨は刃にはさまれて折れ、切り離された手が落下し、手のひらを上に、あたかも哀願するようにわずかに指を伸ばして床に落ちる。

切り落とされたラビの手は、なかなか思いどおりに動かせない。血まみれの指はみずからの指のあいだですべり、たちまち硬直して、巻き鍵を持とうとしない。それでもさんざん格闘した挙句に、かつてのケリーはついに死んだ老人の手で鍵を回すことに成功する。すると鍵はわけなく回り、彼はこれ以上動かなくなるまで回しつづけてから、命のない手を放り投げて耳を澄ます。時計は音を立てて動きはじめる。かつてのケリーの心臓もふたたび脈を打ち出す。

その瞬間、最後の啓示が降りてくる。彼の運命の混然とした幻視が描かれている。彼の将来の長い糸がもつれて絡みあう。かつてのケリーのさまざまな姿が次々と現われては消える。裕福なケリーや貧しいケリー、力強いケリーや無力なケリー、太ったケリーや痩せたケリー、美しいケリーや醜いケリー。皆、何世紀ものあいだ語られることのなかった殺人や堕罪のぞっとするような場面に魅了されている。マディミは彼に次々と容赦なく殺す方法を示す。奇抜で複雑な殺し方を。そのたびに、無数の――マディミが選ぶこともあれば、彼自身が選ぶこともある――死んだ男、死んだ女、死んだ子どもの手が彼の手と絡みあう。やがて彼は自分でも理解できない行動様式に陥り、そこに身の破滅が暗示される。彼はほんの一瞬の不注意でコンプリケーションを失うが、長年の習慣は断ちがたく、なおも殺人を続ける。やがてマディミは、彼を破滅させるべく定められた者に力を貸すために、力のかぎり彼の存在理由を抹殺しようとする。それは五年後かもしれなければ、十年後かもしれない。マディミは時間そのものを拷問の道具として用いる。

最後に、かつてのケリーはみずからの終焉を見せつけられる。しかしあまりにも漠然として、しかもほんの一瞬であるがゆえに、まさにその瞬間が訪れるまで妄想に悩まされつづけることだろう。彼は目を閉じて、吸いこんだばかりの息を吐き出す。小さな歯車やレバーが組みあわさったふたつの機構に命が吹きこまれ、部屋にはカチカチという音が二重に響きわたる。幾度となく始まりでつまずいた挙句に、彼の終わりはすでに始まっている。彼の始まりはすでに終わった。

14

　三十分かけて、ふたりでストロモフカ公園を捜しまわった。鬱蒼とした森や芝がパッチワークを作っている空き地、ピクニック場、公園の中央付近にある池の周囲を駆けずりまわりながら、必死にトマーシェクの名前を呼びつづける。ヴェラは小道を行く人を呼び止めては、息子を見かけなかったかと尋ねたが、ぼくはその隣に突っ立って、彼らの驚く様子をながめたり、どこかにトマーシェクや女の子の姿が見えないかとあたりを見まわしたりするばかりだった。ぼくがこの街に着いた晩に『プラハ自由自在』を押しつけた、あの少女が。

　女の子はメッセージを伝えると、すぐに姿を消した。ぼくがヴェラのあとを追って、落ち着かせようとしているあいだに、どこかへ逃げたのだ。だが、ヴェラを落ち着かせることはできなかった。一歩進むごとに彼女の足取りは速くなり、紫のスカーフが汗で黒ずむ。

「教えて。これはいったいどういうことなの？」彼女の車へ向かいながら、ヴェラはふいにぼくの腕をつかんだ。「わたしを何に巻きこんだの？　ゲームはやめて、あなたが本当は誰で、いま何が起きているのか教えてちょうだい」

「きみを何に巻きこんだかって？」

「あなたは正気じゃないわ。でなければ、わたしがおかしくなっているか」ヴェラはキーチェーンにつけたスマートキーで車のロックを解除した。「たぶん両方ね。乗って」

　前回、ドライブに誘われたときには、フロントガラスを破って投げ出されるはめになったが、いまその話をしても、さらに正気ではないと思われるのが落ちだろう。ぼくが助手席に座ると、彼女は運転席に乗りこんでドアを閉めた。細いわき道を抜け、ほどなく高速道路に入ると、ヴェラは四十八時間ぶっ続けで覚醒剤を吸っていたレースカーのドライバーのごとく、ジグザグ運転で突っ走った。レースカー《Racecar》、またしても逆さま言葉だ。彼女のアパートメントの近くに戻ってきて、ようやくヴェラは口を開いた。

「あの本はどこで手に入れたの？」

「ガイドブックのことか？」

「ガイドブック！」ヴェラは小声で毒づいて、ハンドルに両手を叩きつけた。「あの本は、わたしが開いたときには、あれは……何でもないわ」

「何だよ？」

「わたしはあなたに感化されたりしない」彼女は歯を食いしばって言いきった。

「あの本はどこだ？」

「池の底」ヴェラは答えた。「あの本も、あなたのばかげた〝神の右手〟のファイルも――もう二度と見たくもない。まったく、どうかしてるわ。とにかく、いま何が起きているのか、あの子はどこにいるのか、それだけ聞かせてくれる？」

　おそらくいまは、あの本を池に投げ捨てなければ、何らかの手がかりを、次の行動のヒントを得られたかもしれないなどと言っている場合ではない。けれども、ぼくには皆目見当がつかず、彼女の唯一の方策といえば、どうやら繰りかえしぼくの正気を疑うことばかりだ。たしかに、ぼくの考えはどうかしていたかもしれないが、じつのところ、ぼくは何も考えていなかった。ぼくはうんともすんとも言わない脳みそを頭から引っ張り出して、どやしつけてやりたかった。

「あの子はどこなの？」ヴェラが問いつめる。「教えて」

　蹴っ飛ばせ。殴ってもいい。とにかく脳みそを働かせるんだ。

「あなたは居場所を知ってるの？　それとも知らないの？　そもそもわたしの言うことを聞いてる？」

ぼくはうなずいた。踏みつけろ。ドロップキックだ。

「うなずかないで。しゃべって。何でもいいから教えてよ」

「〝うなずかないで〟も逆さま言葉だ」ぼくはつぶやいた。

「何？　何のこと？」

「きみがしゃべれと言ったから、しゃべっているんだ。ぼくも彼の居場所には心当たりがない。すまない」

「警察」ヴェラはため息をついた。「警察に通報するわ」

今度はぼくが警察の介入に反対する番だった。きみを尾行した男、〈ブラック・ラビット〉で見かけた男は、きみが思っているような警官ではない。元刑事で、いまはクリンガーチの手先となった黒い保安官だ。あの男には警察の内部に知り合いがいる。彼らが内密の情報を漏らすかもしれない。クリンガーチに伝わるのも時間の問題だろう。だとしたら、あまりに危険だ。そもそも奴らはポールを殺したんだ。それ以外にも、ぼくは彼らの残虐行為を目の当たりにしている。

「もうたくさんよ」ヴェラは叫んだ。「やめて」

ほどなく、彼女はスミーホフのアパートメントの前の歩道に乗りあげて急ブレーキをかけ、車を飛び降りると、角を曲がって姿を消した。なぜここに停まっているんだ？　歩道の真ん中で〈エロチック・ワールド〉の入口をふさいで停まっている車の中で、ぼくは座ったままじっと待っていた。自分の鼓動を数えて、経過した時間を測ろうとしたが、途中でわからなくなった。しかたなく、ぼくは地図を取り出した。あの記者にもらった地図だ。

〝チクタク〟。あの不気味な女の子が口にしたのと同じ言葉。

なぜクリンガーチは、人をからかうような真似をす

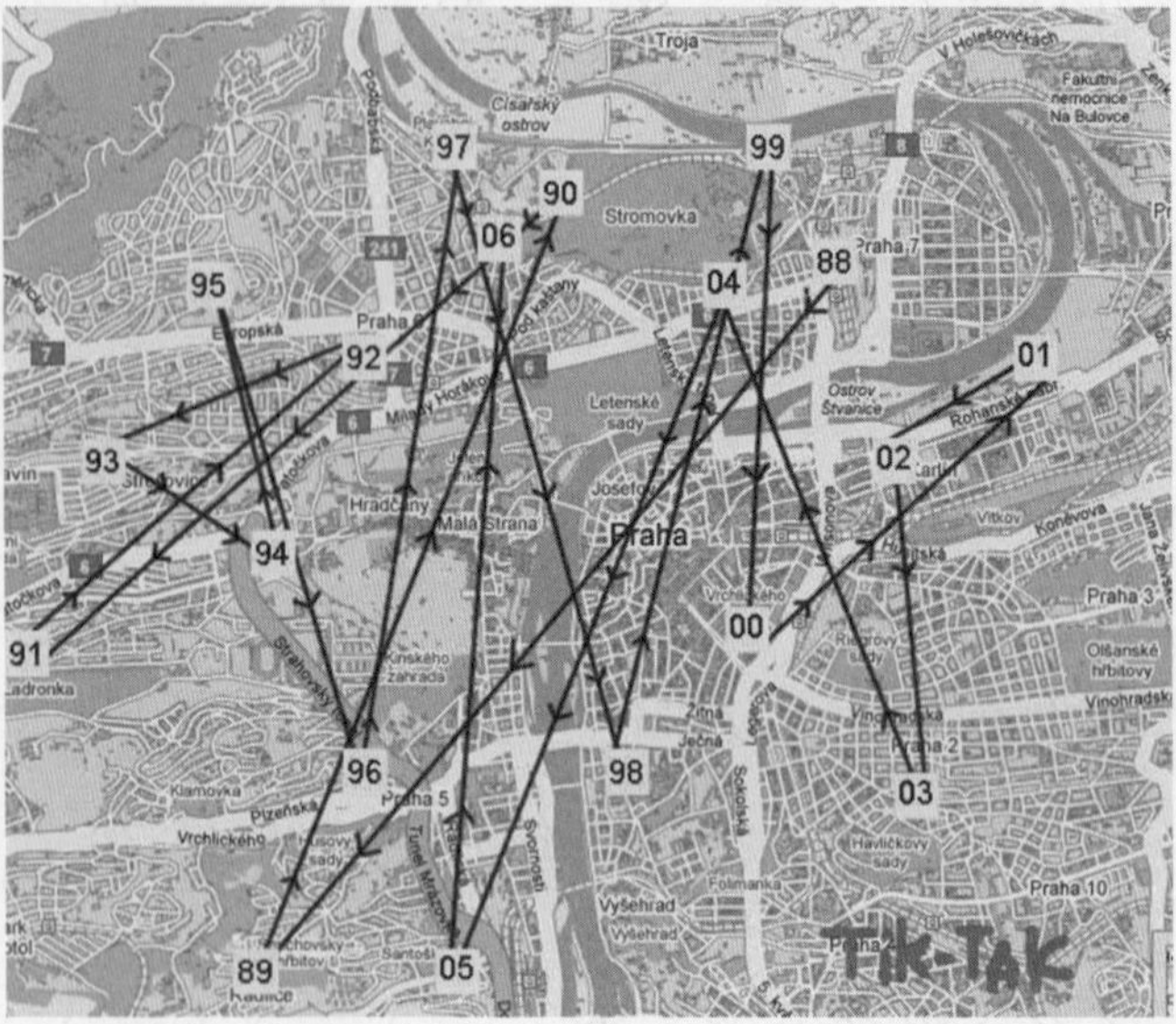

るのか？　彼がトマーシュを殺すつもりなのかどうかはわからないが、彼が理性に基づいて行動していると考えても無駄だ。解くことのできる謎を残したと。

チクタク。

ヴェラはまだ戻ってこない。車の中で閉所恐怖症になりそうだったので、ぼくは外に出て、土手を上って川沿いを歩きはじめた。車からは二十メートルか三十メートルしか離れておらず、ヴェラが帰ってくれば見えるだろう。深々と息を吸いこんで、手のひらで顔をこする。遠くのほうに、カレル橋と、その上の黒っぽい聖人の像が見えた。ぼくは例の新聞記事を思い出した。橋の建設記念日について書かれたものだった。奇数のひと桁の数字が最初から読んでも最後から読んでも同じになる日付を選んで建設されたというエピソードについて。

1／3／5／7／9／7／5／3／1。

土手を下りたとき、ちょうどヴェラがアパートメントの建物から出てくるのが見えた。靴箱をわきに抱えている。その瞬間、パズルのピースがかちりと音を立ててはまった。マルティンコ・クリンガーチはトマーシュの命と引き換えに何を求めているのか？　答えは言うまでもない。彼が五年前に狙っていたのと同じものだ。時計。首にかける大きな時計、ティーカップのソーサーほどの大きさの古い時計。靴箱にじゅうぶん収まる大きさの。時計回りと反時計回りに、後ろからも前からも動く時計。逆さま言葉みたいに。

〝ペットお断わり《no pets step on》〟みたいに。

〝レースカー《racecar》〟みたいに。

〝うなずかないで《Don't nod》〟みたいに。

ソロス《soros》みたいに。

そのとき、ぼくはあの刑事がマルティンコ・クリンガーチの手先の黒い保安官ではないことを悟った。彼こそがマルティンコ・クリンガーチだった。〈ブラック・ラビット〉を訪れたことで、ぼくは彼をまっすぐヴェラのもとへ導いた。いずれにしても彼はヴェラの存在を突きとめたかもしれないが、ぼくが近道を示し、彼女とポールの関係を裏づけたのだ。〝神の右手〟という連続殺人犯の話は単なるカムフラージュだった。ソロスがなぜ故国を捨てた記者まで引っ張り出してきたのかはわからない。弟が彼と何らかの関わりがあると考えていないかぎり。あるいは、異常者の習癖として、『ザ・ストーン・フォリオ』の記者に干渉しているだけかもしれない。ところが、ハンナが自分の過去を詮索していると知るや――またしてもぼくのせいで。ソロスの車の中でぼくが電話に出たがために――ソロスは彼を殺した。ぼくがカレル広場で意識を失ったり、取り戻したり、また失ったりと多忙だったあいだに、彼はぼくと同じように事故現場をあとにして、ハンナのアパートメントへ向かい、彼の頭を切り落とした。

〝神の右手〟のファイルを残したのは、いまとなっては意味がないからだ。事件を迷宮入りにはしないと決意した疑り深い刑事などいなかった。人生を狂わされたことに対して、借りを返したいというはみ出し者の警官などはいない。

　存在するのは、マルティンコ・クリンガーチだけだ。

　ヴェラはドアを開けて車に乗りこみ、靴箱をぼくに手渡した。意外にも重かったが、予想に反してずっしりというほどでもない。ヴェラはなかなかぼくの目を見ようとしなかった。なかなかエンジンキーを差しこめず、なかなか口を開かなかった。

「……中を見たくないの？」ようやく、おずおずと尋ねる。

　うなずくまでもなかった。ぼくが全身から放つ嫌悪感は、彼女にも伝わったはずだ。それが何であれ、箱の中に入るようなものが弟の命に値するとは思えない。あの記者の家族も、きっと同じように感じるだろう。この瞬間にも懸命に昏睡状態から目覚めようとしている、マラー・ストラナの元ヒッピーの館長と近しい人たちも。

　そしていま、ヴェラもまたわが子の命には値しないと判断した。まさしく道徳にかなった結論だが、いまさら弟のためには役立たない。それに、もし死を目前にしていなくても、彼女は同じ結論に達しただろうか。

　ぼくはヴェラの話を思い出した。雨の降りつづいた七日間のおとぎ話を。土砂降りのなか、ぬかるんだ丘を必死に駆けのぼって、公衆電話から弟に連絡しようとしたこと。電話に出たのは別の人物だったこと。それが第三の男だとわかっていたこと。ひょっとしたら、その時点で弟はまだ生きていたかもしれない。彼女がそのまま電話を切らずに、自分がルドルフ・コンプリケーションを持っているとミスター・ルンペルシュティルツキンに告げて、ポール・ホロウェイを無事に解放してくれれば時計を渡すと持ちかけていれば、あるいは弟の命を救うチャンスがあったかもしれない。

　ヴェラが地図をあごで指した。「それは？」

「ぼくたちの友人、クリンガーチがくれた」

「トマーシュの捕らわれている場所が載ってるの？」

正直なところ、もうどうでもよかった。彼女の身から出た錆だ。だが、あの子どもを見捨てるわけにはいかない。彼はポールにそっくりだ。つまり、ぼくにも似ている。しかも同じ名前だ。親の因果が子に報いるのはやむをえないと思う反面、この先、救えたかもしれない四歳の子どもを見殺しにしたことを認めて生きていけば、すでに崩壊しつつある人生が、いっそうめちゃくちゃになるだろう。

本当に救うことができれば。

チクタク。

計画を立てる必要がある。

男《A man》、計画《a plan》、運河《a canal》、パナマ《Panama》。

そのばかばかしい逆さま言葉を考えついたとたん、ぼくの頭は急ブレーキをかけた。精神的なむちうちのせいで、口からほんの少し、音がもれたにちがいない。

ヴェラを見ると、目を丸くして、いぶかしげにぼくを見つめている。

「借りを返したい、はみ出し者の警官」ぼくはつぶやいた。

「何のこと？」

ぼくは答えなかったが、すでにわかっていた。

トマーシェクの居場所はわかっていた。

マルティンコ・クリンガーチの居場所はわかっていた。

15

ヴェラは唇を舐めながら、ぼくの目から地図、そしてふたたびぼくの目に視線を移した。そして、確かにそこなのかと尋ねた。

確かだ、ぼくは答えた。

実際には、不確かもいいところだった。

ヴェラはギアを入れてエンジンをかけた。ぼくはルドルフ・コンプリケーションの入った靴箱を床に置いた。その重さを手に感じたくなかった。いっさい関わりたくなかった。ヴェラは口を硬く結んだまま、前方の道路から目を離さない。どういうわけで、ぼくがとつぜんクリンガーチの待っている場所に思い当たったのかは尋ねなかった。だが、ぼくにはむしろ好都合だった。というのも、逆さま言葉とルドルフ・コンプリケーション、〝神の右手〟、〝チクタク〟、そしてはみ出し者の警官のすべてが、いわばいいかげんな地図上の当て推量で、いかにして結びついたかを説明するには何時間もかかるだろう。ぼくたちにはそれだけの時間がない。それに、たとえ最後まで説明したところで、彼女のぼくに対する信頼は崩れ去り、またしても精神状態を疑われるのが落ちだ。

南西に向かって走りながら、ぼくはもう一度地図を見て、自分の見ているパターンが、ポテトチップにキリストの顔が見えるといった希望的こじつけではなくて、実際にそこにあることを確かめた。ソロスの書きこんだ縦横無尽に交差する線は全部消して、年号だけを残してある。

最初は、ひとつの現場と次の現場に明確なつながりはないように見えた。弟は二〇〇二年にカルリンで発見されたが、二〇〇三年には〝神の右手〟の死体遺棄

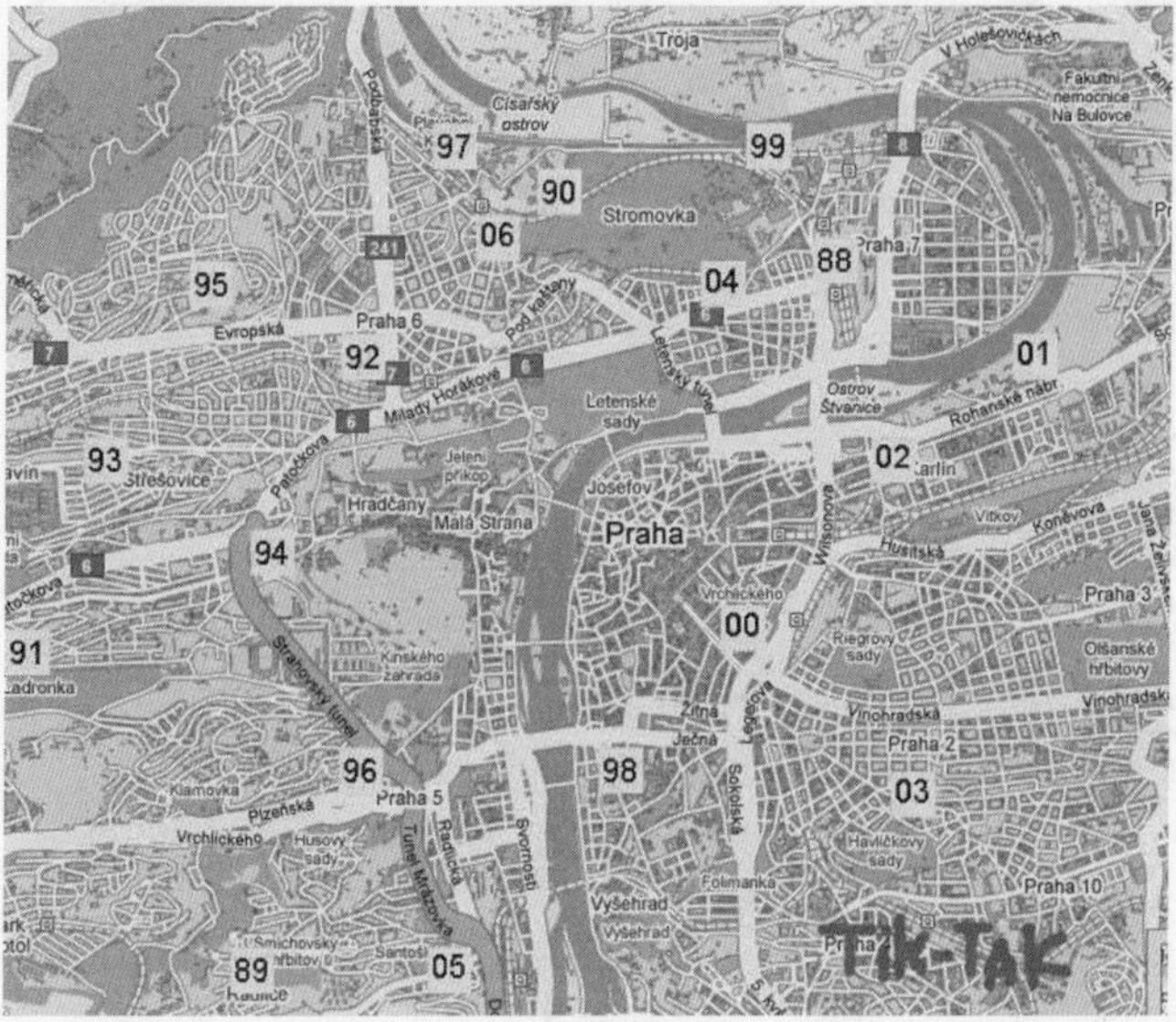

現場とされる場所はヴィノフラディに飛んでいる。二〇〇四年はストロモフカ公園の端。その翌年はサントシュカという場所。

だが、これらを奇数年と偶数年に分けて一年おきに見てみると、あるパターンが現われる。偶数年だけをたどっていくと、現場はほぼ円に近い形で反時計回りに街を一周している。

奇数年も同じで、こちらは時計回りだ。

同時に前からも後ろからも。〝ペットお断わり《no pets step on》〟みたいに。ソロス《soros》みたいに。ルドルフ・コンプリケーションみたいに。名前と年号と、それに抽象的な概念は、はたして隠された意味のないパズルのピースなのか。弟はもちろん抽象概念などではない。それに、単にぼくに謎解きをさせるためだけにこんな地図を作るのは納得がいかない。つまり、〝神の右手〟という殺人犯は現実に逃亡中だということなのか？ ソロス／クリンガーチは本当にみずからの足取りを最初にボブ・ハ

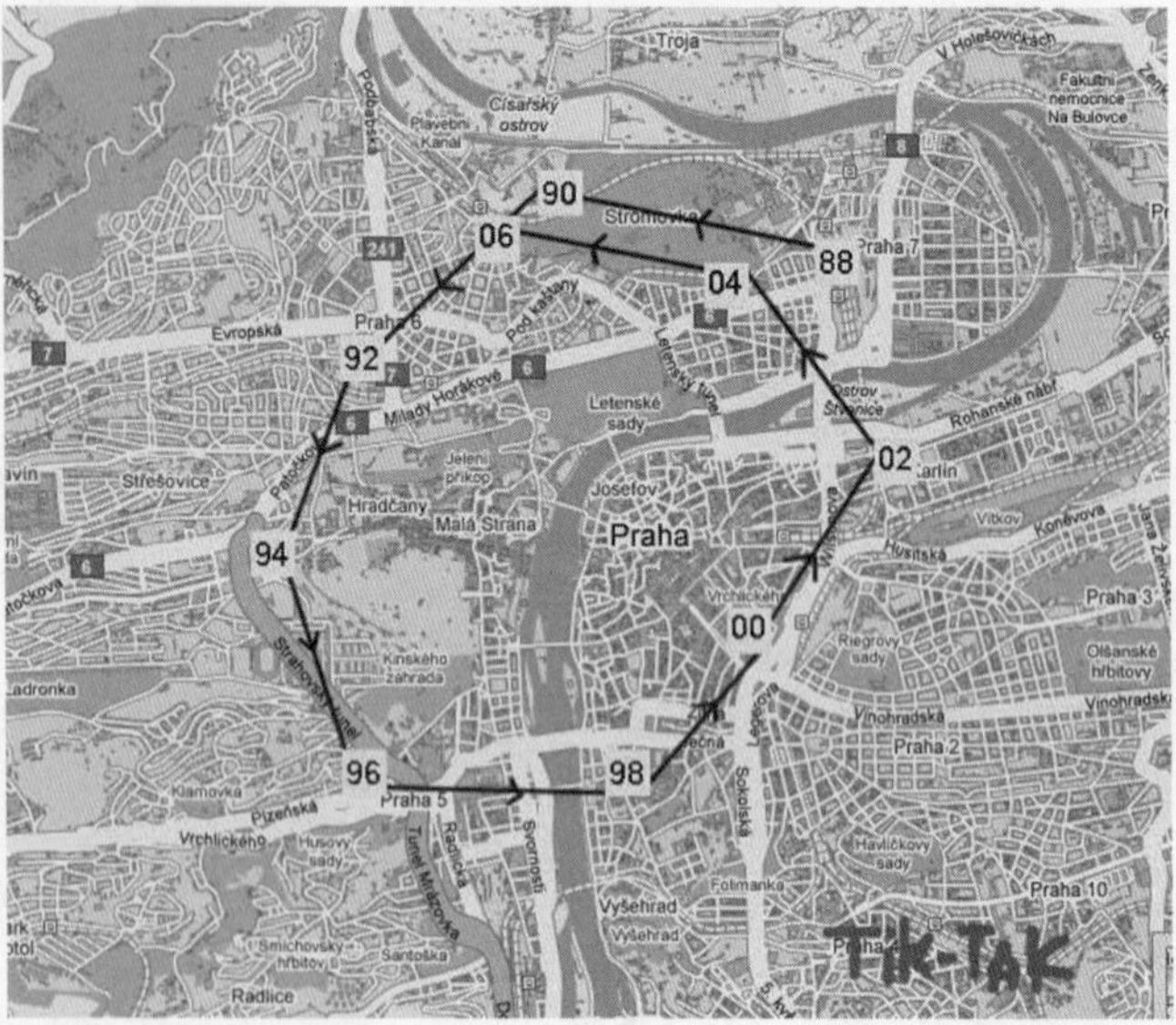

Troja
V Holešovičkách
Fakultní nemocnice Na Bulovce
Císařský ostrov
Plavební kanál
Podbabská
Stromovka
90
06
04
88
Praha 7
Evropská
Praha 6
Pod kaštany
Letenský tunel
92
Milady Horákové
Letenské sady
Ostrov Štvanice
Rohanské nábř.
02
Karlín
Střešovice
Jelení příkop
Josefov
Hradčany
Malá Strana
Praha
Vítkov
Koněvova
94
Husitská
Praha 3
00
Riegrovy sady
Olšanské hřbitovy
Kinského zahrada
Strahovský tunel
Ladronka
Vinohradská
Ječná
Praha 2
96
98
Sokolská
Klamovka
Plzeňská
Praha 5
Vrchlického
Husovy sady
Radlická
Svornosti
Tunel Mrázovka
Havlíčkovy sady
Folimanka
Praha 10
Vyšehrad
Smíchovský hřbitov
Santoška
Radlice
TIK-TAK

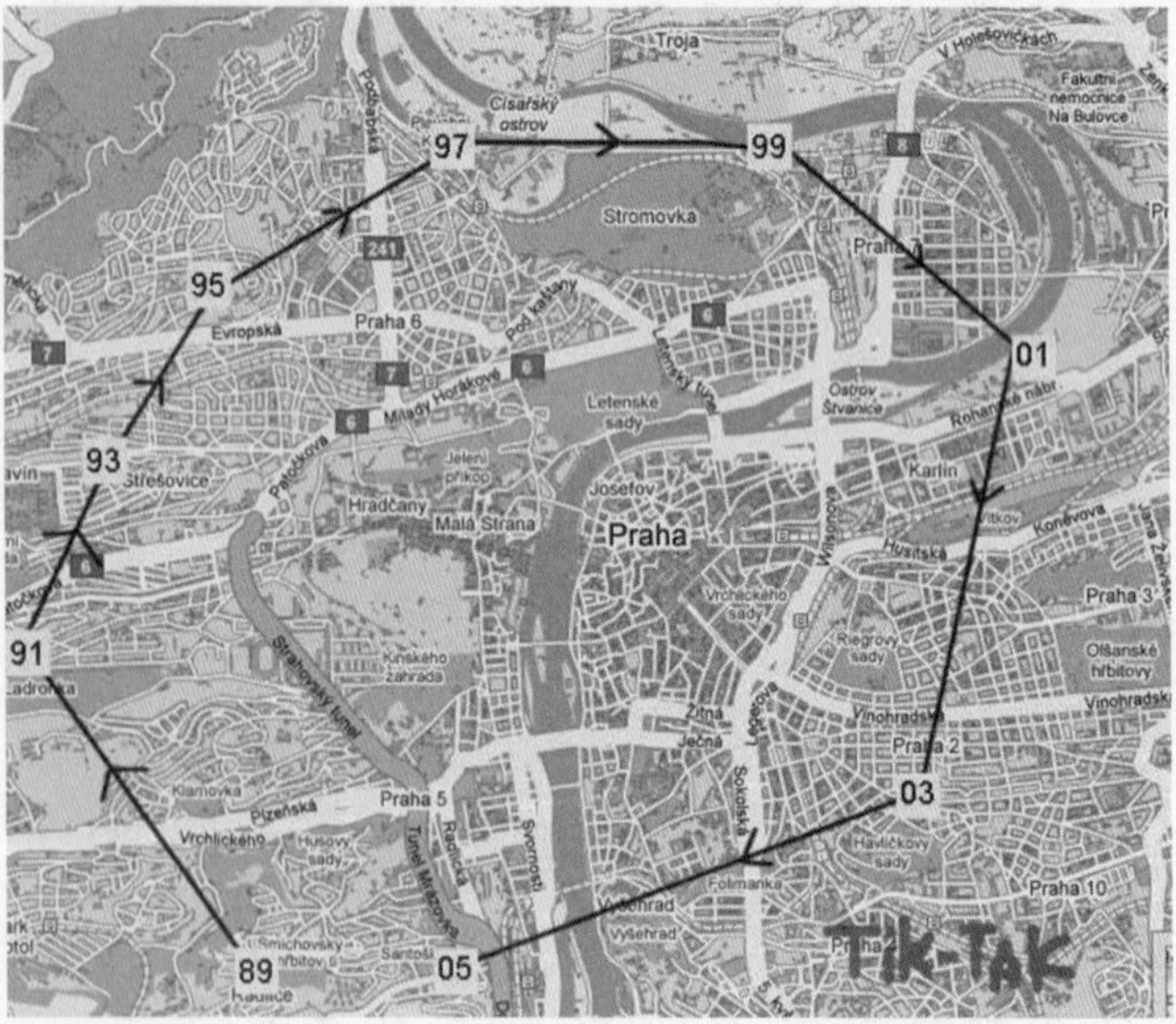

Troja
V Holešovičkách
Fakultní nemocnice Na Bulovce
Císařský ostrov
Podbabská
97
99
Stromovka
Praha 7
95
Evropská
Praha 6
Pod kaštany
Letenský tunel
01
Milady Horákové
Letenské sady
Ostrov Štvanice
Rohanské nábř.
93
Střešovice
Jelení příkop
Josefov
Karlín
Hradčany
Malá Strana
Praha
Vítkov
Koněvova
Husitská
Praha 3
91
Kinského zahrada
Strahovský tunel
Riegrovy sady
Olšanské hřbitovy
Ladronka
Žitná
Ječná
Vinohradská
Praha 2
Sokolská
03
Klamovka
Plzeňská
Praha 5
Vrchlického
Husovy sady
Radlická
Svornosti
Tunel Mrázovka
Havlíčkovy sady
Folimanka
Praha 10
Vyšehrad
Smíchovský hřbitov
89
05
TIK-TAK

ンナ、そしてぼくに教えようとしていたのか？

B級サスペンス映画では、連続殺人犯というのは無意識に捕まって罰せられることを願っているものだと、精神分析医などが得意げに解説する場面がよくある。ハンサムで悩める刑事が都合よく辻褄を合わせられるように、犯人が全篇を通して独創的とは言えない手がかりを残すのはそういうわけだ。マルティンコ・クリンガーチがひそかに捕まりたいと願っているとは思えないが、奇数年のパターンをたどっていくと、地図の隅に位置する地域を指すことがわかった。それが、虚勢を張ってヴェラに向かうよう指示した場所だった。

ぼくに示せるのはそれが精いっぱいで、それでもこの地域は数ブロックにわたっている。あとは自分たちの運を信じるしかない。運に関しては、ふたりとも近ごろはツキに見放されているから、そろそろ幸運が訪れてもおかしくはない。

ヴェラは音もなく道端に車を停めた。

「着いたわ」彼女は言った。通りの反対側は一帯に木が生えている。公園か森林保護区に見えるが、とくに標識は出ていない。ヴェラは箱を渡すように言った。言われたとおりにすると、箱の中で時計が動き、時計をくるんでいる布が厚紙に擦れるやわらかな音が聞こえた。

ヴェラは車から飛び出すと、ドアも閉めずに、雑草のはびこった道を木立へ向かって駆け出した。ぼくもあとに続く。いつのまにか空は分厚い雲でおおわれていた。いまにも雨が降りそうだ。降ってはやみ、やんでは降る雨。風にざわめく木の葉は、あたかも噂を広めているようだ。ヴェラは梢《こずえ》のおしゃべりには耳を貸さず、断固とした決意であごを引きながら坂を上っていく。その姿は、見知らぬ危険な場所にいるようには見えなかった。とくに心配そうにも見えなかった。ひょっとしたら騙されているのではないか――ぼくは疑念を頭から追いはらうことができずにいた。自分はず

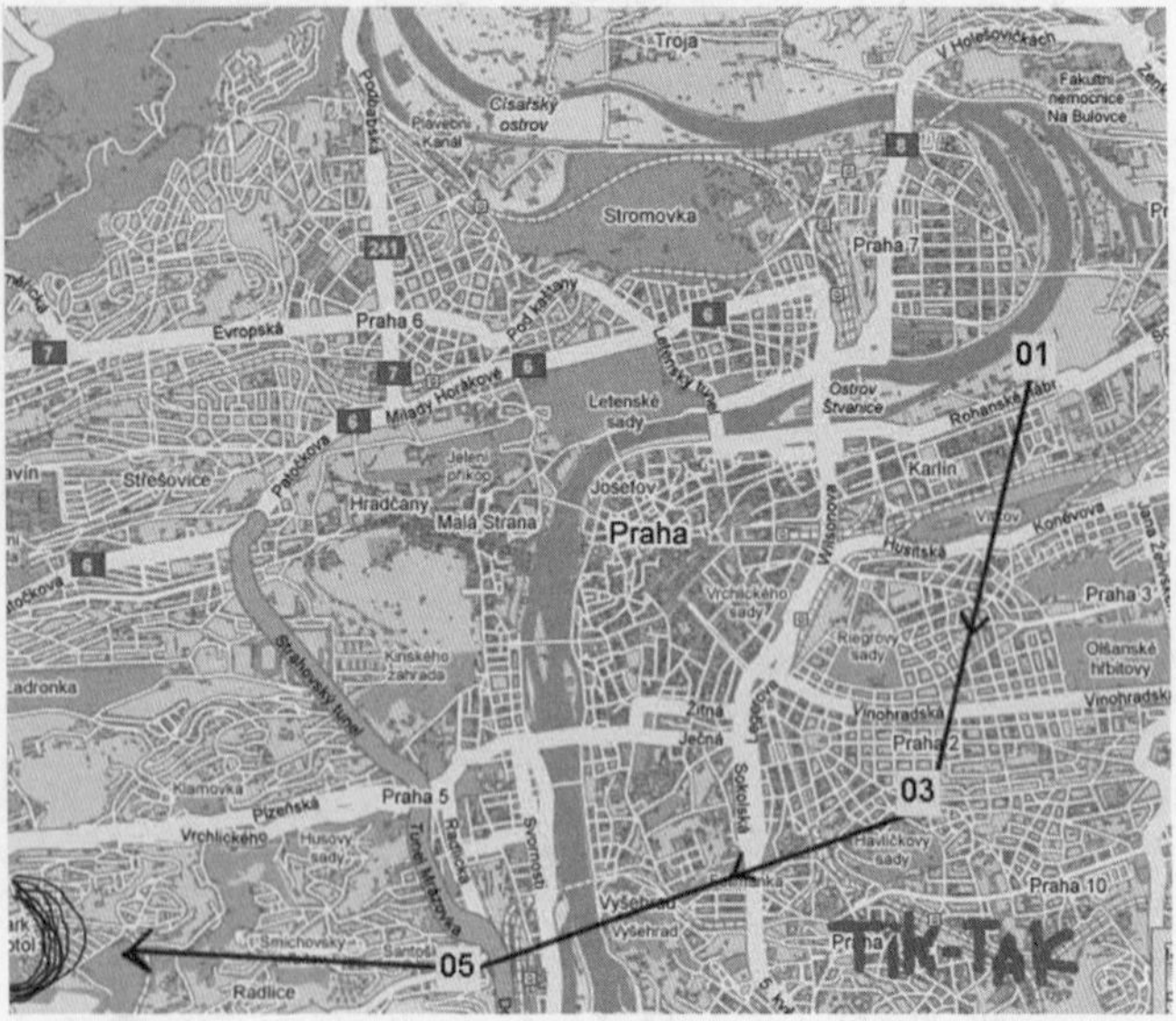

っと昔に脚本が書かれた劇を演じている、間抜けな人形に過ぎないのではないか。

「どこへ行くんだ?」ぼくは尋ねた。

「チブルカ」彼女は答える。「チブルカ屋敷」あいかわらず坂道が続き、ヴェラはしゃべるのも苦労するほど息を切らしていた。頭のスカーフは汗ですっかり色が変わり、顔は血の気を失って青白く、いかにも気分が悪そうだ。「古い館《やかた》なの」息も絶え絶えに説明する。「よく知らないけど、十四世紀か十五世紀くらいの。長いあいだ誰も住んでいないわ。正当な所有者をめぐって争いが起きて……」咳こんで唾を飛ばしながら、彼女は前方を指さした。

五メートルほど先に蔓《つる》や芝、膝の高さの雑草におおわれた古びた石のアーチ道が見える。両開きの錬鉄の門は、重たげな錆びついた鎖と小犬の頭ほどの大きさの南京錠で閉ざされている。ヴェラが門を揺らすと、鎖ががちゃがちゃと音を立てた。その音が鳴りやむと、あたりは異様なほどの静けさに包まれ、壁の高さを測り、どうにか中に入る方法はないかと左右を見まわす彼女の眼球の動く音が聞こえそうなほどだった。ヴェラは草むらに足を踏み入れて壁の周囲を歩きはじめた。濡れた落ち葉やじめじめした土のにおいにむせながら、ぼくは彼女のあとについて、まとわりつく泥とすべりやすい草をかき分けつつ十メートル、二十メートルと進む。三十メートルも行くと、壁は欠けた煉瓦の仕切りから不揃いな石の層となり、隙間から生えてきた若木が光を求めてなりふり構わず伸びていた。
四、五十メートルほど行くと、動物の住みかの入口のような穴がぽっかり開いていた。ぼくが罠かもしれないと警告する間もなく、ヴェラは身をくぐらせた。だが、彼女も覚悟のうえだったにちがいない。こんな場所に、罠以外の何があるというのか。問題は、彼女が囮《おとり》と獲物のどちらか、ということだけだった。
壁を抜けると、ぼくたちは荒れ果てた建築物に出迎えられた。だが、たとえ廃墟と化しても、それらの建物は堂々たるもので、パラソルを手にフリルのついたドレス姿ではしゃぐ貴婦人や、髪粉を振りかけてかつらをかぶった燕尾服《えんびふく》の紳士、せわしなく動きまわる料理人や御者、馬屋番たちでにぎやかな夏の避暑地の光景が思い浮かぶ。いまでは石壁は汚れて崩れ、窓ガラスは割れ、屋根は欠けた瓦と朽ちた木の寄せ集めに過ぎない。入口にはベニヤ板が打ちつけられていたが、不法侵入者や退屈した若者たちの手であちこちが剝がされている。建物を残らず調べるだけの時間はない。ぼくが母屋とおぼしき建物をあごで示すと、しばしためらったのち、ヴェラもうなずいた。

裏側に叩き壊された大きな窓を見つけて、そこをよじのぼって中に入る。屋根に開いた穴から大小さまざまの光が射しこみ、散乱したゴミは場所によっては七十センチ近くも積もり、壁は判読不能な落書きで埋め尽くされていた。ヴェラが悪態をつき、その声にぼくは振り向いた。彼女は額に手を当てている。スカーフが剝ぎ取られ、窓枠に残ったガラスのとがった破片に引っかかっていた。ヴェラが手を離すと、そこには血がついていた。彼女は顔をしかめ、その手でぼくの背を押して先を促した。

部屋の奥に、崩れ落ちた石が散らばった短い階段があり、その先に暗闇が待ち受けている。光が届かないというよりは、闇そのものが存在感を持ち、形のないままあらゆる方角に広がって空間を満たしているようだ。ヴェラは携帯電話を取り出して開いた。青いかすかな光が足もとを照らし、ゆっくり下りれば、壁に頭をぶつけたり、石につまずいたり、穴にはまったりすることはなさそうだった。用心深く下りれば。

それでも、ぼくはその姿を目にしないうちにソロスに触れた。

ぼくはぎょっとして飛びのき、ヴェラは悲鳴をあげた。ソロスは何も言わず、表情を変えるどころか瞬きひとつしなかった。見えるのは彼の顔と、頭にかぶったグレーのニット帽だけだった。目は輝きを失い、口は不機嫌そうに結ばれている。ヴェラは明かりを下に向けた。

そこにソロスの体はなかった。

その瞬間、ぼくは理解した。彼の頭以外はボブ・ハンナのアパートメントにある。

ぼくと同じく、他人のスーツを着せられて。

なぜなら、ハンナ《Hannah》も逆さま言葉だから。

ヴェラはすばやく明かりを離したが、ソロスの頭の残像が闇にぼんやりと浮かびあがり、いくら瞬きをしても消えなかった。そのとき、とつぜん地下室の奥で白い光が円を描いた。懐中電灯の光線に貫かれて、ぼくたちはその場に凍りついた。懐中電灯を持っている人物は暗がりにまぎれて見えない。ヴェラはぼくの背後で目をおおっていた。頭皮から細いひと筋の血が頬に伝い落ち、水銀のごとく光に反射している。地下室には息が詰まりそうなほど甘ったるいにおいが充満していた。

「持ってきたか？」ハンナの声が響いた。彼は英語を話していたが、例のニュースキャスター風の平坦な口調でも、出身地のわからないアメリカ人のイントネーションでもなく、どこかイギリス人を思わせる低くこわばった声だった。マルティンコ・クリンガーチ、ボブ・ハンナ。目の前の人物は、このふたりのどちらでもない。どのような名前を選んだとしても、彼はつねに〝神の右手〟なのだ。

ヴェラは靴箱を軽く振った。

「よし。こっちへ持ってこい」

「トマーシュはどこ？」

懐中電灯の光が五メートルほど左に移動する。壁ぎわに、目隠しをされた下着姿のトマーシェクが、膝を胸にくっつけて縮こまっていた。手首を結束バンドで縛られ、足首には正真正銘の足枷がかけられ、ボルトで壁に留めた鎖につながれている。ヴェラは床に震動が伝わるほど激しく震え出した。もう大丈夫よ、何も心配いらないから、そう言ってやりたかったにちがいない。だが、とても安心させられるような声は出せなかったのだろう。その代わりに、彼女はハンナに向かって言った。

「この子を放して」

「コンプリケーションが先だ。こっちへ持ってこい。いや、やっぱりその男に持ってこさせるんだ。彼に五年前の義務を果たしてもらおう」

ヴェラは詫びるような目でぼくを見た。

そして、ぼくに箱を渡した。

車の中では見ることを拒んだものの、五百万ドルの時計を間近で見てみたいという気持ちは否定できなかった。ひょっとしたら、ポールも同じだったのではないか。雨が降りはじめ、洪水を合図だと受けとめ、誰にも見られずにチェルトフカ運河をボートで進み、ギャラリーに忍びこみ、目当てのものを見つけたあとに。ビニールでくるむか、防水の袋に詰める前に、それをじっくりながめる機会があったにちがいない。何百年も昔に作られたものが、みずからを救う手段になろうとしていることに驚嘆しつつ。ひょっとしたら、大金持ちとなって美しいチェコ人の花嫁とともにシカゴに帰るつもりだったのかもしれない。兄をはじめ、放蕩息子の自分を認めなかった人間を見かえしてやるために。自分のことを、目の前に広がるバラ色の将来を、ひどく誇らしく思えた瞬間があったにちがいない。

だが、ぼくがポールの目にしたものを見ることはなかった。彼が五年前に味わったであろう気持ちにさせてくれるものを、この目で見る機会は訪れなかった。ぼくの影から現われたヴェラが前に進み出て、部屋の奥の懐中電灯に向けて銃を構えた。

「その頭は――」怒りと動揺の入り混じった声だった。「おまえは髪が――冗談はよせ」

その瞬間、銃声が炸裂した。周囲の壁にこだまして、ぼくの耳はつんざかれる。トマーシュが悲鳴をあげ、男は叫び、いくつもの音が重なって部屋に響いた。男の手から懐中電灯が落ちて床に転がった。ぼくはヴェラに手を伸ばしたが、彼女はすでにそこにはおらず、携帯電話を閉じ、闇にまぎれて移動して懐中電灯を拾いあげると、スイッチを入れて、光をハンナに向けた。ピンで刺したような小さな目が、瞬きもせずにじっとこちらへ向けられている。その玉ねぎ色の顔はこわばり、まるで仮面のようだった。彼は片方の脚を突き出して、壁にもたれるようにしゃがみこみ、胸を押さえた手の指のあいだから血が流れ出ていた。

「殺さないでくれ」単調な声だった。「殺す必要はない」

「鍵はどこ?」

「おまえは利用されている。気づいていないだけだ」

「鍵を出して! あの子の足枷を外す鍵を」

「ここだ」彼はうめいた。「ここにある」

彼は脚に手を伸ばした。前に伸ばしているほうの脚に。ヴェラは銃をハンナに向けたまま彼を照らし出した。彼はゆっくりとズボンの裾をまくりあげる。黒い靴、靴下、続いてあらわになったのは皮膚ではなく、古くてすり減った先の細い黒い木だった。彼は震える手でその表面を撫であげ、膝の部分の金属の留め具に触れた。そして手を止める。彼は自分に向けられた懐中電灯の光に目を細めて顔を上げた。ようやくその顔の筋肉が緩んだ。彼は肩の力を抜き、目を閉じた。そして深々と息を吸って、ゆっくり吐き出した。腐った肉のにおいがぼくの鼻の穴まで届き、ぼくは思わず口に手を当てて吐き気をこらえた。

「鍵は渡さない」彼は言った。

「すぐに出して！」

彼の目が開く。「いや、その代わりにおまえを殺す」

「動かないで！」ヴェラがわめいた。

「おまえを殺す」ハンナは息をついた。「おまえも、あいつも。あの子どもも。それがおれだ。おれのやるべきことだ」

「手を。手を上げて」

「手！」彼は笑って、ゆっくりとかぶりを振った。「手だと？」

ハンナはにやりとした。いつまでもにやりとしていた。顔を照らしていた丸い光が揺れ動いて、灰色の歯がきらめく。ヴェラは激しく震えるあまり、懐中電灯を落としそうになる。ふと、ハンナが笑うのをやめた。彼は歯を食いしばり、顔をこわばらせ、こめかみの血管をふくらませながら、木の脚に手を伸ばして体を前に倒した。やめて、ヴェラは叫んだが、彼を制することはできなかった。ハンナは義足を外した。彼がその中に手を入れた瞬間、ぼくは次に起こることを察して、すでにヴェラのほうへ足を踏み出していた。あたかも時間を戻すことができるかのように。過去に戻って、すべてを止められるかのように。

だが、時間は動きつづけていた。時間はひとつの方向にしか進まない。

ヴェラは立て続けに銃を三発撃った。

白い閃光が三度走り、部屋は爆音に包まれた。銃声は四方の壁に反響し、ようやく静まったときには、火薬のにおいと腐敗臭が残るばかりだった。ほどなくして雨の音が聞こえ出した。とつぜん雨が降ってきたのだ。瞬間的に爆発する子どもの癇癪みたいな雨が。

「箱の中を見て」彼女が言った。「じっくり見るといいわ」

ぼくは床から懐中電灯を拾って、言われたとおりにした。

箱の中には、鏡が入っているだけだった。

16

シカゴに戻って最初にしたのは、新しい靴を買うことだった。オヘア国際空港で、ショートパンツとゴルフシャツも一緒に買った。そして、ターミナル5のトイレで着替えて、ヴェラの父親のTシャツ、セーター、コーデュロイのズボンはその場に置いてきた。ぼくの父のスーツはあまりにもぼろぼろで、プラハのアメリカ領事館で緊急旅券を発行してもらう際に着ていくのは、あまり好都合ではないとヴェラは判断した。彼女が手っとり早く考え出したお涙ちょうだいの話によれば、ぼくはプラハ中央駅に寝泊まりしているようではなく、その付近で襲われたように見えないとまずいらしい。街の中心であるターミナル駅のそばには、〝シャーウッドの森〟と呼ばれる公園があり、ホームレスや麻薬密売人、強盗などが住み着いていることで知られている。プラハで最も危険な場所というわけではないが、観光客が危ない目にあってもおかしくはない。ヴェラが詳細を加えたり省いたりして加減しつつ、いかにもありそうな話をでっちあげるのを聞きながら、ぼくは自分にはとてもできない芸当だとつくづく思った。彼女にとって嘘をつくのは、ぼくの故郷の政治家が汚職をするのと同じくらい当たり前のことなのだ。ヴェラは腕利きのペテン師で、彼女の話がどこまで事実なのか、残念ながらぼくには判断がつきかねると認めざるをえなかった。ポールのこと、マルティンコ・クリンガーチのこと、ルドルフ・コンプリケーションの窃盗計画における彼女の役割のこと。チブルカ屋敷の地下室で彼女がハンナを撃ったのは、彼が銃を取り出そうとしていたからだという説明（言うまでもなくハンナはそう思わせるつもりだった——しかし彼の義肢にくりぬかれた隠しポケットに銃はなく、出てきたのはトマーシュの足枷の鍵だけだった）。英語名はわからない、きわめて特殊な癌のこと。領事館の前でぼくを降ろしたときに、彼女は明らかにほっとしていた。ぼくから解放されて。けれども、ぼくと一緒にいてあんな目にあったのだから、彼女を責めることはできないだろう。

　領事館がパスポートと身分証なしの出国を許可するまで、ぼくはホテル・ダリボルで待たなければならなかったが、その二日間は最悪だった。携帯電話は壊れ、ヴェラに連絡することもできない。テレビや新聞で大騒ぎになっていやしないかと案じ、いまにもドアをノックする音が聞こえ、のぞき穴を見ると警官がのぞきかえしているのではないかとびくびくして過ごした。もっとも歴史的に見ても、こんなことはプラハでは珍しい経験ではないはずだ。いろいろあったにもかかわらず、あとになって屈折した愛着を持つようになったあの街では。

それから数週間、最もよく思い出したのはチェルトフカ運河へのダイビングで、帰国後に無為に過ごしていた昼下がりに幾度となく記憶がよみがえった。夢の中で、ぼくは運河に飛びこんで、気がつくと真っ暗闇に包まれていた。いくら潜っても底に達することはなく、だんだんと肺が苦しくなってパニックに陥り、慌てて水面に浮かびあがる。こうした夢に、ガレリア・チェルトフカのグスタフ館長が登場することはなかった。ぼくは水の中で何かを求めてやみくもに手探りしていた。もう少し息をこらえれば手が届くと確信して。だが、けっして届くことはなかった。

その夢を見ると、決まってあの運河にいるポールの姿が思い浮かんだ。ルドルフ・コンプリケーションを盗み出した晩、実際には何があったのか。そして結局はどうなったのか。クリンガーチもヴェラも時計を持ってていなかったとしたら――確かに彼女は持っていなかった。時計を手放したくないために、わが子の命を危険にさらすようなことはしないはずだ――残るひとりはポールということになる。彼は時計をどこかに隠したのだろうか。そう考えるうちに、ふとある筋書きが思い浮かんだ。あまりにもリアルだったので、それこそがずっと見つけられるのを待っていた答えだという気がしてならなかった。

水に沈んだマラー・ストラナの通りをカヌーで進み、チェルトフカ運河に出るポール。ギャラリーの入った建物の三階の窓を破り、中に忍びこむ。ヴェラの言ったとおりの場所でルドルフ・コンプリケーションを見つける。それをビニール袋に入れ、窓の外に出てカヌーに戻る。

ところが足がついた瞬間、カヌーが動き出し、水の上で前後左右に揺れる。どうにか踏ん張って、両手を広げてバランスを取ろうとするポール。その拍子に、ほんの一瞬、しっかり握っていた手が緩む。手から離れるビニール袋。ルドルフ・コンプリケーションは水に落ちて音もなく沈み、彼が自分の手の中にないと気づかないうちに消える。ひょっとしたら、はるか昔、母が家を出た夏に訪れたウィスコンシンで逃がした魚がポールの脳裏をよぎったかもしれない。

その直後、カヌーの揺れはおさまり、一瞬にしてポールは事態を悟る。それが何を意味するのか、考えるまでもない。おそらく彼はすぐに飛びこんで、ぼくが館長を捜したときと同じように、真っ暗な水の中を捜しまわる。ぼくがいまでも夢に見るのと同じように。あるいは、ただがっくりしてカヌーに座りこみ、波紋の広がる水面を呆然とながめるかもしれない。彼は心を落ち着けようとする。こぶしを噛んで、次にどうするべきかを考える。

そして、身を隠したり、街から逃げ出そうとしたりはせずに――ひとりでも、ヴェラと一緒にでも――その晩、予定どおりにマルティンコ・クリンガーチに会おうと決意する。川岸のどこかの待ち合わせ場所へ向かおうと。男なら困難に立ち向かうべきだと覚悟する。だが、もちろんクリンガーチは彼の話を信じない――誰が信じるというのか。おそらくクリンガーチは、もともと時計を手に入れてから彼を殺すつもりだった。そのほうが話は簡単だ。

だが、いまやクリンガーチはすぐに彼を殺すわけにはいかない。ポールが時計を盗み出すのに協力した人物、彼にギャラリーの情報を与え、自分に対する裏切りを企てた人物を突きとめるまでは。けれどもポールは口を割ろうとしない。ひょっとしたらクリンガーチには仲間がいるかもしれない。ポールを縛りあげ、車のトランクに詰めこみ、回り道をしながら、ようやく水の引いた道路をカルリンの隠れ家まで向かうよう命じられる手下が。隠れ家――そうでなければ避難させられていたクジジーコヴァの家――に着くと、ポールは殴られる。拷問にかけられる。それでも彼は、自分は失敗した、誤って時計を運河に落とした、いくら暴力を振るっても、なかったことにはできない災難だと繰りかえすばかり。クリンガーチが彼の肋骨を折り、鼻を砕き、右手を切り落とすと脅しても、ポールはひたすら同じ話を押し通す。そして、いよいよクリンガーチがその脅しを実行に移そうとしたとき——ぼくの頭の中で突如、映像がぼやける——彼はどうやっても目的は果たせないと気づく。クリンガーチは彼の手をそのままの状態にする。ポールは中庭を見下ろすバルコニーに引きずり出される。洪水の水は深さ一、二メートルほどの広いプールとなっていた。

突き落とされるときには、ポールは朦朧としていた。けれども水に落ちるときの衝撃で、なかば意識を取り戻す。しばらくのあいだ、まだ助かる道はあると信じて、浮きあがろうと懸命にもがく。しかし肋骨は折れ、口からとめどなく血が流れ出し、手首には深い切り傷がぱっくりと口を開けている。腫れあがった目は開かず、鼻は粉々に砕けている。ほとんど息もできない。もうだめだ、ポールは覚悟を決めて現実を受け入れる。奴らはヴェラの名前を知らない。何ひとつ手に入れられなかった。ヴェラは賢い。用心すれば安全だろう。ポールはもがくのをやめ、最後にもう一度息を吸うと、ゆっくりと肺から吐き出す。手足がだらりと伸びる。彼の体は中庭から流され、水嵩《みずかさ》を増した川にのみこまれ、あとには水面に映る月が揺らめくばかりだった。

〈グリムリー&ダンボーラー・リカバリー・ソリューションズ〉はぼくを解雇するしかなかった。一週間、十日、そして二週間が過ぎ、そのあいだ徐々に不安をつのらせたメッセージが何件もボイスメールに残されたが、ぼくは一向に連絡しようとしなかった。状況を報告しないのは礼儀に反するし、われながら臆病だとも思ったけれど、ぼくの退職理由は簡単に説明できるものではなく、退職時の面接調査票の小さなチェックボックスに印をつけるのは不可能だった。父がちょっとした財産を遺してくれたおかげで、贅沢をしなければ二、三年は生活に困らないだろう。ぼくは父の家に引っ越して、これから先、自分の人生をどうするのか決めるまで、そこで暮らそうと決めた。ある意味では大学を卒業することにも似ているが、そこに野心や将来に対する希望はない。

大半の時間は古い写真の入った箱を引っかきまわして過ごした。父が自分とポールの写真ばかりを保管していた箱だ。しばらくして、父の形見のスティーブ・マックイーンと同じ型だというタグ・ホイヤーの腕時計をつけるようになった。眠れない夜には、気がつくとチェコのニュースサイトを検索していることもあった。あるときガレリア・チェルトフカに関する短いチェコ語の記事を見つけ、カット&ペーストしてオンラインの翻訳にかけてみた。その結果、拙《つたな》い英語の文章が表示されたが、要約すると、マラー・ストラナのギャラリーに強盗が押し入り、館長が三階の窓から突き落とされたということだった。館長は建物の裏に立てかけてあった手押し車の陰に身をひそめて、〝犯人を遠ざけ〟ようとした。つまり、ぼくが運河に潜っているあいだ、ほんの目と鼻の先に縮こまっていたということになる。彼は腕を折り、頭を何針も縫ったが、それ以外は脳震盪を起こしただけで済み、一日だけ様子を見て退院した。記事は、〝警察はいまは時間ではないと疑った〟と結ばれており、さんざん頭を悩ませた結果、警察は現在のところ容疑者を絞りこんでいないという意味だと解釈した。ソロス刑事が、ぼくに洗いざらいしゃべらせるために、館長が昏睡状態に陥っていると嘘をついたのか、あるいは単に〝脳震盪〟という語が誤訳かのどちらかだ。ぼくは後者だと思うことにした。

ソロスに関しては、かなりの検索結果が表示されたが、事件の全体像を把握するには、何度も〝関連項目〟のリンクをクリックしなければならなかった。まず、カレル広場の近くのアパートメントで頭を切断された死体が発見された。そして、死体の身元は元殺人課の刑事ズデネク・ソロスだと判明した。彼は勤務中に脚に重傷を負って、二〇〇二年に退職している。かつて秘密警察に所属していたことや、正体不明の東欧のギャングに雇われていたことにはいっさい触れられていなかった。だが、よく考えてみると、ソロスの悪評の出どころはすべて同じだった――ボブ・ハンナ、彼を殺した男だ。それ以外の記事では、どうやらズデネク・ソロスは本人の言ったとおりの人物に思えた。ある記事には、疎遠になった彼の妻――ドミニカという名の女性――の言葉が引用されていた。夫は警察を辞めてからアルコール依存症と戦っていた。夫の殺人について何か知っている人がいれば、ぜひ名乗り出てほしい。その記事は、ほかのソロスに関する記事と同じく、警察は手がかりを得るべく総力をあげて捜査しているという楽観的な文で結ばれている。つまり、まったく手がかりがないという意味だと理解するのに、自動翻訳の機能は必要なかった。

ヴェラに連絡してみようと思い立ったのは、シカゴに戻って三ヵ月が過ぎたころだった。電話に出たのは母親にちがいない。さんざんチェコ語でまくしたててから、ヴェラの父親に電話を代わった。ヴェラの死を教えてくれたのは彼だ。ほんの一週間前のことだった。ぼくは謝って弔意を述べようとしたが、言葉の壁のせいで思うように伝わらず、いずれにしてもスヴォボダ氏はぼくと話したくないようだった。ぼくの耳にはどこか冷淡な口調に聞こえたが、まだ娘の死を悲しんでいるのは明らかで、電話で話す気にはなれないだけだったのかもしれない。

その知らせに、ぼくは思っていた以上にショックを受けた。ふいに外に出て車に飛び乗り、ひたすら走りたい衝動にかられた。だから、そうした。父の古い車に乗って、ヴェラのことを考えながらハンドルを握った。ポールのことを。幼いトマーシュのことを。そうして二時間ほど当てもなく街中を走っていると、やがて雨が降りはじめた。最初は弱く、そしてだんだんと激しく。真夜中になったころ、ぼくはバックミラーに赤と青のライトが点滅しているのに気づいて車を停めた。

警官に少し蛇行運転をしていたと指摘されたが、車を停められたのはそれが理由ではなかった。どうやら片方のブレーキランプが切れていたようだ。忘れていました、とぼくは説明した。すぐに交換するつもりだったんです。どちらも嘘ではなかった。免許証と登録証の提示を求められ、手を伸ばしてグローブボックスを開けたとき、床に封筒の束が落ちているのに気づいた。助手席から落ちたのだろう。父が投函するつもりだったが、心臓発作でポストに入れることができなかったものにちがいない。

警官がパトロールカーに戻って確認しているあいだに、ぼくは封筒をざっと見た。ほとんどは請求書の支払いに関するもので、これらについては、ネットフリックスに返却するビデオと、買ったばかりのハンドドリルの郵送による払い戻し《メール・イン・リベート》の申請書とともに、すでに遺言管理者が対処しているはずだった。だが、ぼくの目を引いたのは、〈ブラック・ラビット〉気付でヴェラに宛てられた一通の封筒だった。

そのとき警官が窓をノックして、ぼくはもう少しで跳びあがるところだった。

「もう結構です」窓を開けると、警官が言った。「ブレーキランプだけ確認しておいてください、ワスカリー・ワビット」

「えっ？」

警官はにっこりして、ぼくの腕を指さした。「そのタトゥーですよ。エルマー・ファッドですよね？」

ぼくは窓を閉めて走り去った。だが、それほど遠くまではいかなかった。手紙が気になってしかたなかった。何度か角を曲がって、もう後ろに警官がいないことを確かめると、ぼくは車を停めて封を開けた。窓ガラスに叩きつける雨が便箋に水の影を投げかける。

親愛なるヴェラ

手紙をありがとう。残念ながら、プラハに会いにきてほしいというあなたの申し出を受けることはできない。もちろん真剣に考えたし、航空券まで予約したが、悩みに悩み抜いた結果、いい考えだとは思えないという結論に達した。少なくとも、わたしがもっと多くのことを理解するまで——そして、これはさらに大事だが、あなたがもっと多くを理解するまでは。住所がわからないから、そもそもこの手紙が無事に届くかどうかも定かではないが、あなたが書いていたように毎日〈ブラック・ラビット〉へ通っているのであれば、そこに送るしかないと考えた次第だ。

正直なところ、このことをどう話していいのかわからない。だから単刀直入に書くことにする。あなたに対して〝ポール〟と名乗っていた人物は、実際にはわたしの息子のリーだ。けっして悪い人間ではないが、人生で何度か困難を経験して、それ以来、かなり深刻な精神的問題と戦ってきた。きっかけは母親の死だった——こんにちに至るまで、彼はこの出来事を認めたり、立ち向かうことを拒んでいる。彼は薬を飲むのをやめた。その直後に、最初の大きな精神崩壊を起こした。それが六年ほど前のことだ。

そのころから、彼はポールという人格を用いるようになった。専門家の話では、この彼の想像上の弟は、すでに何度か頭の中に登場していたと思われるが、その時点までリーがポールに〝なる〟ことはなかった。ポールとしての行動は、時間がたつにつれてますます突飛になり、脅威を感じたり、ときに暴力を伴うこともあった。わたしはとうとう彼に告げた。このまま薬を飲まないのなら、滞在型の療養施設に入ってもらうしかないと。

いまにして思えば、これが間違いだった。わたしがこの最後通牒《つうちょう》を突きつけると、リーは姿を消した。一年以上も連絡がつかなかった。彼がチェコ共和国へ行ったことを知ったのは、わたしのクレジットカードを盗んで航空券を購入したからだ。折に触れて、彼はポールから兄のリーに宛ててという形で絵葉書を送ってきた。どういういきさつで彼があなたの国を選んだのかは見当もつかない。

洪水からほどなくして、わたしはアメリカ領事館から連絡をもらった。街外れの川の土手でリーが発見されたのだ。上半身裸で、全身痣だらけ、肋骨と鼻が折れ、右腕は手首の部分で切断されかけていた。領事館によれば、彼はリー・ホロウェイと名乗っているが、自分の身に起きたことは何ひとつ覚えていなかった。洪水のことも、自分がなぜチェコ共和国へ来たのかも、その一年間、何をしていたのかも忘れていた。

アメリカへ戻ってきて以来、リーは〈グリムリー&ダンボーラー・リカバリー・ソリューションズ〉という中西部でも指折りの精神科の療養施設で何年も長期療養を続けてきたが、最近になって、予算削減で受け入れ可能な入院患者数が減ったため、ヘルスワーカーの監督のもとで自活するようになり、週に二度の訪問指導を受けている。現在では病状は大きく改善し、予測できないショック性障害を防ぐために薬を飲みつづければ、いずれ健康で生産的な生活を送ることもできるようになるだろうとのことだ。

この話はさぞ衝撃的だったにちがいない。息子のリーがあなたを騙したことは申し訳ないと思っている。あなたに心の支えとなる家族がいることを願うばかりだ。リーは昔から賢くて機知に富んでいて、たとえこの〝ポール〟を実在の人物のように仕立てあげるのに必要な書類を手に入れたとしても驚くことではない。リー自身は自分の行動に責任を取ることはできないが、あなたの人生にこのポールを関わらせてしまったのは、わたしの落ち度であり、わたしには心から謝ることしかできない。

心のどこかでは、〝失われた〟一年間に息子の身に何が起きたのかを知りたい気持ちもあるが、父親としての人生においては、わたしにとってきわめて暗く痛ましい時期であることを理解してほしい。あなたの手紙には、〝たぶんあなたの知らない、けれども大いに関心を持つはずのポールの人生の大事なこと〟とあったが、あいにくポールの〝人生〟は、わたしにとって何もかも知らないことばかりだ。ポールは見知らぬ人であり、できることならこのままにしておきたい。自分勝手かもしれないが、人間が生きていくためには、誰しも自分のやり方を貫く必要がある。自分の森から一歩外に出れば、わたしたちは自分ではなくなってしまうのだ。

それでも、この手紙が何らかの役に立つことを願ってやまない。あなたの身近にいた人物が五年前の洪水で溺れ死んだのではないと知って、ひょっとしたら少しは慰められるのではないか。彼が生き延びたこと、いまでも生きていて、日に日に回復しつつあることを。歳月の流れがこの同じ贈り物をあなたに授けてくれることを心から願っている。

あなたの幸せを祈って

リー・ホロウェイ・シニア

　家に帰ると、ぼくは父の机の前に腰を下ろして、その手紙をもう一度、最初から最後まで、最後から最初まで読み直した。とりわけ込み入った感情的な問題となると、父はけっして口数の多い人間ではなく、こうした手紙を書くのにはとても苦労したにちがいない。これを書きながら、父はどんなことを考えていたのか、ぼくは想像しようとしたが、そもそもぼくは他人の思考回路を読み解くのが苦手だった。父のように、いわゆる人当たりのいいタイプではなかった。ヴェラ、ポール、父——みんな本当の姿は理解できなかった。それが人間というものではないだろうか。ぼくたちの心の中には、しばしば世間に見せている顔とは逆に回る機構が隠されている。父も例外ではなかった。愛する息子の失踪に打ちのめされ、五年が過ぎてもなお痛ましい記憶にとらわれるあまり、ポールが死んだという事実に向きあうよりも、多重人格という突飛な話を作りあげることを選んだ。父がぼくのことで嘘をつき、曖昧な、そしてほとんど滑稽な精神病歴を考え出したことは気にしていない。そんな父をぼくは理解して、許した。父の言うとおり、人間が生きていくためには、誰しも自分のやり方を貫く必要がある。

　それでも、ヴェラがこの手紙を読まずに済んでほっとしている。すでにじゅうぶん苦労してきたうえに、最後の最後で必要のない苦痛とさらなる混乱を引き起こされてはたまったものではない。それに、悲しみに打ちひしがれるなか、彼女の両親とトマーシュがこんなばかげた話を聞かされなくてよかった。彼らには幸せになる権利があるし、ぼくはまだあきらめていない。年月が流れ、悲しみの深い傷が癒えはじめたら、彼らのことを知る機会があるかもしれない。いつかまたプラハを訪れる日が来るだろう。爪を持った愛すべき母親のもとを。あのガイドブック――『プラハ自由自在』――はまだ持っている。街を出る直前にストロモフカ公園で見つけたのだ。池のほとりで、乾いて目立った傷もない状態でぼくを待っていた。そうだ、トマーシュが大きくなったら、ぼくの言いたいことをよく理解できるようになったら、彼に会いにいこう。あの昔ながらの街並みを歩いて、ゆったり流れる川をながめながらぶらぶらして、彼の父親の話を聞かせてあげよう。おもしろい話、心温まる話を。何しろ山のようにある。いま、こうして雨の音を聞きながら座っているあいだにも、いろいろな話が次々と心に浮かんで、話してもらえるのを待っている。

謝辞

この本を生み出すに当たって、大量の本を飲みこんでは吐き出したが、なかでも特筆に値するのがアンジェロ・マリア・リペリーノの『マジック・プラハ』——何年も前の新婚旅行でたまたま見つけて以来、片時も手放すことのなかったすばらしい本だ。

早くからこの物語を読んでくれた両親（デイヴとシンダ）と妻（チースー）をはじめ、ジム・ニーツ、アンディ・レイン、ナターシャ・レイン、セラピオ・バカ、アシュリーとキャロリン・グレイソン、おおぜいの心やさしく洞察力に富んだ仲間たちに感謝する。とりわけ、「より少ないことは、より豊かなこと」という言葉をさりげなく思い出させてくれたマーガレット・ノーウッドに礼を言いたい。

映画監督のアラシュ・アイロムにも大きな借りがある——茨《いばら》だらけの険しい山道を上らせてしまって申し訳ない。ダミアン・オデス＝ジレット（プラハで最も歩くのが速い手品師）は、演技の才能を発揮したばかりか、いろいろな場所の下見に行ったり、ありとあらゆる雑用を引き受けたりしてくれた。フラナ・シェリダンの申し分のない仕事ぶりと心のこもったもてなしには感謝の言葉も見つからない——このお礼は次回かならず。役者のジョン・ブランチとブリアン・リン・マッシーの才能には敬服せずにいられない。おかげでぼくはポートランドの凍えそうなガレージではなくて、本当に共産党時代のチェコ秘密警察の尋問室にいるような錯覚に陥った。

ぼくの出来損ないの原稿に、ほかの誰も見出せなかった何かを見出し、わずか六語の魔法の言葉で魅力的な小説に仕上げてくれた非凡な編集者、ダン・スメタンカの手並みを大いに称賛したい。一緒に仕事ができて、このうえなく貴重で楽しい経験をさせてもらった。さらにチャーリー・ウィントン、ローラ・メイザー、リズ・パーカー、ジュリア・ケント、ケリー・ウィントン、そのほか〈カウンターポイント〉と〈ソフト・スカル〉の面々の絶え間ない尽力にも感謝する。

そして最後に、エージェントのジェイソン・アレン・アシュロックに心から感謝――その信念、忍耐力、先見性がなかったら、この本が日の目を見ることはなかっただろう。

訳者あとがき

本書『コンプリケーション』は、二〇一二年四月にアメリカで刊行された*Complication*の邦訳である。「コンプリケーション」とは、冒頭にも引用されているように、元来は〝複雑なこと〟を意味するが、時計関連の用語としては〝コンプリケーション・ウォッチ〟の略で——日本語では「複雑時計」「複雑式時計」「複雑機械式時計」「複雑機構式時計」などと呼ばれている——要するに、内部に高度な技術が込められている時計を指す。

〝高度な技術〟というのは、具体的にはパーペチュアルカレンダー（永久カレンダー）、トゥールビヨン（重力の影響で生じる誤差を防ぐ機構）、クロノグラフ、ミニッツリピーター（音で時刻を知らせる機能）などで、これらの機構を複数搭載した時計を「グランド・コンプリケーション」（通称〝グラコン〟）と呼ぶそうだ。聞くところによると、世界最高峰の機種は限定八台、価格は何と二億円を超えるという。もはや美術品の領域であるが、絵画や彫刻、あるいは宝石などとは違って、つねに動いている異色の存在だ。たかが時計、されど時計である。

本書は、複雑怪奇な歴史を持つ複雑時計をめぐって繰り広げられる、まさしく複雑かつ幻惑的な物語と言えよう。

物語は、ある土曜の朝から始まる。父親急死の知らせを受けた主人公の青年リーが、遺品の整理をしているうちに、何やらいわくありげな手紙を見つける。差出人は、プラハに住む見知らぬ女性。五年前に現地で洪水に巻きこまれた弟の死について、重大な事実を知っているという。父はその女性に会いに行くために飛行機を予約していた。出発時刻は四時間後――いてもたってもいられなくなったリーは、文字どおり着の身着のままで、シカゴからプラハ行きの飛行機に飛び乗る。

彼を待っていたのは、プラハの街を舞台とする迷宮の世界だった。古い建物やヴルタヴァ川の悠久の流れなど、あたかも中世から時間が止まったままであるかのような美しい歴史的な風景。かと思いきや、近代的な駅やショッピングセンター。隠しても隠しきれない共産主義時代の名残。そして謎の女性、謎の元刑事、謎の連続殺人犯、謎の少女、謎のガイドブック……まさに謎だらけのなか、現実と幻想の境も曖昧なまま、物語は現在と過去を行き来しつつ前後左右に展開する。弟のポールは、なぜ遠い異国で死を遂げたのか。そして、彼が盗んだとされる〝ルドルフ・コンプリケーション〟の行方は――。

時間の順行と遡行が入り乱れ、いわば時系列パズルに挑戦する構成から、超難解な映画として名高い『メメント』（クリストファー・ノーラン監督・二〇〇〇年公開）にも匹敵すると評された本書は、刊行翌年の二〇一三年、アメリカ探偵作家クラブ主催のエドガー賞において、ペーパーバック部門の候補作品に選ばれている。

著者のアイザック・アダムスンは一九七一年、コロラド州フォートコリンズに生まれ、コロラド大学ボルダー校で映画学を専攻した。二〇〇〇年、アメリカ人記者のビリー・チャカが東京を舞台に活躍する『東京サッカーパンチ』（本間有訳・扶桑社ミステリー）で作家デビューを果たす。その後、ビリー・チャカ・シリーズは北海道、ふたたび東京、そして大阪に舞台を移して計四作が出版され、極東におけるドタバタ冒険活劇はアメリカでカルト的人気を博した（残念ながら邦訳は一作目のみ）。

カミュの『異邦人』のムルソーや、ヘッセの『荒野のおおかみ』のハリー・ハラー、そして村上春樹の小説の主人公たちに自身を重ね見るという著者にとって、〝不条理な社会〟というのは、おそらく大きな意味を持つキーワードのひとつであると思われる。そうした意味において、およそ常識の通用しない混沌とした世界で、弟はなぜ死ななければならなかったのか、彼はどういう人生を生きたのか、そして自分はなぜ生きているのかといった根源的な問いに対する答えを求めて、虚しくあがきつづける主人公の姿を描いた本書は、この著者の魅力が遺憾なく発揮されている一冊ではないだろうか。

この物語を執筆する前に、著者はプラハを三度訪れたという。それだけこの〝百塔の街〟は、彼にとって思い入れの強い場所なのだろう。その証拠に、作中で登場人物にプラハを評して「どうしようもなく惨めだったころのあなたのほうが、まだましだった」とつぶやかせている。これはイギリスのロックバンド〈ザ・スミス〉による八七年の『ハーフ・ア・パーソン』という曲の歌詞だが、あるインタビューにおいて、彼はそれがプラハに対する自身の正直な思いだと打ち明けている。八九年の〝ビロード革命〟を経て、この二十年間で共産主義政権崩壊直後の興奮は冷め、近代化が日常となりつつある。それがこの街にとっていいことなのはわかっている。わかってはいるが……というわけだ。いうなれば、この作品は、著者による多彩な顔を持つ街、プラハへのオマージュであると同時に、作中で重要な役割を果たしているガイドブック『プラハ自由自在』と同じく、本書自体が、プラハという街の不可思議なガイドブックとなっているような気がしてならない。

最後に、このような稀有で貴重な本を翻訳する機会を与えてくださった翻訳会社リベルと早川書房、さらに、チェコ語の理解のためにご助力くださった木村高子さんに心から感謝したい。

二〇一四年二月

HAYAKAWA POCKET MYSTERY BOOKS No. 1881

清《し》水《みず》由《ゆ》貴《き》子《こ》

上智大学外国語学部卒，
英米文学・イタリア文学翻訳家
訳書
『六人目の少女』ドナート・カッリージ（早川書房刊）
『門外不出　探偵家族の事件ファイル』リサ・ラッツ
他多数

この本の型は，縦18.4センチ，横10.6センチのポケット・ブック判です．

〔コンプリケーション〕

2014年3月10日印刷　　2014年3月15日発行

著者	アイザック・アダムスン
訳者	清水由貴子
発行者	早川浩
印刷所	星野精版印刷株式会社
表紙印刷	大平舎美術印刷
製本所	株式会社川島製本所

発行所　株式会社　早川書房
東京都千代田区神田多町2－2
電話　03-3252-3111（大代表）
振替　00160-3-47799
http://www.hayakawa-online.co.jp

（乱丁・落丁本は小社制作部宛お送り下さい
送料小社負担にてお取りかえいたします）

ISBN978-4-15-001881-8 C0297
Printed and bound in Japan

ハヤカワ・ミステリ〈話題作〉

1853 特捜部Q ―キジ殺し―

ユッシ・エーズラ・オールスン
吉田　薫・福原美穂子訳

カール・マーク警部補と奇人アサドの珍コンビは、二十年前に無残に殺害された十代の兄妹の事件に挑む！　大人気シリーズの第二弾

1854 解　錠　師

スティーヴ・ハミルトン
越前敏弥訳

少年は17歳でプロ犯罪者になった。アメリカ探偵作家クラブ賞最優秀長篇賞と英国推理作家協会賞スティール・ダガー賞を制した傑作

1855 アイアン・ハウス

ジョン・ハート
東野さやか訳

凄腕の殺し屋マイケルは、ガールフレンドの妊娠を機に、組織を抜けようと誓うが……。ミステリ界の新帝王が放つ、緊迫のスリラー

1856 冬の灯台が語るとき

ヨハン・テオリン
三角和代訳

島に移り住んだ一家を待ちうける悲劇とは。英国推理作家協会賞、「ガラスの鍵」賞、スウェーデン推理作家アカデミー賞受賞の傑作

1857 ミステリアス・ショーケース

早川書房編集部・編

『二流小説家』のデイヴィッド・ゴードン他ベニオフ、フランクリン、ハミルトンなど、人気作家が勢ぞろい！　オールスター短篇集

1858 **アイ・コレクター**
セバスチャン・フィツェック
小津　薫訳
子供を誘拐し、制限時間内に父親が探し出せなければ、その子供を殺す——連続殺人鬼を新聞記者が追う。『治療島』の著者の衝撃作

1859 **死せる獣**—殺人捜査課シモンスン—
ロデ&セーアン・ハマ
松永りえ訳
学校の体育館で首を吊られた五人の男性の遺体が見つかり、殺人捜査課課長は休暇から呼び戻される。デンマークの大型警察小説登場

1860 **特捜部Q**—Pからのメッセージ—
ユッシ・エーズラ・オールスン
吉田　薫・福原美穂子訳
海辺に流れ着いた瓶から見つかった手紙には「助けて」と悲痛な叫びが。「ガラスの鍵」賞を受賞した最高傑作。人気シリーズ第三弾

1861 **The 500**
マシュー・クワーク
田村義進訳
首都最高のロビイスト事務所に採用された青年を待っていたのは華麗なる生活だった。だが彼は次第に巨大な陰謀に巻き込まれてゆく

1862 **フリント船長がまだいい人だったころ**
ニック・ダイベック
田中　文訳
漁業会社売却の噂に揺れる半島の町。十四歳の少年は、父が犯罪に関わったのではと疑いはじめる。苦い青春を描く新鋭のデビュー作

ハヤカワ・ミステリ〈話題作〉

1863 ルパン、最後の恋 モーリス・ルブラン 平岡 敦訳
父を亡くした娘を襲う怪事件。陰ながら見守るルパンは見えない敵に苦戦する。未発表のまま封印されたシリーズ最終作、ついに解禁

1864 首斬り人の娘 オリヴァー・ペチュ 猪股和夫訳
一六五九年ドイツ。産婆が子供殺しの魔女として捕らえられた。処刑吏クィズルらは、ひそかに事件の真相を探る。歴史ミステリ大作

1865 高慢と偏見、そして殺人 P・D・ジェイムズ 羽田詩津子訳
エリザベスとダーシーが平和に暮らすペンバリー館で殺人が！ ロマンス小説の古典『高慢と偏見』の続篇に、ミステリの巨匠が挑む！

1866 喪失 モー・ヘイダー 北野寿美枝訳
〈アメリカ探偵作家クラブ賞最優秀長篇賞受賞〉駐車場から車ごと誘拐された少女。狡猾な犯人を追うキャフェリー警部の苦悩と焦燥

1867 六人目の少女 ドナート・カッリージ 清水由貴子訳
森で発見された六本の片腕。それは誘拐された少女たちのものだった。フランス国鉄ミステリ大賞に輝くイタリア発サイコサスペンス

ハヤカワ・ミステリ〈話題作〉

1868 キャサリン・カーの終わりなき旅 トマス・H・クック 駒月雅子訳

息子を殺された過去に苦しむ新聞記者は、あるきっかけから、二十年前に起きた女性詩人の失踪事件に興味を抱く。贖罪と再生の物語

1869 夜に生きる デニス・ルヘイン 加賀山卓朗訳

〈アメリカ探偵作家クラブ賞最優秀長篇賞受賞〉禁酒法時代末期のボストンで、裏社会をのし上がっていこうとする若者を描く傑作！

1870 赤く微笑む春 ヨハン・テオリン 三角和代訳

長年疎遠だった父を襲った奇妙な放火事件。父の暗い過去をたどりはじめた男性が行きつく先とは？ 〈エーランド島四部作〉第三弾

1871 特捜部Q ―カルテ番号64― ユッシ・エーズラ・オールスン 吉田薫訳

悪徳医師にすべてを奪われた女は、やがて復讐の鬼と化す！ 「金の月桂樹」賞を受賞したデンマークの人気警察小説シリーズ第四弾

1872 ミステリガール デイヴィッド・ゴードン 青木千鶴訳

妻に捨てられた小説家志望のサムは探偵助手になるが、謎の美女の素行調査は予想外の方向へ…… 『二流小説家』著者渾身の第二作！

ハヤカワ・ミステリ〈話題作〉

1873
ジェイコブを守るため
ウィリアム・ランデイ
東野さやか訳
十四歳の一人息子が同級生の殺人容疑で逮捕され、地区検事補アンディの人生は根底から揺らぐ。有力紙誌年間ベストを席巻した傑作

1874
捜査官ポアンカレ—叫びのカオス—
レナード・ローゼン
田口俊樹訳
かの天才数学者のひ孫にして、ICPOのベテラン捜査官アンリ・ポアンカレは、数学者爆殺事件の背後に潜む巨大な陰謀に対峙する

1875
ハヤカワ・ミステリ創刊60周年記念作品
カルニヴィア1 禁忌
ジョナサン・ホルト
奥村章子訳
二体の女性の死体とソーシャル・ネットワーク「カルニヴィア」に、巨大な陰謀を解く鍵が！　壮大なスケールのミステリ三部作開幕

1876
狼の王子
クリスチャン・モルク
堀川志野舞訳
アイルランドの港町で死体で見つかった三人の女性。その死の真相とは？　デンマークの新鋭が紡ぎあげる、幻想に満ちた哀切な物語

1877
ジャック・リッチーのあの手この手
ジャック・リッチー
小鷹信光編・訳
膨大な作品から編纂者が精選に精選を重ねたすべて初訳の二十三篇を収録。ミステリ、SF、幻想、ユーモア等多彩な味わいの傑作選